初心永恒

——基金会秘书长访谈录

马广志 著

经济日报 出版社

图书在版编目（CIP）数据

初心永恒：基金会秘书长访谈录 / 马广志著 . —
北京：经济日报出版社，2022.4
　　ISBN 978-7-5196-1074-6

　　Ⅰ.①初… 　Ⅱ.①马… 　Ⅲ.①社会福利事业—人物—
访问记—中国 　Ⅳ.① K828.9

中国版本图书馆 CIP 数据核字（2022）第 058592 号

初心永恒：基金会秘书长访谈录

著　　者	马广志
责任编辑	门　睿
责任校对	王阿林
出版发行	经济日报出版社
地　　址	北京市西城区白纸坊东街 2 号 A 座综合楼 710（邮政编码：100054）
电　　话	010-63567684（总编室）
	010-63584556（财经编辑部）
	010-63567687（企业与企业家史编辑部）
	010-63567683（经济与管理学术编辑部）
	010-63538621　63567692（发行部）
网　　址	www.edpbook.com.cn
E－mail	edpbook@126.com
经　　销	全国新华书店
印　　刷	廊坊市海涛印刷有限公司
开　　本	710×1000 毫米　1/16
印　　张	17.75
字　　数	264 千字
版　　次	2022 年 5 月第一版
印　　次	2022 年 5 月第一次印刷
书　　号	ISBN 978-7-5196-1074-6
定　　价	59.80 元

序言
中国需要更多的资助型基金会

欣闻广志采写而成的《初心永恒：中国基金会秘书长访谈录》一书即将结集出版，甚为欣喜。因为这些访谈文章在其所任职的《善达网》公众号上刊登后，颇受欢迎，已经在基金会秘书长中相互传递开来。集结成册不仅满足了"批量"阅读的市场需求，也会为中国慈善留下一份时代印记。

1981年中国第一家基金会诞生，到2021年正好40个年头。这40年间，从1988年《基金会管理办法》出台到2004年《基金会管理条例》颁发，从2008年中国公益行业集体亮相故被称之为"公益行业发展元年"到2016年《慈善法》颁布实施，中国的基金会从"官办"到民办，从少到多，发展迅速，数量已逼近9000家。与世界各国慈善基金会的发展轨迹相仿，中国的基金会也是站在公益事业和社会创新的前沿，无论在动员社会力量、解决转型期中国的社会问题方面，还是在推动公益生态的建设方面，都扮演着中国慈善发展的历史叙事中举足轻重的角色。

自2008年中国公益行业发展元年至今，中国基金会的发展无论是数量还是质量，都得到了很大的提升，许多有影响力的基金会在此前后成立。此书的写作背景也着眼于此。在这十余年间，越来越多的社会精英为什么选择以公益为志业？基金会领域目前的状态究竟是由哪些人、哪些事、哪些机构一一促成的？出现过哪些起伏跌宕的故事？有哪些智慧应对策略方法堪称经典？如何处理好于公益伦理与商业伦理的关系？对中国慈善事业未来的前景如何判断？公益文明，路在何方？

带着这些问题，不妨借采写人物之口述、广志之妙笔，来一一解扣。读此书，仿佛在读一部中国基金会和公益慈善发展的缩微版"史记"，开卷有益，回味绵长。

访谈录以十七家基金会秘书长为访谈对象，围绕核心竞争力、品牌建设、舆情管理、公益与市场等多个议题，呈现了中国一批优秀基金会的办会理念和使命、面临的挑战与应对策略。

访谈涉及的基金会有资助型基金会也有运作型基金会，有公募基金会也有非公募基金会，各有鲜明的特色和优势，又共同以服务社会和推动社会发展为使命，或重视赋能草根机构，或重视运作公益项目。其中，中国发展研究基金会是在支持政策研究、促进科学决策领域卓越的代表；南都公益基金会在支持民间公益和公益生态建设上行业领先；友成基金会在倡导和引领社会创新方面一直在积极探索和行动；发起人的宗教背景则赋予了爱德基金会在参与公益与社会工作时更多显著的资源和优势；中国妇女发展基金会的"母亲水窖"公益项目和中国社会福利基金会的"免费午餐"项目则是继"希望工程"之后最具价值的公益品牌。十七位基金会秘书长深耕公益领域，对基金会的功能和发展趋势有着深刻的洞察，在基金会治理方面有着丰富的经验，通过系列专访分享个人及其基金会的发展历程和实践经验，有助于我们了解中国优秀基金会的运营模式及经验，有助于发展中国特色的慈善事业。

这十七位受访者，都是基金会领域涌现出的优秀的、极富性格的秘书长，他们的故事与思考，值得被反复追问。看得出，每采访一位秘书长，广志都是做了功课的。他的发问从受访者的履历谈起，逐渐深入至其基金会，再到整个行业面临的各种问题和挑战，不温不火，但字里行间能感受到和受访者平视、对等的姿态，以及拿捏着的节奏。像是一位向导，带同读者一起，穿越时光隧道，走进每一位受访者的故事，感悟基金会十余年来的发展历史。

本访谈录出版，正赶上党中央提出把初次分配、再分配和第三次分配作为协调配套的基础性制度安排，以实现共同富裕的目标。可以说，基金会将成为第三次分配即民间公益捐赠的重要"枢纽"，中国慈善事业的发展也将面临更大的机遇和前所未有的挑战。

推动第三次分配的健康发展，对于基金会和所有社会组织来说，首先需要坚持自愿和透明两条铁律，守住一条底线，就是信任底线。当下中国，信任是最为稀缺的社会资本；而对于公益部门来说，信任则是"命根子"。市场有钱，政府有权，公益无钱无权，靠的是社会信任。人们甚至把公益看成社会信任的最后一块"绿洲"，有时甚至会苛求公益。一个难以回避的现实是，这些年来，公益公信力不是走高，而是走低。公众宁可选择传统慈善的做法，通过水滴筹等把捐款直接送到有困难的个人手里；通过互联网的个人求助捐款规模居然超出整个互联网公益募捐的五六倍。面对如此尴尬局面，基金会行业有没有一点反思？

《慈善法》提出，慈善行业组织应当建立健全行业规范，加强行业自律。行业自律的目标是追求卓越，行业自律准则或公约要比法律规定还要严格。在这些方面，基金会行业在十几年前就开始努力，从商玉生老师主持的恩玖非营利组织信息中心，到基金会发展论坛的坚持和基金会中心网的建立，都是这些努力的成果。在此基础上，依法建立行业自律机制应该成为基金会行业建设的一个重要目标。起码，从现在开始，我们是否应该有这样一条约定俗成的行规：任何一家基金会、社会组织，如果继续给本已低迷的公益行业公信力再雪上加霜，它就失去了存在的合法性，就应该被淘汰。

公益行业生态的改善和基础设施建设，属于公益行业的"公共品"投资，基金会对此负有重大责任。我一直说"基金会不是沙漠里的胡杨树"，自己长得粗壮，而底下是一片荒漠。应共同打造培育一个自然平衡、多元、可持续的热带雨林式的公益生态。有了这样一个生态系统，面对倾盆大雨——发生重大灾害时出现爆发式捐赠，可以涵养水分；面对干旱时可以释放资源和养分，这样的生态可以保持应对不同挑战的弹性和张力。这就需要行业内有钱的、会募捐的、会做事的、会倡导的，各展所长、优势互补，让各种能力、资源、人才、信息能够产生有效链接，通过有效链接提升整个公益资源配置的效率。这就要求处于公益行业链上游的基金会发挥更大的作用，要有耐心和公益伙伴共同成长，共同实现使命愿景。

最近收到心和基金会发起人伍松的微信，他说："目前中国的资助型基金会在基金会当中的占比不到1%（注：作为对照，美国这个比例是85%），这个结构需要突破，这样整个公益生态才有可能得到比较大的改变。2009 年，我参加了永光老师担任团长的首期中国基金会秘书长赴美考察团，从那以后'中国需要更多的资助型基金会'成为大家的热切共识，亦成为'中国基金会发展论坛'的重要推动任务之一。然而 12 年的时光流逝，却见证了我们在这点上的完败"。

他提出一个可行性方案：推动运作型基金会（包括民间的和中国特色半官方的）拿出一定比例的捐赠资金（哪怕从百分之几开始），专门用来做资助，而不是建议他们转型为 100% 的资助型基金会，或许是第二个 12 年的可为方向。我深表赞同。基金会定位资助型或运作型，不存在孰优孰劣的问题，而是资助型基金会稀缺反映的是整个公益行业发展不成熟。我刚刚在敦和基金会组织的浙江基金会与基层社会组织为共同富裕协作行动的研讨会上，对着屏幕上孤立于荒漠上的胡杨林，问大家，每一家基金会是不是都要想一想，自己能否为这片荒漠的治理改造做出哪怕一点点贡献？而不是无动于衷。

这个社会发展太快，人们被时代大潮裹挟着急于向前奔跑，没有时间审视来时的路。中国基金会领域和民间公益在这个快时代中如何自主？很多机构陷入筹款主义的窠臼，为发展而发展，似乎已经忘记了公益初心。这就需要一场对话，一个诚实的谈话者和一个耐心的提问者，来准确而深入地回望过去，厘清自我，更好地前行。广志工作之余，用两年时间完成了这样一场对话。

这本书可以看作是十七位秘书长阶段性的自我总结，也是一次诚挚的邀请，它邀请每一位阅读者，加入到这场跨越时空、仍在进行的对话，相信中国基金会的发展会因这对话而令人充满期待。

是为序。

徐永光

南都公益基金会名誉理事长

中国慈善联合会副会长

国务院参事室特约研究员

"希望工程"创始人

写在前面的话

马广志

一

虽然作为公益领域的媒体人已近十年，但我似乎还没厌倦，还愿意做些观察和思考，所以才有了这本书。

时间回到 2017 年。这一年，除了公司的业务发展，我开始思考如何让善达网发挥更大的行业媒体价值，这价值不但能给慈善事业的现实发展以启迪和思索，从更长远来看，也能为公益史留下时代印记。

作为媒体人，我知道 2018 年的一个热点将是纪念汶川抗震救灾十周年。那一场让中华民族深刻铭记的大灾难开启了中国慈善史上的"公益元年"，没有公益人能够忘记。这是一个有深度和广度的选题。但我不想加入到沉痛的悼念和救灾抗险的感动中，而是想梳理一下中国慈善事业这十年的变化及存在的问题。

于是，我把目光投向了那些担任或曾经担任过基金会的秘书长。虽然时光已逝，但这些经历过汶川抗震救灾的公益人，仍奋战在一线。作为这十年慈善事业发展的参与者和见证者，他们的经历和认识使我抱有极大的兴趣：是什么促使他们投身公益？他们又从中收获了什么？他们眼中新时代下的公益未来又是怎样？

与十年前相比，今天的中国公益已不可同日而语。但是，慈善事业发展过程的各种问题也凸显出来，公信力下降、行政化严重、人才匮乏、法规不完善等现象越来越刺眼地摆在人们面前，让人们不能不正视。这些秘书长们是否也感到困惑，他们将如何评价这十年历程？他们的基金会能够为这些问题找到解决之道吗？

终于，我决定去采访那些基金会的秘书长，想通过他们的描述感受中国公益这十年，并希望他们能够帮我找到问题的答案。

采访随即在 2018 年元旦后开始了。发邀请、确定时间、采访、整理录音……幸好大部分采访对象都在京城，免去了我的奔波之苦。不过也有几位秘书长是在外地，我就趁开会间隙顺便完成了采访，比如深圳慈善会的房涛秘书长，杭州的浙江传化慈善基金会秘书长涂猛（现已任中国篮协秘书长），还有南京的爱德基金会秘书长丘仲辉，我都受到了热情接待。

岁月不居，时节如流。一年的时间很快就过去了，这些文章也以《中国基金会秘书长访谈录》为题陆续发表在善达网公众号和网站，在业内引起了一定的反响。

但我清楚，事情远未结束，因为还有更多优秀基金会秘书长的经历和思考值得被记录、被铭记。所以，在接下来的两年里，我又陆续采访了几位基金会的秘书长。但没想到的是，2020 年年末新冠肺炎疫情的暴发，给经济社会带来了较大的不利冲击和不确定性，中国慈善事业也走进了后疫情时代。

二

现代慈善基金会成型于 19 世纪和 20 世纪初，由洛克菲勒和卡内基等一批美国实业家和慈善家首倡，影响了全世界。改革开放后的 1981 年，中国才终于诞生了第一家基金会，但直到 2004 年《基金会管理条例》的出台，基金会才呈现蓬勃之势；2008 年汶川地震后更是进入井喷时代，尽管其业务大多还停留在扶危济困的传统慈善阶段。

经济和社会发展为什么"需要"基金会？这个问题值得思考。很多人认为基金会只是从事慈善公益事业的机制，不过是供企业或个人"献爱心"

的工具。还有些人将其看作扶贫、教育、医疗事业等市场之外的领域提供支持的途径。

是的！扶贫、教育和医疗等领域对于社会主义的经济和社会发展是至关重要的，解决其存在的问题，正是人们对"美好生活"的向往所必需。在这些领域，基金会不可或缺，如此我们才能了解基金会的巨大作用。

在我国现阶段，基金会的使命是帮助改善和提高赋予其生命的正在加强建设的社会保障体系（当然，这远远不够）。在这方面，基金会能力独特，更加灵活、便利且具有针对性的优势显露无遗。因为，它们从创设之初就尽可能自由和独立，其他各种机构都难以企及。

除了拥有自己的理事会和职员外，数量占比已超七成的民间公益基金会还拥有自己的资金。它们大多不必像草根机构那样殚精竭虑地筹款，也不用像商业公司那样费尽心机地从消费者手中赚钱，也无须像政府那样循规蹈矩。它们有条件自由地从更广阔的视角来看待问题，为某一领域的社会问题提供更为长远的解决方案，哪怕只是播下一粒种子。在政策法律框架内，它们可以自由地成为体系创新者，为社会问题提供系统化的解决方案。

但是，我希望有越来越多的基金会，不再满足于只是扶危济困的社会救助，或者只是向一些机构简单地撒拨资金。而是需要能够突破社会的喧嚣，穿透现实，沉默、笃定地坚守着自身的价值和使命，从根本上思考如何推动全球的社会创新和社会变革而使社会更健康地运行。

直到现在，还少有人知道，闻名遐迩的北京协和医院是100多年前由美国洛克菲勒基金会捐建的，总计投入超4800万美元。或许洛克菲勒自己也没有想到，他就此开创了中国医学史上的一个时代。这个同时打造了一个慈善王国的石油大王说："我相信上帝给了我赚钱的能力，并让我尽最大的努力用之于人类的福祉。"

延续了这种致力于"人类的福祉"使命的基金会，还有比尔和梅琳达·盖茨基金会。过去17年来，该基金会不断投资于健康、农业、教育和其他行业，从而让世界变得更加美好。盖茨基金会传达着这样的世界观：人类实际上要比以往做得更好。让我们的寿命更长，身体更为健康，生活更加充实。

这才是基金会应该承担的真正使命！站在增进"人类的福祉"角度进行理性思考和实践探索，促进社会进步、消除贫困、自由平等，它超越种族、文化和国家。

毫无疑问，作为一种伟大的制度创新，现代公益基金会制度无疑会与公司制度的创新导引工业革命、实现全球财富增长一样，其创新也正在导引一场社会革命，让财富更加公平分配，让世界变得更美好。

现在，我们进入了一个新时代。在新的社会主要矛盾面前，在日益加速的全球化面前，无论在中国还是在全球，对于中国的几千家及越来越多的基金会而言，这将是一个充满想象的机遇和空间。

三

本书共收录了十七位基金会秘书长的访谈。有对过往的回顾和追忆，有对慈善事业发展的观察和反思，也有对未来事业发展的信心和希冀。访谈中，我不时会想起苏格拉底说过的一句话，我们首先要有善好的观念，其次让受教者相信，尽管困难重重，这个善好是可以实现的。

这些秘书长都是有着善好观念的公益奉道者，而且他们"叩之必鸣，如千石钟；来不失时，如沧海潮"。我之所获，远大于一个采访者。因此，我要对他们表示衷心的感谢。

本书的出版尤其要感谢浙江新湖基金会、友成企业家扶贫基金会和中国基金会发展论坛的支持，没有他们的资助和鼓励，我不可能将收集散落在公众号上这些文章编辑成册。

还要感谢善达网的创始人王安先生和总经理杜娟的支持。他们任由我的"折腾"，宽松、宽容的态度和环境没有束缚，我可以放心而愉快地完成每一篇采访。需要说明的是，现在收录在这里的每一篇文章又再一次征求了受访者的意见，经过他们的再次审订。

　　还要感谢徐永光老师，在我提出请其作序时，他欣然答应，没有丝毫迟疑，这令我备受鼓舞。永光老师被尊为公益领袖，平日慎言笃行，但面对行业发展的种种痼疾，却"常作惊人之语"，一幅凛然不可犯的风度。我想，昔庄周之辨，辨在孰优孰劣，而今永光之辨，辨在慈善事业啊！

　　我还要感谢爱人马莉，她教我瑜伽，让我在工作之余能享受瑜伽带来的宁静和放松；她还影响我成为一名慈济志工，"付出无所求还要说感恩"的理念深深打动了我，让我更加清楚一念心的意义和价值。儿子马子博已从北京印刷学院毕业了，正在紧张的研究生备考中，希望他能实现他的梦想和追求。

　　感谢一切关心我的亲人和朋友们。

2021 年 8 月 15 日于慧忠北里

目　录

卢迈：50 岁开始做秘书长

　　卢迈，曾任国务院农村发展研究中心（农研中心）发展研究所市场研究室主任，农研中心联络室副主任，农研中心农村改革试验区办公室副主任、主任。国务院经济体制改革领导小组办公室成员，流通体制改革领导小组成员；国务院发展研究中心研究员、国际合作局副局长等职，被授予国务院特殊津贴。2002—2003 年，任国际劳工局全球化社会影响问题世界委员会成员。2017—2019 年，任中国发展研究基金会副理事长兼秘书长。现任中国发展研究基金会副理事长、中国发展高层论坛秘书长。

采访时间：2018 年 4 月 13 日

采访地点：中国发展研究基金会（北京市皇城国际中心 A 座 15 层）

"从高校任教到师从杜润生"

马广志：看资料，您大学毕业后就留校任教了。

卢迈：对。我上大学时已经 30 岁了，1981 年从北京经济学院毕业后留校任教，后来做到系副主任。1968 年响应号召去了去了黑龙江生产建设兵团，开始接触中国社会现实。"文革"10 年，有 6 年在乡下，4 年在工厂，也等于是在学习，体验中国基层社会的情况，了解所面临的问题。

马广志：当时也没有抱怨时运不济。

卢迈：没有，我在北京四中受的教育就是要以天下为己任的世界观和人生观。当然，当时也没想，以后一定要做什么大事。

马广志：上大学改变了一批人的人生轨迹。

卢迈：是的。上大学让我们的人生有了更多的机会和可能。1982 年，改革开放之风，我们一批青年教师和研究生建立了流通与市场研究组。当时产品都不能自由流通，价格也都不是商家确定的。不像现在大家去超市购物，商品琳琅满目，价格也或高或低。

研究组成立后，得到了由杜润生主任领导的中央农研室的支持和资助。杜老当时交给我们任务、教给我们方法，鼓励我们参加中央农研室组织的关于农村经济改革方面的调研和讨论，我也是第一次接触政策的研究和制定，学习了解农村的改革和进展。

马广志：后来，你就调到了国务院农村发展研究中心农村发展研究所工作。

卢迈：1986 年调过去的，当时所长是王岐山同志。1987 年我协助王岐山同志组建国务院农村发展研究中心农村改革试验区办公室，我们做了很多试验，比如农村土地承包制度"生不增、死不减"、承包关系三十年不变、粮食供销体制改革等，当时很多政策讨论都很胶着，大家的意见不一致甚至对立，但杜老领导下的开放、平等、包容的工作氛围，促成了很多政策从调查研究、试验评估到最终成型。

马广志：这种经历对你现在从事基金会工作有什么帮助和影响？

卢迈：让我得以近距离观察中国的政治决策过程。中国的改革决策采取了较富弹性的"政策"形式，不同于法令，有相当大的可纠错性和含混性。改革不是一次完成的，这在农村改革中极为突出。并且，改革是中央与地方、政府与农民之间上下互动的决策过程。

中国有很多问题需要解决，但解决问题的一个重要方式，就是要帮助政府形成政策，这个政策可以影响到千万人。40年改革开放走过的路，很重要的一条经验就是"摸着石头过河"。当时发展组的邓英淘同志就说，当对未来的情况不是那么清楚时，要有一个方向，有个坐标，然后不断地探索试错，然后才能到达彼岸。

马广志：历史证明，"摸着石头过河"相比俄国采取的"休克疗法"，我们是走对了路。

卢迈："休克疗法"证明是错的。市场经济有多种形式，过渡本身就是一个很复杂的经济社会过程。所以，中国用试错的办法过渡到市场经济，其中还有双轨制、有承包制，都是中国特色。既然有这样一个渐进的"摸着石头过河"过程，它对于政策方面的研究需求就更强，各个地方都有试点，各地情况不一，制定政策时，都需要了解。

每年1号文件发布后，杜老就会派大家去全国各地了解实施情况，研究下一步遇到的问题，为明年的1号文件做准备。当时，我还陪王岐山同志去过温州调研。

马广志：您对王岐山同志印象是怎样的？

卢迈：他精力充沛，记忆力极好，理解能力极强，对杜老的一些观点，对年轻人的一些想法，他都能迅速吸收，然后把它互相传递好。

马广志：当时您已经调到国务院发展研究中心工作了？

卢迈：是的。1986 年到 1989 年四年间，我先后在发展农研中心研究所、联络室和农村改革试验区工作。有个小插曲是，我调往国务院发展研究中心（以下简称"中心"）时，北京经济学院不想放人，就提了一个要求，说学校是市属单位，要走需要拿中组部的调令。我一个系副主任怎么能拿得到？后来是王岐山同志拿到了调令给了市委组织部，我才抽身而出。

马广志：不久您又去了美国读书。

卢迈：是这样的。当时中央农研室认识到中国的现代化必须学习借鉴西方国家的经验，它们已经实现现代化了。然后领导同意我去国外学习，王小强、周其仁、蔡昉、陈东琪等，都是前后去的，这个项目得到了福特基金会的资助。

我先是在美国学了一年的英语，然后去哈佛肯尼迪政府学院读公共管理的硕士研究生，后来又在哈佛国际发展研究所工作了两年。这段学习和工作经历对我后来在基金会的工作非常有帮助。

马广志：到基金会工作，您是主动选择还是领导安排？

卢迈：我是 1995 年回国的。其实当时留在美国很容易，但做事只能是在国内。当时中心农村研究部部长是陈锡文，他欢迎我们回来，让我先做研究员。

这期间呢，我就给中国（海南）改革发展研究院帮忙，同时帮章含之任会长的城乡发展国际交流协会做点事。这样就对非营利组织大概有了个了解。后来中心主任王梦奎觉得我既然可以做那些事，那也可以做基金会，我就到了基金会工作，当时我就 50 岁了。从副秘书长到秘书长，现在已经20 年了。

马广志：成立之初的基金会是什么情况？

卢迈：基金会是 1997 年正式成立的，主要是李克穆同志（后来任中财办的副主任和保监会的副主席）和谢伏瞻同志促成的。谢伏瞻时任中心办公厅主任，李克穆任秘书长。当时基金会连我在内一共只有三个人，300 万本金，在农研室里有两间办公室，条件也说不上艰苦。如果不想办事，维持（现状）是没问题的。

既然有这样一个平台，我们就开始围绕着基金会宗旨做事，就是支持政策研究、促进科学决策、服务中国发展。

"儿童发展是消除贫困的根本途径"

马广志：刚开始，有没有想到后半生可能就要一直在基金会工作了？

卢迈：到基金会时，我已经 50 岁了。当时没有更多的想法，也没想自己一定要做成什么样子，组织上跟我谈话，也没有指标方面的要求。

马广志：中国发展研究基金会的一个品牌是中国发展高层论坛，当初是怎么起步的？

卢迈：这是中心领导交给我们的一项任务，说中心要举办一个国际论坛，但这个论坛不能太官方，要平等对话，像达沃斯那样。后来是深圳发展银行资助了我们 100 万元。当时的陈清泰主任和深发展的老总一起吃饭，两人都觉得中国需要这样一个对外沟通的平台，一拍即合。2000 年成功举办了第一届，至今已办了 19 届，越办越红火，搭建起了国内外企业界、学者和中国政府对话与交流的平台。

自一开始，论坛确立了分管副总理出席讲话，总理会后接见主要外方代表的模式。第一届论坛，朱镕基总理会见了外方代表，就确立了论坛的高规格和对话的高质量。后来这种需要越来越强烈。开始可能是中方需要外方多一点，现在越来越变成是外方更希望了解中国。现在论坛请人不难，很多人愿意到中国来。

马广志：随着论坛的规模越来越大，经费来自哪里？

卢迈：都是捐款，这也很令我们自豪。中国有很多论坛，都要花国家的钱，我们只是财政部象征性地给了 50 万元。从明年起，这个钱我们也不要了，国家财政还是要用在更需要的地方。

除了中国发展高层论坛，我们从 2002 年起，还连续承办了十三期的公共管理高级培训班，每年一期。这个班是由中心、清华大学公共管理学院和美国哈佛大学肯尼迪政府学院合作举办的。当时国家加入 WTO 后，中国需要更多地了解外国，后来和国外的联络多了，学成归国的人也很多，项目就停了。

马广志：撰写《中国人类发展报告》也是基金会很有影响力的一个项目，还获得了联合国开发计划署"杰出政策分析与影响奖"。

卢迈：2005 年，我们承担了联合国开发计划署的《中国人类发展报告》项目。此前的《中国人类发展报告》都是由 UNDP 专家团队执笔的，这次由基金会组织国内的顶尖学者开展研究。这个报告直接关注了我国发展中极为迫切的不平等问题，后来在国际上被广为引用和讨论。2007 年获得联合国开发计划署的"杰出政策分析和影响奖"。

这份报告的成功对基金会影响很大，我们决定撰写建立自己的独立研究品牌，即《中国发展报告》。而且，研究的主题是如何解决贫困问题，推动社会公平发展。绕了一圈，等于是我们又回到原来在农研室探讨的那些问题。

早在 1984 年实行家庭联产承包责任制后不久，杜老就召集我们商量，说贫困问题怎么办？当时一些老干部回到自己家乡很惊讶，都是革命根据地，过去穷，闹革命，现在解放了，改革开放了，还是很贫困。老干部们睡不着觉，晚上就给杜老打电话，也不让他睡觉。

马广志：当时是杜老负责农业吗？

卢迈：1986 年，国家就从上到下正式成立了专门扶贫机构，确定了开发式扶贫方针。但是深度贫困，不光是经济增长就能解决的。2007 年我们发表的《中国发展报告：在发展中消除贫困》。我们研究了各个领域，包括教育、卫生、财产等，看看哪些措施是帮助贫困最有效的。最后我们决定从儿童做起，2007年起，我们开始了贫困地区寄宿制学校儿童营养改善项目。

马广志：为什么要定位在儿童营养上？

卢迈：当时由于城市化和计划生育，农村儿童数量减少，居住分散。上学要走很远的路，很多孩子一天只吃两顿饭，上操都能晕倒。后来政府的大规模撤点并校，又激化了这个矛盾。有学校能住宿，但没饭吃，让孩子自己带馒头，很不像话。

我们用筛查量表做过测试，在可疑率和异常率上，有些贫困地区超过50%。而在上海，相应对照数据不到10%。儿童处在这样的状况，未来的发展是大受影响的。如果不进行干预，他们长大后又会陷入贫困。而儿童贫困将导致其未来人力资本巨大损失，形成贫困代际传递。而中国在儿童发展方面，从理念到实践，都跟国外有很大差距。

而且，当时我也注意到国际上的儿童早期发展理论。比如，"生命早期1000天"理论提出：从怀孕到2岁期间的母婴营养，会影响人一生的健康。认识到这一时期营养不良给儿童带来的近期和远期危害，是不可逆转和不可弥补的。我们就决定从此入手。

后来，基金会就在广西和河北选了两个县，借鉴国际的经验，进行建食堂提供热饭菜的试点，2000个孩子参与了试验。两年的试验后，和对照组相比，干预组儿童的身高、体重、贫血率和学习成绩都发生了显著的改进。报告上送到国务院后，温家宝总理非常重视，做了批示，当年国家就拨了60亿元，基金会的供餐标准也被采纳。

"市场经济下的公益要过好多关"

马广志：这个校餐项目的"社会试验"成功后，基金会又将项目扩展到更多儿童发展的领域。

卢迈：是的。一个是与疾控中心合作的营养包项目，对贫困地区婴幼儿进行营养补充干预，现在也成为国家政策，150 多万人从中收益。"营养包"计划是当时中国疾控中心陈春明院长团队研究出来的。

基金会还在贫困农村开展了"山村幼儿园"项目，4 岁到 6 岁的孩子，怎么能让他们去乡镇呢。我们尽量遵循操作简便、成本合理、服务可及和质量保障这四个方面原则开展工作，效果显著。这个项目从青海乐都起步，现在已经扩大到 10 个省，办了 1000 多所幼儿园，每年 30000 多名儿童从中收益。

后来，受教育部委托，基金会对中等职业教育国家资助政策的落实情况与效果进行评估，我们发现其中有问题，就开展了针对中等职业学校的干预项目。

这些项目试点的开展，对我们给政府提供政策建议有一个非常重要的意义，就是有了实践基础，有了支撑。我们向中央建议制定贫困地区儿童发展规划，习近平主席对报告做了长长的批示。刘延东副总理也曾两次在我们的报告上做批示，指示基金会要继续做，要做得更好。

马广志：有了领导人的批示，项目的推进成果肯定比原来好得多。

卢迈：领导人的批示主要是给中央各部委，比如贫困地区儿童发展规划终于在 2014 年正式出台，"阳光校餐"项目成为全国性的项目，每个孩子每天 3 元钱也增加到了 4 元。

但有些（项目）也不尽如人意，比如我们推动"一村一园"学前教育入村的模式，现在全国有 59 万个行政村，其中只有 19 万个有幼儿园，将近 2/3 的村子没有（幼儿园），一种是村子靠近城镇，不需要有，但更多的是根本没有规划。这些村子的孩子数量都不多，而不超过 100 个孩子，民办没动力。

我不赞成现在很多地方只在城镇建中心幼儿园，然后通过校车把孩子们送到学校去的做法。我们应该把服务延伸到村里，把服务送到村里。我们的学前教育，不能让孩子来就着服务，而应该让服务来就着这些 3 岁到 5 岁的孩子。送教入村是解决贫困儿童学前教育的有效办法。

所以说，并不是我们有数据了，领导人有批示了，问题就能解决，实际上很不容易。

马广志：我刚才看到，受益学校通过网络上报用餐照片等信息"晒"校餐，公众可随时在网上看到营养改善计划的实施情况，感觉很直观也很震撼。但也没想到，还有 25% 以上的学校学生中午吃不上热饭。

卢迈：这些学校不做食堂供餐，一种情况因为食堂供餐运行成本高，学校只能买面包和牛奶给孩子吃。至少孩子不挨饿了，还增加了钙的吸收。缺点是 4 元钱的补贴，有 1 元多被包装物占去了。而且，面包加牛奶的热量是 300 大卡，而食堂饭菜能做到 800 多大卡。差别很大。

还有一些学校虽然有食堂，但是承包出去了。这是很不负责任的做法。我们下去调研，就发现有个别县出现克扣现象，很不像话。

马广志：这部分资金是稳定的，多少都会有利润。

卢迈：是的。所以说市场经济很复杂，要想在市场经济下提倡公益，政策要让最底层的民众受益，需要过好多关。其中，很重要的一点，政府官员要对贫困人口或低收入人口有最起码的同情心。同时，还要抵御一些商业企业或个人的觊觎。

马广志：但通过你们的努力，那些贫困地区学生营养不良、生长迟缓的状况还是发生了很大的转变。

卢迈：是的。基金会通过对 62 个实施计划县的 192 万名学生的监测数据显示，2012 年至 2016 年，每年 7 岁新入学学生的身高无明显差别，而受益于营养改善计划的 8—12 岁学生，平均身高均有增长，其中 11 岁男、女生平均身高分别增长了 5.7 厘米、5.6 厘米。

如果以这个趋势发展下去，那么我们将来在西部地区不会再看到多少矮于 1.60 米的 18 岁的男生了，这是一个非常有利于提高效率的指标。营养改善了，身体就更强壮了，在学习等各方面的能力都能有所增强，劳动就会有更好的产出。这一点点的支出，经济和社会的回报是很大的。

"不能有任何事情让基金会受到玷污"

马广志：从业 20 年来，中国发展研究基金会的成就很大，您也获得了包括政府、公益界及社会的尊崇。从个人角度来讲，您觉得自己成功的因素有哪些？

卢迈：没有想过成功不成功，就是做点事。很多基金会做得都挺好，比如青基会的"百年职校"项目，扶贫基金会的几个项目，都挺让我佩服的。一些民间公益也做得很好，比如刘新宇的"上学路上"。都是要把自己的优势和长处发挥出来。

马广志：中国发展研究基金会的优势是什么？

卢迈：基金会的长项是做研究，优势是背靠国务院发展研究中心。这在与其他部委对接时，就有了一个接口。当然也有不利的一面，要同时接受民政部和国务院发展研究中心的管理和审计。

马广志：您对秘书长这个职位的感受是什么？

卢迈：我现在应该算是最年长的基金会秘书长了。如果是在政府体系里，肯定早就退了，因为有年龄限制。但是中心党组特别下文让我接着做，也是对我的信任。

做秘书长是很辛苦的事儿，因为要管很多具体的事，包括内部和外部的，都要统筹起来。一个合格的基金会秘书长，第一要有热情，没有激情做不了公益。第二，要有创新意识，还要多学习。第三，就是要有奉献精神。要带头把工作搞好，早来晚走，大家才会跟着你走。集体行动的前提就是有人愿意付出，组织才有凝聚力。如果为了名利，为了得到什么好处，这个岗位是做不了的，也长久不了。

马广志：如今，越来越多的年轻人走上秘书长岗位，作为基金会的老一代秘书长，如果给他们一些忠告和建议的话，您最想说的是什么？

卢迈：没有，没有忠告建议。年轻人有年轻人的长处，我们这儿也有副秘书长，他们也有很多长处，但是做秘书长都要有激情。

马广志：这个行业，情怀和奉献很重要，它不像在政府体系里有上升空间。

卢迈：是的。比如说在中心，目标可以是副主任，副部级，很多都是从研究员上去的，而且还不是天花板。在基金会没什么级别，挣钱也不多。要没有一点基本的道德标准，想占便宜，做这事长不了。

马广志：人才缺乏一直是制约中国公益更好发展的瓶颈之一。基金会在解决这个问题上有什么探索？

卢迈：基金会也存在这种情况。我们也在反思，鼓励大家接受培训，工资待遇水平也尽量跟市场接轨。比如，人员薪酬标准参考清华、北大他们公共管理学院的毕业生薪酬标准。

人员流动是不可避免的。但 2005 年麦肯锡公司给我们做过两次战略咨询，与商业公司比，我们的员工流失率还是不高的。

马广志：与您这一代人相比，现在年轻人尤其是"90 后"，从小生活优渥，在国家情怀和社会担当上可能要差一些。

卢迈：但他们所受教育都很好，可能会更理性地看待社会公平和社会责任问题。每代人有每代人的长处，我们是从自己的亲身经历中来学习和思考的，而他们从国外回来创办非营利组织来解决社会问题，在学习和实践中找出自己的人生定位。

物以类聚，人以群分，做公益需要的是心地善良，愿意积极做事，这是绝大多数公益人的品性。跟他们打交道，我们感觉很舒服。

马广志：这种舒服其实是感受到了这批人的"公信力"，一个机构也是如此。

卢迈：我们基金会很重视的一条就是名声，或者是品牌。基金会靠的就是良好的声誉，人家信任你，才会给你捐款，这是最根本的，不能有任何事情让她受到玷污。

2011 年的"郭美美事件"重创红会，它到现在也没有缓过来。当然，这也有历史的原因。公益组织如果管理不当的话，在国内国外，都可能会出问题，美国红十字会也曾因工作成本太高而受质疑和批评。公益组织是受公众委托从事慈善工作，应该接受监督，更应该自律，而不该让人们失望。

但也要看到，"郭美美事件"影响的顶多是受怀疑的公益组织接受捐赠减少，要他先自己把房子打扫干净。中国公众关心公益、帮助弱者的意愿不是因个别组织才产生的，也不会被个别组织的不当行为所改变。

马广志：当时，"郭美美事件"是否也给中国发展研究基金会敲响了警钟？

卢迈：中国发展研究基金会对于合作伙伴的选择是很谨慎的，没说在哪儿设分支机构，也从来不做这种事。事件发生后，公众觉得公益组织靠不住，不能捐款。但我们不存在这个问题。2012年央视搞了个"春暖2012"公益活动，主动邀请我们展示项目，筹了1.4亿元善款。

基金会成立时，理事长就跟我们讲，基金会要按社会组织那样去做，不脚踩两只船，凡脚踏两只船的，早晚都会出事。一边要着事业单位的好处，一边又市场化筹资，是弄不好的。对于捐款方我们也比较警惕。如果有特殊的附带要求，我们宁可不要。这样子拒绝的钱也不少。

"做好基金会需要六方合作"

马广志：资中筠先生说过，公益对渐进改良有积极作用。您如何看待和评价公益对于中国改革乃至现代化进程中的作用？

卢迈：这种改良作用是存在的。中国在实行了40年的市场经济导向的改革后，一方面竞争和优胜劣汰的市场经济体制带来了经济发展；另一方面也造成了赢者通吃、社会差距拉大，贫富悬殊、社会不平等程度加深的结果。因此，现在提倡公益、发展公益事业在中国很有必要。

公益组织可以在消除和缓解上述问题上发挥很大的作用。它可以一方面直接去帮助社会的底层；另外一方面，通过政策方面的探索，帮助政府来制定更好的政策，来满足最底层的这些人发展的需要。

马广志：2008年被称为是中国公益元年，回头来看，您怎么评价汶川大地震对中国公益的影响？

卢迈：2008年汶川地震后，大家都关心灾难、灾民，进而关注公益，成为一个全社会的运动，尤其是很多"草根"组织的崛起，成为中国公益一股很重要的力量。其实，2008年成为公益元年也是一个必然事件，一方面经济高速发展后，财富迅速集聚起来；另一方面大家看到公益组织可以在社会建设上出力。

马广志：作为一位历史见证者和参与者，您能不能总结一下：中国公益这10年发生的最大的变化是什么？

卢迈：我觉得我评价不了。但总的一个感觉是同行越来越多，很多公益论坛和公益媒体办得很好，对我来说，这也是一个学习受益的过程。

马广志：同行越来越多，基金会如何保持自己的核心竞争力？

卢迈：每一个组织都有自己的优势，有自己的劣势，中国发展研究基金会的优势确实是我们和中心有这样的一种初始的关系，但是也仅限于此，我们的经费还是要从各个方面去筹集。

那么，这里最重要的其实不光是和政府的合作关系，实际上就我们基金会来讲，有这样的一些合作伙伴：第一个是政府部门；第二个是地方政府；第三个是学界，我们只有和学界联系起来才能做研究；第四个企业界，企业界的捐赠对我们来说非常重要；第五个是国际组织，国际组织给我们很多的支持和帮助；第六个是媒体。有媒体的关注才能够更好地影响政府政策执行。

可以说，单独一个组织做一点事情可能是可以的，但是要是能够更有效率，做得更好，那么就需要与政府、国际组织、媒体等六方有很好的合作。

马广志：《慈善法》的出台，也是中国公益这十年发展史上的一件大事。您如何看它对中国公益事业的影响？

卢迈：《慈善法》公布以后，给了慈善组织一个很大的发展空间，企业、个人会更多地愿意资助。

从我们基金会来讲有一点好处，凡发展早的都处于比较有利的位置，虽然国家在限制做论坛类活动，但是中国发展高层论坛做得较早，且一直在持续做。我们在保持做好自己项目的同时，和其他的公益组织也保持密切合作。比如在路上，我们可以跟他们一块做山村幼儿园；和千千树合作，用了他们的教材；和友成扶贫基金会合作，做社会影响力投资的研究。我们觉得很多草根组织很有活力，可以合作。所以，有些学术机构、学术组织，我们也一直有合作，资助课题、资助研究。

马广志：中国公益这 10 年的发展也有很多地方不尽如人意。您认为什么是基金会在下一个 10 年需要加强的？

卢迈：公益组织在中国发展进步非常大，但这种发展还不足。现在社会不公平现状严峻，环境问题也日趋严峻，需要政府、企业和公益组织三方共同携手去做。但在我国所有的责任都是政府的，虽然公益组织在努力，企业也在支持，但这三个环节没有很好地结合在一起。

所以，公益和政府之间的良性的互动，应该是将来的方向。政府欢迎公益组织创意创新，欢迎公益组织的监督监管。这应该是一种很好的态度，我们需要保持这样的良性互动，共同推进中国公益事业的发展。

马广志：一个基金会发展得好或不好，与秘书长是分不开的。在您退下去后，有无担心基金会的接班人和未来的发展问题？

卢迈：我不担心，人才总是有的，年轻一代会比我们强。现在基金会有三位副秘书长，我们配合得很好，他们年轻，外语也好，能力更强。

马广志：对于基金会未来的发展，您有什么期待？

卢迈：我们把公益和政策研究相结合，解决了一部分孩子的问题，同时也为国家提供了政策的证据基础。在社会各界的支持下，我们做出这些基于实践的研究，希望继续深化，包括数据的分析、质量的提升，并在深度贫困地区开展进一步的试验，另外，利用和建设好我们的大数据追踪分析，10 年至 20 年地追踪下去，就可以为国际社会贡献中国的案例、中国的经验。此生能推动社会有一点点进步，足矣。

　　另外，中国发展高层论坛也会进一步发展，除了春季（论坛），我们在准备做秋季论坛。现在每月举办的"博智宏观论坛"，已经吸引了越来越多的人注意。

缪力：公益是一辈子的事业

　　缪力，研究生学历、硕士。1968 年山西沁县插队，曾任公社党委书记，县委常委、宣传部长。1980 年任团中央《辅导员》杂志社副总编、总编辑，中央团校兼职教授。1992 任大众文艺出版社副总编辑、总编辑、社长，中国文联出版社社长、总编辑兼党总支书记，中国文联办公厅巡视员、文艺家权益保护办公室主任。2008 年任中国社会福利基金会副理事长兼秘书长。现任社会组织评估专家、中国社会福利基金会专家咨询委员会主任、中国作家协会会员。曾获 CCTV 法制人物、第七届中华慈善奖、中华女性公益慈善典范十大女性公益推动者奖、民政部直属机关创先争优活动优秀共产党员，2019 年被评为中国慈善公益品牌 70 年 70 人。

采访时间：2018 年 5 月 24 日

采访地点：静咖啡（北京国贸大厦国贸商城三期三楼）

"公益是可以做一辈子的"

马广志：我想请您回顾一下个人的成长和经历。

缪力：我是北京人。本科是中国人民大学马克思主义哲学专业。后来又先后在中央党校和北师大学习，获硕士学位。1968 年到山西沁县乡村插队务农，回来后担任共青团中央少先机关刊物《辅导员》杂志副总编、总编辑和副编审。后来，又在大众文艺出版社任社长、总编辑和中国文联出版社任社长、总编辑兼党总支书记。

我是 2007 年从中国文联退休的，退休时担任文艺家权益保护办公室主任、文联办公厅巡视员。2008 年为迎接奥运，我代表中华文化促进会接受了北京奥组委批准的"中国民族民间艺术展演活动"。之后，我接受了民政部有关领导建议，2008 年 8 月就到基金会任职了。

马广志：在改革开放的背景下，当时新中国成立的第一家基金会中国儿童少年基金会已经成立了。进入一个新的领域，您是怎么考虑的？

缪力：儿基会是 1981 年 7 月成立，由中央书记处第 100 次会议批准通过的。基金会那时是作为一个金融机构由中国人民银行注册和管理的。当时我在《辅导员》杂志工作，对公益和慈善还没什么认知。对我个人来说，真正接触公益还是退休后到中国社会福利教育基金会工作，任副理事长兼秘书长。

之前我没有专职做过公益，但我很喜欢，因为我认为退休之后，做公益是可以做一辈子的，它不受年龄的限制。而且通过公益让一些有困难的人得到帮助，使他们能够自食其力，改变命运，自己也更能获得幸福感。

马广志：当时的中国社会福利教育基金会是怎样一种状况？

缪力：基金会是 2005 年成立的，主要是在助学、救孤、扶贫、助医、文化方面开展公益工作。虽然接受时基金会基础比较薄弱，但我们非常感恩前任的付出，没有民政部党组的关心，没有他们创造性的追求，也就不会有这样一家基金会。

之所以说它是创造性的，在于当时民政部有所干部管理学院，被称为民政学院，是专门培养民政专业人才的。为了支持这个学校发展，民政部决定学习发达国家的办法，以基金会的形式向社会募集资金来办学。基金会也确实是按这个指导思想来确定章程和开展工作的。

马广志：您到任后执行的第一个公益项目是什么？

缪力：我是 10 月才正式开展工作的。从中纪委驻民政部纪检组组长退下来的刘光和部长任理事长，戚学森是副理事长，他还是民政学院的院长，还有一位副理事长是从民政部收养中心退休的张仲主任。我们仨退休干部和戚学森副理事长搭建了一个常设班子。

我们搞的第一个项目是"支援陕甘灾后重建项目"，当年 12 月启动的，资金来源是理事长从水利部系统募集的 160 万元。

马广志：效果如何呢？

缪力：效果非常好！项目总共救助了 220 名贫困儿童，还组织师资力量到两省举办培训班，提升灾区基层社会福利机构从业人员的专业能力和工作水平，还给这些机构配置了一些紧缺设备。项目结项时，民政部部长都出席了，给予了高度评价。

但后来又遇到了困难，我们设计开发的二三十个公益项目放到网上后，一个多月都无人问津，没啥捐款。

马广志：为什么呢？

缪力：因为中国社会福利教育基金会的知名度还不够，影响力也不大。

马广志：这是否给您这个"公益新兵"打击很大，您是怎么应对的？

缪力：谈不上什么打击，想办法解决就是了。针对当时的情况，我设计了一个"国旗在我心中飘扬"爱心传递公益活动，就是倡导社会各界人士在国庆节和参加其他重大庆典活动时佩戴国旗纪念章，来弘扬民族精神，凝聚爱国情结，表达爱心人士热爱祖国的共同心愿。活动由民政部副部长出席并致辞，各行各业来了好多人。

我们聘请专家设计的国旗纪念章很精美，向社会公开发售，售价为10元一枚，每售出一枚纪念章，承制单位向我们基金会捐赠1元。当时恰逢新中国成立60周年，很多人都来购买，还要和我们一起搞活动，电话都打爆了。这样一来，很多人就都知道了有个中国社会福利教育基金会了，知名度和影响力一下子上去了。

此外，我们还降低了成立专项基金的门槛，30万元就可以成立一个专项基金。当时的公益市场现状是，捐赠100万元才能成立专项基金。时间不长，就有十来个专项基金成立了。

马广志：30万就能设立专项基金？这在当时需要很大勇气的。

缪力：降低门槛接纳专项基金，除了受上网的公益项目无人问津的刺激外，还与之前我们遭受的一次打击有关。2010年4月玉树地震发生后，我们是第一个获知消息并派遣工作人员前往灾区一线的基金会。当时新华网、人民网等媒体用的第一批照片都是我们传回来的。

同时，我们开始在报纸上刊登消息接受社会捐赠，但刚捐了没几天，就被民政部叫停了。因为，中国社会福利教育基金会不在民政部规定的接受捐赠的12家基金会名单里。前面捐的十几万元也就转到当地民政系统用于救灾了。

马广志：筹不来钱，生存和发展就是问题。

缪力：是啊。这不能不让我这个秘书长动心思，想办法。当时我们调研发现，一些有专业优势和公益理念的民间组织没有资金，也缺乏募款平台。而专项基金的成立能帮助他们解决"公募资格"这个问题。我们不看它钱多少，就看它是不是在真正解决社会问题，是不是能做成事。现在知名的"免费午餐"基金和"瓷娃娃"基金就是那个时候成立的。"瓷娃娃"

基金当时一分钱都没有，启动资金 10 万元还是我们从办公经费里挤出来的。事实证明，我们的决定是正确的，之后他们的发展非常快，还在 2014 年冰桶挑战公益项目中发挥了重要作用。

而且，专项基金的成立也在一定程度上解决了我们的生存问题，因为根据《基金会管理条例》，我们可以收取一定比例的管理费。这笔费用就解决了我们人工成本及房租等问题。基金会慢慢也就发展起来了。

当然，对设立专项基金我们也有要求，比如专项基金大的发展方向需与基金会的理念一致，而且要保证合法运作项目，遵循基金会管理条例，同时双方还会共同成立管理委员会，来保证资金的合理使用。

"基金会发展的四个重要节点"

马广志：降低门槛成立专项基金，这应该是中国社会福利教育基金会发展史上的一个重要节点。

缪力：对。随着免费午餐基金、芒果微基金、关心下一代基金、学雷锋基金、梦想助力基金、社区发展基金、授渔基金等一批专项基金会设立，中国社会福利教育基金会有了一些品牌公益项目，募款规模也逐年增长，在社会上拥有了更大的知名度和影响力。

但在这个过程中，我们又遇到了问题，什么问题呢？就是基金会名称中有"教育"二字，让人误解基金会的业务范围只面向社会福利教育事业，不涉及其他社会福利领域。这无疑束缚了我们的发展。于是，在民政部民间组织管理局的关心下，2011 年 7 月，经批准，我们就把"中国社会福利教育基金会"更名为"中国社会福利基金会"（下称"福基会"）。

马广志：我记得当时还专门搞了一场新闻发布会。刘光和理事长还宣布了基金会更名后的几项新措施，包括工作人员"持证上岗"，设立独立财务监督专员等。

缪力：这是福基会发展史上的又一个重要节点，这次更名让基金会步入发展的新起点，意味着未来要承担更多的社会责任，服务更广泛的弱势群体了。

基金会发展史上的另一个节点就是引入互联网科技，尤其是与新媒体的合作，让基金会张开了腾飞的翅膀。比如芒果 V 基金会成立，这是全国第一个由媒体集团发起、拥有广泛媒体资源的全国性公募慈善基金。通过媒体的发声，明星助力及公众参与，不但募款救人，而且影响了全国的广大青少年观众，在他们心中播下善的种子。

马广志：扶持民间公益的成长，成为中国社会福利基金会的一个主要特点。

缪力：这也是我的一贯思想，只有动员更广泛的民间力量，整合资源，实现跨界合作，抱团取暖，公益事业才能做大做强。所以，我们在 2013 年 5 月成立了"中国社会福利基金会联合劝募中心"，这也是首个全国性的公益组织联合劝募平台。我认为，国字头基金会不能只做好自己的项目，还要成为一个孵化器，让 NGO 组织低门槛进入，帮助更多民间公益组织成长、成熟。这可以说是基金会发展的第四个节点。

马广志：这项举措与降低门槛设立专项基金来支持民间公益发展是一脉相承的。

缪力：可以这么认为。我接触过很多小型 NGO 组织，它们专业水平高，有韧性，执行力也特别强，对公益事业也很执着，唯一缺乏的就是募集资金的权利。联合劝募中心就是基于这些考虑成立的。2016 年，联合劝募中心又更名为"NGO 伙伴计划"，这样就能更有针对性地为合作方拓展筹款渠道、设计筹款产品和筹划线下活动等。

马广志：不担心这些公益项目翅膀硬了之后飞走吗？

缪力：他们做大是好事啊，成为更大的实体后他们就能做更多的事情。再说，扶持它们本来也是国字头基金会应该承担的一个义务。

马广志：从这四个节点的发展脉络来看，福基会也形成了自己的特色战略，就是依靠社会来办基金会。

缪力：是的，我们就是要"海纳百川"。这其实是双方的需求决定的，民间机构需要平台，而我们需要整合社会资源来发展自身，如果我们都是自己设计项目，自己募集资金，都靠自己来做就会比较费力。人力、财力、时间都会受到限制。善于整合资源，事半功倍；如果都是亲力亲为，可能就会事倍功半。现在回头来看，当时我们不过是把握住了基金会可以向海内外募款的这个优势。

马广志：短短几年，福基会就成为一家社会认可度颇高的机构，除了"海纳百川"的战略外，您认为最重要因素是什么？

缪力：完善法人治理结构。法人治理结构是基金会制度的核心。这体现"去行政化"上的一些措施：一是我们特别珍惜民政系统的这支老干部队伍，同时面向社会吸纳更多的热爱公益事业的人才。二是进行制度创新，建设一支有爱心、懂业务的专业化队伍。其中，最重要的一项措施就是做好党建工作。基金会 2008 年就成立了党支部，我是第一届党支部书记。

为什么要重视党建？党建有掌舵把关的导向作用，只有掌好舵把好关，才能保证基金会发展的正确方向，才能使基金会全体公益人充满使命感和担当意识，才能真正建设一个可持续发展的基金会。而且，党建还能调动每一个人的积极性，增强基金会的内生动力，产生巨大的创造力，有效地促进各项工作的发展。

基金会前后有 8 名青年人写了入党申请书，后来中组部和民政部联合在福基会开现场会，让我们谈党建经验。我还被民政部直属机关党委评为"创先争优活动优秀共产党员"。

"秘书长应该是一个'杂家'"

马广志：体制内的人，大多都给人以保守、谨慎的印象。但在您担任中国社会福利基金会秘书长的近十年里，却给人以创新者的形象。您还提出要做勇于创新的秘书长，这个含义是什么？

缪力：不创新，就无路可走，也生存和发展不下去。这从福基会的发展经历就可以看出来。

公益市场也是市场，也需要竞争，只有竞争才能激发活力。一家独大垄断资源，这样的公益市场永远也不会发育成熟。为此我们应对的法宝，就是两个字：创新！创新是一个民族发展的不竭动力，创新也是基金会发展的力量源泉。有了这个法宝，解决问题的办法就永远比问题多，公益事业就能够不断地进步。

马广志：具体来说，福基会有哪些公益创新的举措？

缪力：创新的最终目的是把项目做好，使受助对象获益，助力政府出台更加完善的社会福利政策。围绕公益的几大元素都有创新的空间。公益创新主要体现在公益项目内容创新、模式创新、手段创新和制度创新。而在内容创新上，要坚持"政府所需，百姓所急，企业家和爱心人士所乐，公益机构所能"的原则。

一是项目创新。这是慈善组织生存和发展的关键，我们的"免费午餐""社区发展暖心工程""授渔计划""蓝豹救援队""919大病救助工程""孤老助养"等都是创新项目。

二是模式创新。比如"授渔计划"，基金会与企业、中专学校和大学共同努力，让贫困中学生工学一体化，五年改变人生，成为自食其力的劳动者。另外，我们和中央电视台《等着我》栏目创新推出了"缘梦基金"，帮助了6500多名求助者，寻人成功率超过60%，形成了持续的品牌影响力，而且是线上与线下相结合，效果非常好。

冰桶挑战也是模式创新，它采用"募用分离"的方式，基金会重点做好项目的顶层设计，募集善款工作，项目由其他专业NGO组织执行。解决了基金会既要做裁判员，又要做运动员的难题。

三是手段创新。这包括募集资金的方式及对品牌的打造传播，比如说腾讯"99公益日"，基金会与湖南广电合作的芒果V基金，与浙江卫视合作的梦想助力基金，与新华网创立的新华善举基金等，实现了1+1大于2

的效果，是慈善组织与新闻媒体合作做公益的典范案例。

四是制度创新。制度创新的一个中心思想就是要去行政化，建立法人治理结构。制度越创新，管理就越科学专业，投入产出比就越高、越合理。

马广志：那您认为怎样才能做一个勇于创新的秘书长呢？

缪力：国内基金会的有创新意识的秘书长是有一大批的。比如传化慈善基金会的涂猛，入职不久他就深入基层调研，发现社会问题，了解需求，推出了一个非常优质的"安心驿站"公益项目。还有中国妇女发展基金会的"母亲水窖"项目，是原秘书长秦国英领导下创新的结果，现在是全国品牌公益项目，知名度非常高。还有一个光华科技基金会的副秘书长梁范栋，他们打造的"书海工程"项目也非常有创新性。当然，"希望工程"是最典型的品牌公益项目了，可以说是前无古人，徐永光的创新意识非常强。

中国扶贫基金会在创新上也做得很好。他们去行政化的力度非常大，完善法人治理结构，主动走市场化道路，自力更生，虽然管理有层次、人员有分工，但是基金会里的职位不再和政府级别挂钩。这让我很佩服。

马广志：您提到的这些都是基金会老一代的秘书长，这批人立足现实，有使命感，有责任心，才有了一批创新的品牌项目。那对新生代的秘书长，您有什么忠告和建议？

缪力：站位要高，要有眼界，要研究世界上的公益创新模式，让自己成为一个学习型的秘书长。我这些年没有落伍，关键就在于学习，福基会的"联合劝募中心"就是从美国学来的舶来品。而且，秘书长还应该是个"杂家"，因为基金会的业务领域非常广，都需要涉猎，说不定哪个方面的信息就会触动你的创新思维。

比如说福基会的"授渔计划"项目的设立，就是我受当年李克强总理的"职业教育要以就业为导向"这句话的启发。所以，秘书长也要有对政策的敏感度。

另外，秘书长还必须要重视第三方的专业评估，它能让你保持头脑清醒，知道自己的优势是什么，不足在哪里。

马广志：正是您的这种学习力及创新意识，使得福基会由当初的几个人成长为全国有一定影响力的大基金会。您也获得了包括政府、公益行业及企业在内很多人的尊崇。

缪力：基金会能有这样的成绩，离不开以刘光和理事长为首的理事会正确领导，离不开基金会全体员工的努力，更离不开近百家专项基金同人的奋力拼搏。

至于我个人，反正我就坚信一条，人活着总要做些有意义有价值的事情，而公益是可以做一辈子。如果还有的话，那就是我对什么都充满了好奇，我 50 多岁时还读了两个研究生：一个是中央党校法学研究生班法学研究生，知识产权方向的；另一个是北京师范大学艺术与传媒学院硕士研究生，电影学专业，多学一点东西，至少自己不会落伍。

"公益事业越来越理性"

马广志：2008 年被称为中国公益元年，缘于当年那场令举国悲恸的汶川地震。您如何评价它对中国公益事业的影响？

缪力：汶川大地震是中国公益史上一个里程碑式的事件，爱心企业、慈善组织、志愿者在当时空前活跃，让全世界为之震撼。这汇聚的爱心，开辟了中国的公益元年，奠定了中国未来公益事业大发展的基础。

从历史的进程来看，这也是一个偶然事件。三十年的经济发展，国家财政十分丰盈，民间财富的积累也极为可观。即使没有这次地震，也会有另外一个事件激发起国人的善心。

马广志：但也有一种说法，虽然当年的捐赠总额超过 1000 亿元，但不过都是感性的慈善而已，不能说整个社会的公益氛围已经形成了。

缪力：汶川大地震激发的全民捐赠热潮确实大部分是感性的，甚至在之后的很长一段时间内，很多公益机构还是依靠公众的这种"感性"在生存，就是人们常说的"眼泪公益"。这显然是不行的，因为"眼泪公益"毕竟只是短期行为，常态化的、可持续性捐赠机制才是助力公益事业长足发展的保证。

现在情况正在起变化，随着经济的发展，"人人公益"的理念正在深入人心，很多公益机构借由互联网技术正在为越来越多的人参与到公益事业中来，搭建了广阔的平台，通过彼此的信任将爱心资源进行整合，通过透明的方式将爱心传递给需要帮助的人。

马广志：李连杰说过一句话，慈善需要激情，公益需要理性。

缪力：这句话很好地概括了中国公益这 10 年发展的一个趋势，中国公益更加理性，更加专业。未来，越发成熟的公众也不再会"感性"地仅出于善心和道义而伸出援手，他们对社会公益事业的价值判断会日趋独立、客观、理性，会更加关注慈善本身的社会正义性。

马广志：那在您看来，推动这种变化的力量是什么？

缪力：首先，最重要就是党和政府的重视，以及一系列"善政"的出台，政策不断放宽，好人好事受鼓励，让慈善氛围更浓厚。

其次，就是慈善文化的发展。《中国慈善事业发展指导纲要》指出，"慈善文化广泛传播、公民的慈善理念、企业的社会责任普遍增强，慈善潜能得到激发，普遍认同并参与慈善活动，基本形成慈善事业的高尚的社会氛围"。这种氛围潜移默化地影响着企业和个人，感染着越来越多的公众参与其中，就形成了集腋成裘、聚沙成塔的连锁效应。

再次，就是公益机构的贡献。10 年前我国只有 1000 余家基金会，现在总量已超过 7000 多家，覆盖各领域的社会组织达 80 多万家。每个机构都在以不同的方式传递公益理念，影响越来越多的人参与到公益事业中来。

最后，传统慈善和现代公益的结合。传统的慈善确实为社会发展做出了很大贡献，改变了很多人的生存境况，但也存在效率低、成本高的问题，也因为不透明、不公开导致了一些影响公益事业的负面事件。而以互联网为基础的现代公益很大程度上就能解决这些问题，让公益变得更加理性，也让整个慈善事业发生了根本性的变化。

"社会组织依法依规建设的自觉性还不够"

马广志：著名学者资中筠先生说过，现代基金会是缓解社会矛盾，实现改良的重要推动力量。您如何看待公益的这种改良作用？

缪力：现在社会两极分化现象比较严重，一些地方社会矛盾激化。我插过队，当过公社书记，又从事了这么多年公益事业，知道现在中国的贫困面还不小，还有相当一部分群众生活困难，即使解决了温饱问题，又出现了诸如因病致贫、因病返贫的现象。在这种情况下，如果慈善领域有一批关心百姓疾苦，愿意解决社会问题，推动社会公平的人与社会组织参与，不但能缓解甚至解决这些贫困群体的问题，对政府的管理而言，也是极有利的补充。

所以说，作为财富的第三次分配方式，基金会制度的创新，一定程度上弥补了市场的失灵和政府管理的缺失。近几十年来，我国经济虽然取得了快速发展，社会财富急剧增长，但社会问题也尤为凸显，主要表现在贫富差距、社会不公和环境污染等方面。公益事业就是缩小贫富差距，缓解社会矛盾和促进环境改善的有效途径之一，也是凝聚社会团结、促进和谐社会的润滑剂。

马广志：总结中国公益这 10 年来的发展，"郭美美事件"是绕不过去的一个节点。您如何评价它对中国公益进程的影响？

缪力："郭美美事件"把一家百年老店搞得很被动，这既暴露了公益事业发展中的一些问题，但也推动了社会组织的自我觉醒和公信力建设，促进了慈善事业的前行。

这其中，涉及一个值得我们思考的问题，那就是公益传播怎么做？我的观点是，媒体人和公益人的价值取向是一样的，目标也是一致的，张扬真善美，鞭挞假恶丑。共同推动国家的慈善事业进步。因此，我认为媒体人要做"专家型记者"，要了解公益事业发展的内在规律，为公益机构的建设性发展而多做传播，而不是为了抓眼球，做一些猎奇的、肤浅的报道，那样对公益事业百害而无一利。

马广志："郭美美事件"发生后，您有没有感到压力？因为当时舆论指向还是国字头基金会。

缪力：没有。事件发生后，我们当时就讨论红会到底有什么问题，最后发现主要是透明度的问题而引发的公信力危机，而当时福基会的透明做的是很到位的。我始终认为，我们不仅要透明捐赠与受助的结果，还要透明运作的全过程，这样才会让广大百姓和网民放心，以此推动普通大众对慈善的信任与参与，让公益捐赠成为人们的价值追求，成为自己的生活方式。

而当时我们已经建立了新闻发言制度，我是第一新闻发言人。这就能很好地解决社会组织存在的新闻发布不及时、信息公开不主动、舆论引导不到位、负面舆情也持续多发等问题。

马广志：2016年《慈善法》的出台，以及相应细则的完善，很多人认为公益事业的春天来了。您怎么看？

缪力：《慈善法》最重要的意义，在于其对于中国公民直接参与社会治理，推动国家民主进程的重要作用。因为公益慈善事业是普通民众最容易参与进入的一个领域，也是民众参与社会治理的最佳途径。

《慈善法》的出台，更是历史性地把慈善事业推进到了一个前所未有的高度。对"慈善组织""慈善募捐""慈善捐赠"等都做了明确的规定。为慈善组织提供了公平的制度平台，对慈善活动给予法律规制，对捐赠人的税收优惠进一步扩大，增设"慈善信托"一章节，使"公益信托"得以落地，这也是最大的亮点。总之，《慈善法》为慈善组织的健康发展提供了法律保障。

马广志：中国公益在取得巨大发展的同时，也存在许多问题。您认为中国公益这10年中有哪些问题，是基金会在下一个10年需要极力避免和必须加强的？

缪力：首先，最重要的就是社会组织依法依规来建设自己的自觉性还不够，依法依规发展是基础，基金会才能走得稳，走得长久。这其中，法人治理结构的完善是尤其值得重视的。其次，就是党建做的还不到位。最后，人才的专业化建设也不够，这也是未来基金会发展面临的最大挑战。专业性能促使基金会进入社会治理的轨道，体现出了基金会必须遵循科学性的一面。正像有些专家所说："基金会的钱是别人捐来的，钱从左手拿进来，再从右手递出去不是本事，重要的是要把这笔钱转化为更有效率和质量的服务。"

人才强，则公益强。公益事业可持续发展的关键在于人才，而留住人才的关键在于让公益人生活得有尊严，这应该成为全社会的一个共识。现在社会氛围越来越好，只有这样，年轻人才能得其所得，安心工作。

马广志：您还有一个重要的观点，就是打造品牌。

缪力：在商业社会，有没有一款好产品是决定企业成败的关键，对公益事业而言同样如此。而好产品的关键是要形成品牌，做好一个公益项目的最高境界，就是把它做成品牌，得到政府认可，变成政策，成为百姓的福利。公益项目一旦形成品牌，就有了一定的社会影响力、感召力和凝聚力，就能提升基金会的核心竞争力。

福基会在公益项目的选择上坚持四个原则，如我前面所说的：一是政府所需；二是百姓所急；三是企业家和爱心人士所乐；四是公益机构所能。比如"免费午餐"项目，就是一个符合这些原则的公益产品。只有如此，公益才可持续，不至于成为无源之水，无本之木。

马广志：有人称公益行业正在逐渐成为一个多元化的立体生态。您理想中的中国公益生态是怎样的？

缪力：我曾提出一个要"打造公益链"的概念，在这个公益链上，捐赠方得到送人玫瑰手有余香的快乐；受赠方感受到社会的温暖；志愿者收获了历练获得了幸福；宣传者的创作成了正能量的传播；公益机构实现了组织责任……项目的所有相关方都受益，实现共赢。我希望这样的一个公益链越早完成越好。

秦国英：
公益生态建设要突破"圈子"局限

秦国英，1969 年至 1984 年为军人，1984 年 2 月转业至 2000 年 10 月先后在全国妇联组织部、中国妇女活动中心、办公厅工作，期间参加援藏并担任西藏自治区妇联副主席。2000 年 10 月至 2017 年，先后担任中国妇女发展基金会副秘书长、秘书长、副理事长，2017 年至 2020 年兼任副理事长。

采访时间：2018 年 3 月 15 日

采访地点：中国妇女发展基金会（北京市建国门内大街 15 号）

"不平静的心终于安顿下来了"

马广志：看你的简历，在妇基会工作之前，曾在西藏工作过两年。

秦国英：我是军旅生涯 15 年之后转业到全国妇联机关工作。1998 年我主动申请到西藏挂职锻炼。这期间，我几乎跑遍了西藏所有的地市及部分边远地区，当时人们的生活状态让我感到吃惊。比如，有的县财政年收入不足 60 万；孩子们睡觉没被子，学校没有电灯；一个女性有 5 个孩子却没任何自家的经济来源；女性去卫生院分娩要在马背上走两天……这些所见所闻让我难以平静，一直在想怎样才能为他们做些什么。

马广志：援藏结束后，你就到了妇基会？

秦国英：从西藏刚回来就送走了父亲，几乎没有在床前尽孝。组织上让我竞争上岗，我原本想去发展部，认为能接触基层帮助贫困妇女做些事。后来，领导问我是否愿意到基金会工作。我了解到慈善更能直接地帮助到基层群众，就欣然答应了，没想到一干就是 18 年。

马广志：这 18 年间，你每年都多次走进基层看望贫困妇女，累不累？你如何看待自己的工作？

秦国英：苦累是必然的。但真正的苦累是欲望太多，攫取太甚。放弃浮华，灵魂安静下来就不觉得苦累了。在基金会工作了一段时间后，我这颗总是不能平静的心终于安顿下来，也才感觉真正地找到了人生的方向。

在这期间也有回机关或去企业工作的机会，有的待遇可观，我也没有动心，其实就是扯不断这份情缘，感觉这份工作更有价值，让我更充实。

马广志：公益是一个更讲奉献与付出的行业，可能没更多的时间照顾家庭。

妇基会公益平台的优势。

另外，从 2010 年开始，我们坚持每年在国外举办女性公益可持续发展国际论坛，让企业家、女性公益组织带头人走进纽约联合国总部、法国联合国教科文总部，把非遗手工精品拍卖到国际市场。

2016 年还获得联合国经社理事会特别咨商地位，次年受联合国妇女地位委员会邀请列席会议。同时，配合国家"一带一路"倡议，妇基会还将"母亲水窖"项目推广到非洲，力所能及地帮助其他国家的妇女儿童解决饮水问题。这些关键的举措让妇基会得以走上国际舞台，向世界展示自己。

马广志：与其他基金会成长相比，妇基会有什么独特的基因优势？

秦国英：妇基会是全国唯一一家以性别视角为特征的、以妇女家庭为主要服务对象的国字头基金会，就具有妇联组织促进性别平等和妇女发展的基因。这应该是我们最主要的基因优势。

基于这种优势，我们首先把性别平等意识这一理念纳入所有项目的所有环节中，更关注将赋权妇女作为基金会追求的终极目标，从单纯帮助弱势妇女转变到改变妇女的意识和能力，将受助者从被动角色转变为主动参与和贡献。

其次是国务院妇女儿童工作委员会办公室设在各级妇联，使我们与政府合作沟通有了天然的渠道，有利于较好地撬动政府资源。

最后，就是我们在全国可以依托最为健全的妇联组织系统。这种组织基因使妇基会在获得体制资源、充实实力、提高执行力等方面有强大的优势。

当然，其中也存在一些问题，即公益机构的社会化和妇联组织行政化属性存在一定的矛盾和冲突，比如存在非竞争性制度安排，部分工作的审批制无法适应高度弹性复杂的社会形态，这在一定程度上约束了创新，且容易导致组织效能低下等。

为此，我们也在尝试改变组织基因的单一性，比如通过建立女性公益慈善组织协作联盟、健康联盟、创业联盟、超仁妈妈等多种形式，将一切关注女性发展的民间和专业组织吸引进来，让单一的基因发生变异，更多元、更健壮、更丰富。

马广志：这种基因优势也造就了妇基会独特的发展战略，这种战略是怎样的？

秦国英：妇基会的发展战略始终是以妇女发展中最核心、最迫切的问题为导向的，在妇女健康、扶贫、创业、赋权等层面做出不懈努力。

具体来说，一是切实在解决社会转型过程中妇女生存与发展方面有所作为，每一个项目从创立、论证到实施、评估都从经济体制转变、社会结构转型，以及劳动力大规模迁徙大的时代背景和特征出发，去发现妇女发展中遇到的难点和热点问题。

二是立足对女性的赋权增能，为受益群体带来"长远改变"。我作为在北京参加过 1995 年联合国第四届世界妇女大会，受到性别主流化影响的秘书长，一直要求团队自觉把这一理念贯穿到全部项目各环节，促进受助妇女观念改变。

三是注重长期发展效应，力戒短期行为。无论是妇基会自身的发展还是妇基会项目的设计，我们都注重建立问题解决机制，产生长远影响和效果。

四是充分发挥公益平台作用，跨界合作，汇聚政府和社会资源，获得长期发展的支持和动力。包括与政府、各类企业、媒体等的合作。

这四个方面是妇基会一直坚持并不断完善的发展战略，正是这些战略让妇基会更加明确一定时期内的发展方向、发展点及发展能力要求。

"品牌项目有效管理是确立核心优势的关键"

马广志：我发现，你从担任妇基会秘书长开始就在创新，包括项目、制度、模式和手段等各方面的创新，为什么花这么大的精力在创新上面？

秦国英：近些年，无论是国家的经济社会发展格局、公众对公共资源和公共服务日益强烈的需求，还是移动互联网形势下公益慈善发展生态环境都发生了急剧的深刻变化。特别是在国民经济从高速增长转变为高质量发展时期，国企特别是央企，受到多种因素的制约，大额无定向捐赠日益减少，对妇基会提出了众多的挑战。应对机遇与挑战并存的形势，妇基会唯一的出路就是创新求变。

在这样一个充满变数的时代，缺乏求变和创新的智慧和勇气，无疑就面临不进则退的尴尬局面，一旦前进的步伐停顿下来，再赶超就难上加难。

特别是当上妇基会的秘书长这十几年，我不敢有丝毫的懈怠，不敢有丝毫满足现状的想法，尽管体会到负重前行的艰辛，但想到那么多的爱心企业和无数默默付出的公众对妇基会抱有的期望，想到那么多渴望得到支持帮助的贫困妇女，想到带领团队不断奋进的责任，我心里就会激发出不断创新拓展的勇气。

马广志：你说过，公益组织没有品牌就没有核心竞争力。近些年妇基金会打造了"母亲健康快车""母亲水窖""贫困英模母亲资助计划""母亲邮包"等多个品牌项目。为什么这么重视品牌建设？

秦国英：在公益市场上，品牌就是机构的名片，就是区别其他基金会的特色公益产品，就是核心竞争力。品牌项目既可体现基金会的社会价值，也可在公益领域、企业、公众中树立良好的形象。一个有社会影响力的品牌项目，意味着这个机构就可具有较强的社会影响力和公众动员力。对品牌项目进行有效管理，是基金会确立其核心优势的关键。

品牌建设是公益慈善组织与市场进行良好衔接的契合点，是引导企业、公众投入资本和奉献爱心的亮点。没有品牌项目，很难想象这个组织可以获得丰厚的资源和大的可持续的发展。

创建项目也许相对容易，但要把项目培育成为品牌，并可坚持数年、十数年，让项目拥有丰富的内涵和延伸优化的空间，做大做强这就非常不易了。需要在公益实践中深入思考和探索，需要有足够的知识积累和经验，需要有创新的智慧和能力，更需要坚持和坚守。与此相配套的，还要有传播力、科学的管理体系、与捐方和受助方保持良好的合作关系。

我在妇基会十多年的工作中，充分认识到品牌的优势和影响力，因此工作中坚守一个信念，品牌不能在我这里价值递减，工作的重中之重就是不断地研究形势，判断品牌新的创新点和增长点，一切工作以品牌维护为中心，通过多种渠道宣传品牌的价值，并以慈善文化带动妇基会的品牌项目不断升级。

妇基会在"母亲水窖"品牌的基础上，逐步延伸出以"母亲"为标志的系列品牌项目，多个项目相互独立，而又具有内在关联。一方面，对于传统品牌项目深挖品牌潜力、不断升级创新。另一方面，不断推出新的品牌项目，形成了母亲系列品牌项目矩阵式效应，不仅多方面为贫困母亲提供公益服务，还加大了妇基会的发展空间。

"理念的变革和创新是最大的变化"

马广志：因为汶川大地震，2008 年被称为中国公益元年。今天来看，你如何评价那次地震对中国公益事业的影响？

秦国英：汶川大地震给当地带来了巨大损失，不仅是自然的、物理的和经济层面的，更多的是对社会层面的冲击。但是，这场灾难同时"震"热了中国公益，更激发了国人的公益热情，开启了中国公益的新时代。

具体来说，第一，创立了中国抗震救灾的新模式，民间公益成为政府救援的有效补充力量，后来的玉树地震和雅安地震都因此受益。第二，国内一批公益组织迅速组建并成长起来，现在公益行业很多知名的公益机构都是在那期间及以后成立的。第三，引发了全国性的志愿服务热潮并持续至今。公益不再是个小众的话题，或者大时代中的点缀，而是成为很多人喜闻乐见愿意日常参与的事务。

马广志：汶川大地震给中国公益圈留下了一笔宝贵的财富。

秦国英：是的。但也要看到捐赠行动中暴露出来的问题，比如说，慈善捐赠管理机制不顺，社会的现代慈善意识还很薄弱，慈善捐赠信息不太透明等。这提示公益机构一定要走专业化、职业化和信息透明化之路。

马广志：今年正好是 10 周年，作为历史见证者和参与者，你认为中国公益这十年最大的变化是什么？

秦国英：我认为是公益慈善理念的变革和创新，这是一切变化的核心，也是激发创新与突破最大的原动力。而这种理念的变化又是多方面的，它重塑了整个公益慈善的新格局。

马广志：这种理念的变化包括哪些方面？

秦国英：首先，突破了狭义的慈善概念，引入了公领域的公益概念，在扶贫济困、帮助弱势群体的同时，开始更关注重大的社会问题，教育、医疗、文化、体育、环保和社会服务等事关整个社会可持续发展的问题。

其次，突破了只有富人才可做慈善的社会认知，人人皆可慈善的理念被更多的人认可，他们通过不同方式参与公益活动。现在，谁要是没做过公益或志愿者，就好像落伍了。

再次，公益人和公益机构不再仅仅是对弱者单纯的救助，而是在活动中更体现对受助者人格尊严的尊重，支持受益者获得改变和成长。

最后，更多的公益机构还突破了单纯进行资金运转、传递社会关爱的角色，开始利用互联网的科技优势，通过公益创投及社会价值投资等方式，使得公益机构和公益行动具有可持续发展的空间和可能性。

马广志：你提到的这种"公领域"公益理念，其实就是 2016 年出台的《慈善法》提到的"大慈善"概念，很多人也因此认为中国公益事业的春天来了，你怎么看？

秦国英：《慈善法》出台是公益史上的大事，是我国公益慈善行业走向法制化、专业化、职业化、多元化的里程碑。说"春天"来临可能更多地体现在慈善组织不断发展壮大，参与主体越来越多元化，捐赠模式会不断创新，社会捐赠大幅增长等方面，公益组织会发挥更主流的作用。

但是，《慈善法》的各项配套制度的建设还相对滞后。公益慈善组织制度、财务制度及志愿服务、税收优惠等方面都缺乏相应的法律法规支持。如"慈善信托"虽然在慈善法里单独成章，但一年多来，相关的配套措施，特别是对公益组织如何利用慈善信托保证公益项目获得源源不断的支持，至今政策导向不明，导致高净值家庭及家族缺乏通过建立慈善信托履行社会责任的动力。

马广志：对于这些正在发生的和将要发生的事情，你认为未来的公益事业呈现什么趋势？

秦国英：第一个大趋势是市场产业化带来的公益变革，越来越多的兼具公益性与市场性双重属性的公益业态，如社会企业、慈善超市、公益银行等不断涌现，创造更大的社会价值。

第二是跨界融合，政府、企业和公益机构之间越来越相互依存、相互支持。三者的跨界融合有助于增强公共服务和公共产品的针对性、可及性及普遍化。另外，移动互联网和大数据时代将会涌现出各种开放、共享、透明的平台，不仅超越既有的三大部门，也超越所有的组织，在更广泛公众参与的基础上推动社会价值的实现。

第三就是公益全球化的趋势。我国现代慈善事业属后发态势，发轫之际就无可选择地步入全球化进程，进入"全球大公益慈善时代"。一批公益先锋冲破空间和观念的局限和束缚，放眼世界，走出国门，"师夷长技以自强"。妇基会在这方面也早有尝试，比如很早就有在美、英等国建立合作机构的探索，并最早将女性公益论坛开到了美国，等等。

"最好的基金会要会运用市场化的方法"

马广志："公益市场化"是近两年公益圈一个持续争议的话题，还出现了"两光"之争。对此，你怎么看？

秦国英：这个问题在国际上早已经不是问题的问题了，既然公益慈善是立足于市场化大背景下的一个行业，其基本的运作就必须遵循平等竞争、合作共赢、公开透明的基本原则，不能单纯依靠企业和公众捐赠来实现公益的目的。只会做无偿捐赠的传统公益产品，不会运用市场化的方法的基金会不是最好的基金会，因为这样持续性差，不利于做大做强。

永光对"公益市场化"的解释是，在开放的市场中，以市场需求为导向，以竞争的、优胜劣汰为手段，追求资源充分合理配制、效率最大化的目标。也就是说，公益市场化追求的是公益资源配置和组织运行的效率机制和规则，是一种实现有效公益的手段。

马广志：我们应该怎么理解和处理公益与市场的关系呢？

秦国英：公益与商业既有联系，又有本质上区分。从追求投入产出性价比来看，公益机构的管理和运作与企业异曲同工。公益需要借助企业管理的方式和经验，提高我们的专业化水平和工作效率，提高人力资源配置的合理性，在管理思维和程序上要尽量减少行政化的做法。

但两者又存在根本的区别，公益追求的是解决社会问题的效益最大化，商业则是以追求利润为目的。大量的公益机构是不可能用企业化赚钱的方式来解决问题的，依然需要靠社会公益意义的坚守和公益理想的导引与规约，依然需要大量小而美的"雨滴"来融化人心、化解冲突，给人以精神动力。

马广志：随着互联网公益的兴起，商业与公益融合，公益创新模式频出，这种争论也变得尤为激烈。

秦国英：在互联网时代，竞争不再是产品的竞争、渠道的竞争，而是平台资源及资源整合的竞争。公益组织要摒弃各自为政、消耗资源的陈旧习惯，运用"互联网＋"思维，主动打开组织边界，在资源共享、信息共享、价值共享基础上实现多部门、多行业、多机构纵横交织的跨界合作，将优势资源转化成创新品牌项目和慈善服务的核心竞争力。

这就要求基金会提高信息化、智能化的服务和管理水平。同时，要有效整合慈善资源，创新公益项目，与政府、企业、其他 NGO 组织及各类智库机构形成跨部门的合作关系，搭建既相互包容，又具有明显差异特征的公益合作平台，形成一个优势互补、互动共赢的生态圈，这样才能更好地提出社会问题的解决方案，有效应对快速发展的慈善需求，实现公益价值的最大化。

马广志：妇基会在这方面有什么探索？

秦国英：妇基会基于互联网搭建了一个具有多种功能、拥有多种资源对接的公益平台，不仅体现在线下的募捐、项目、服务、管理等，更体现在线上与线下二者的有机融合，实现定制化的信息推送、专业的服务、精准的资源对接，形成参与主体的良好慈善体验，提高公众的黏性和忠诚度。

马广志：提到公益价值最大化，有人认为就是看谁筹的款多，"唯筹资论英雄"成为很多基金会信奉的准则。

秦国英：拥有足够的资金和物质是一个基金会生存发展、提供公益服务的基础和前提，没有足够的募资额就谈不上履行基金会的社会责任。但如果什么钱都敢要，一味迎合企业的利益诉求，我们就丧失了公益机构的良知和职业操守，也会因此受到公众的质疑。现在有的媒体在做募资额排序的传播，这的确助长了"唯筹资论英雄"的导向。如果从公益组织的整体发展来看，结构的合理性是最重要的。

妇基会很早成立了合规部，建立了信息披露制度、项目审查小组和工作寻访制度，力争在源头、运行过程中防治有风险的资金进入机构，在项目监管和后期评估上也加大力度，一定要把所有的善款放到透明口袋，让每一分钱都干干净净地投入到受益者手中。

"政策推动是公益组织实现公益效益最大化的最佳途径"

马广志："郭美美事件"是中国公益发展中的重要节点，回头来看，你如何评价这件事对中国公益事业的影响？

秦国英：2011年的"郭美美事件"在行业内掀起滔天巨浪，公益慈善组织尤其是具有政府和人民团体背景的公募基金会被推到社会舆论的风口浪尖。这个看似偶然的事件从某种程度来说，也是历史发展的必然，证明了行政动员、效率低下、信息不透明的慈善行为已不能赢得公众的信赖，难以满足行业持续发展的要求。

反过来看，这次事件也是一件好事，暴露出的公益慈善行业问题，促使我们认真反思如何适应新的社会发展要求，如何真正使公益慈善提质增效，如何改革传统慈善事业管理体制，向现代慈善转型。

马广志：妇基会也是国字头的基金会，"郭美美事件"发生后是否也感受到了压力？

秦国英："郭美美事件"爆发后，许多公募基金会当年的募资额大幅下降，妇基会主动加强了与捐赠者的沟通，更加及时的公布所有善款使用情况等相关信息，完善了信息披露制度，并责任到人。当年我们的募资额不降反升，达到了 2.74 亿元（不包括政府福彩基金的 5000 万）。也是从 2011年开始，妇基会每年的募资总额以 12.28% 的比例增长，其他指标也在不断上升，跻身到公募基金会的前列。

马广志："郭美美事件"揭示的其实是公益组织的公信力问题，公信力被称为是公益组织生命的源泉。

秦国英：公信力建设是赢得政府支持、企业和公众信任的能力，也是公益组织的生命线，只有信任关系建立起来，公益组织汇集资金、扩大社会影响力才有保证。

但目前公信力建设状况并不十分理想。自律方面的可行性发展不平衡，目前很多机构的网站建设、信息披露机制还不健全。公信力建设的成本也较高，对大量小型基金会是一个考验。而他律方面，问题更为复杂，最有权威的是项目通过第三方专业机构进行监管和评估，但成本支出一是得不到捐赠方的认同，二是成本过高，一般基金会无论是项目费用还是管理费用的承担都是一个难题。

马广志：有的机构也抱怨公众和媒体对公益过于"挑剔"。

秦国英：公益和媒体对公益机构期望值和要求的确很高，有时甚至高过对企业的期待，因为你是做公益的，不能有丝毫的过失。有人说是对公益人的道德绑架，公益组织在理论和实践上开展创新活动，试错、容错空间几乎为零，从一定意义上也是对公益机构能力的一个严峻的挑战。

特别是新媒体时代，一个小小的失误，瞬间就有可能被放大后扩散出去，给组织甚至整个行业带来极大的负面影响。如何把握这个度，把握正确的舆论导向事关重要。在这方面，我一直是如履薄冰。

马广志：对于公募基金会的管理者来说，一个重要工作是处理好与政府的关系。妇基会在这方面有什么经验？

秦国英：政府是社会治理的主体，公益组织要紧紧依靠政府在政策支持、资源配置上的优势，争取政府最大的支持，并把政策推动作为自己的责任和目标，争取实现公益效益的最大化。"免费午餐"是这方面的典型案例，它撬动了政府政策性的支持，让更多的孩子受益。

多年来，妇基会也探索出了一条聚焦在政府和妇联所急、妇女所需、妇基会所能方面，提供多样化、精准化、专业化的慈善服务的路子。

一方面，充分利用政府和妇联的政治信任资本和组织资源优势，团结更多的企业和公众利用我们的公益平台奉献爱心，并发动基层妇联组织做好项目的执行和监管。比如，农村"两癌"免费检查和救助项目，如果得不到政府的政策保障和资金支持，这种大规模、可持续性的健康扶贫项目就难以为继，在执行层面也会遇到人力资源严重不足的困难。这个项目就是政府、妇联组织和妇基会优势互补、良性互动的成功的案例规范运作。

另一方面，作为独立法人机构，我们更注意严格遵循公益慈善特有规律和"互联网＋公益"的大趋势，在募集资金、项目执行上充分发挥公益网络平台优势和多年积累的规范、透明、创新的专业经验和社会信誉，基本没有利用行政手段开展各项工作，特别是在内部治理和团队建设方面一直在积极探索去行政化的做法。

马广志：人才缺乏一直是制约中国公益更好发展的瓶颈之一。很多人呼吁要建设公益人才生态。你认为解决公益人才缺乏的出路在哪里？

秦国英：找出路要先知道问题出在哪里。公益人才缺乏既与我国现代公益慈善起步晚、规模小有关，也与社会对公益认知不够、公益从业者待遇低、薪酬没有保障机制等有关。

所以，解决公益人才这一瓶颈问题，需要综合用力。一是强化人才队伍建设。如在专科院校开设相关课程进行系统化、专业化的人才培养是最为有效、长远的方法之一。与美国的 292 所院校相比，我们目前只有两所大学有相关专业，公益慈善作为一个专业或学科还有待进一步开发建设。

二是营造良好的社会环境，通过顶层设计、制定政策来提升公益领域就业率。

三是要在法律层面加强对公益从业者的薪资待遇保障，推动完善专职公益从业者的人事、福利和社会保障体系，增强公益慈善事业从业的吸引力。

"公益生态要突破'圈子'的局限"

马广志：中国公益在取得巨大发展的同时，也存在许多问题。你认为中国公益这 10 年中有哪些问题是基金会在下一个 10 年需要竭力避免和必须加强的？

秦国英：最重要的就是公益慈善领域在公众多层次、多样性、个性化利益诉求与公益慈善资源配置不均衡、不充分之间存在的长期矛盾。但由于政策引导力度不够、社会各界的忽略，改善效果不显著。比如，目前大部分公益资源都投向教育领域，且集中在大城市的优质高等院校，政府的教育投资也相对充足。但是，投向偏远农村、投向长期从教农村教师能力提升的资源和项目却严重不足，公共教育资源均等化显然被公益慈善领域各方忽略。

怎么解决呢？我认为关键在于通过政策的倡导和引领、政府加大购买社会服务的力度来加以解决，特别是要积极引导捐赠企业关注那些被忽略的困难群体和政府难以满足的公共服务，让公益慈善资源的配置更为合理，更为均衡，更为充分。

马广志：有人说，在过去十年当中，中国公益在法治化的进程下，已经进入了生态化。对此，你怎么看？

秦国英：我理解完整的现代公益生态链应该是由政府的源头引导支持、媒体的传播倡导、公益组织的发动运作、企业和公众的参与与支持、第三方专业服务的有效供给、受助群体因此得到的帮助与改变构成。但从目前来看，公益组织体量总体不大，功能单一，并未形成层级分明、优势互补、合作共赢的组织链条。

马广志：也就是说，公益慈善组织本身的生态还未形成？

秦国英：还是很有差距吧。尽管《慈善法》出台了，但并未出现慈善组织爆发式增长，什么原因呢？国家层面实际的推动力还不够，公益组织总体体量不大，从机制创新上还缺乏自我造血、良性循环、自我壮大的能力，受捐赠者意愿等方面的局限，难以获得支持行业专业化发展的成本。如草根组织没有获得更多的生长土壤，虽然登记门槛降低了，但实际注册程序还非常复杂。另外，国字头的基金会规模大，获取社会资源占了大半壁江山，但真正资助型的基金会却很少，对草根组织支持力度很不够。

一个合理的公益慈善组织生态应该是形成较为清晰的上、中、下游，资助、运作、倡导型组织的有机结合，组织功能清晰并相互依存与相互合作的稳定的生态体系。如果从上面两点来看，现代公益生态还远未建立起来。

马广志：你理想中的中国公益生态是怎样的？

秦国英：现代公益生态系统应该是功能完整、结构优化、和谐共生、持续繁荣的。

现代慈善绝不再是简单地靠富人或企业捐钱给受助人，也不是政府大包大揽，更不是公益组织"夹缝中野蛮生长"，而是靠全民共同参与，营造良好的公益环境，构建一个完整、可持续的共享公益生态。

马广志：那你认为，这个公益慈善生态链应该怎么做才能有更有效地建成呢？

秦国英：这需要国家意志与战略等多方面的努力，需有一个有机发育过程。我们现在能做的，就是要有创新的思维、市场化的本领、专业化的服务，同时与品牌传播、公关、咨询、法律、金融等各个层面协同合作；破除组织资源壁垒的制约，通过培育大批专业化公益人才来做平台链接，这种专业的平台链接，可突破"小圈子公益"的局限，把公益慈善行业引导到科学规范的道路上，让公益慈善发展成为"大公益"的潮流，由个人分散的公益梦想，走向整体性系统性的"新公益慈善梦想"，进而做"大公益圈"，做"强公益圈"。每一位有公益情结的公众都可以在这个生态链中找到自己的位置和功能，人人公益时代才能真正到来。

王林：公益要避免"泛道德化主义"

　　王林，北京人，1955年8月生。1971年入中国科学院工作，先后任科学仪器研究中心干部、党委宣传部干部和中国科学院团委书记，后任中央国家机关团委副书记。1990—2001年任北京四维集团副总。2001—2006年任澳门H卫视卡通台总监。2006—2009年任北京宜和信息咨询有限公司副总。2009年入中华少年儿童慈善救助基金会工作，先后任常务副秘书长、秘书长和理事长。

采访时间：2018 年 1 月 22 日

采访地点：中华少年儿童慈善救助基金会（北京市中扶大厦 4 层）

"抱着试试看的态度进入公益领域"

马广志：看简历，你曾在中国科学院工作。

王林：开始我在中国科学院是做宣传、团口工作，2001 年进入澳门 H 卫视卡通台任行政总监，做了 6 年。2007 年开始跟魏久明理事长一起筹备中华少年儿童慈善救助基金会（下称"儿慈会"）的成立。

马广志：为什么会想到成立基金会呢？

王林：其实，我们早在 1996 年就筹备这个基金会的成立了。魏老长期从事青少年工作，当时认为应该有一个基金会能对孤儿、流浪儿等有特殊困难的少年儿童提供救助，申办工作得到泰国中华总商会主席郑明如的支持，1000 万元。结果 1997 年就批了，当时还是中国人民银行批准成立，在民政部注册登记的。

马广志：基金会由民政部统一管理要到 1999 年了。当时审批手续好办吗？

王林：不好批。我印象很深，当时把这事儿跟时任民政部副部长的徐瑞新一提，他就说"不可能"。因为 1996 年 7 月，政治局常委会讨论加强民间组织管理工作，明确提出，在《基金会管理办法》修订工作未结束前，原则上暂不批准成立新的基金会。这也是新中国成立以来政治局常委会第一次专门研究民政工作。后来虽然批了却又正赶上亚洲金融危机爆发，郑明如的资金到不了位，这事儿就搁浅了。

马广志：再次申办基金会是什么时候？

王林：2008 年汶川地震，激发了全社会的捐赠热情，我们重新给民政部打报告，再次启动基金会的申办工作。经民政部审查报送国务院，2009年9月，国务院批准儿慈会为全国性救助弱势少年儿童的公募基金会。上海鑫成企业发展有限公司为基金会的成立捐赠原始资金2000万元。2010年1月12日在北京举行了成立仪式。

马广志：当时你那么不遗余力地推动这件事，基于怎样的考虑？

王林：有两个情结吧。一是我们都是"老共青"，特别是作为发起人的三位老同志，做的都是关心和帮助青少年成长的工作。随着经济的高速增长，我国也出现了各地区经济发展不平衡及严重的贫富差距问题，并已影响到经济发展的可持续性。我们迫切认识到，虽然这要靠国家政策逐渐去弥补，但也需要更多的社会组织来帮贫济困、拾遗补阙。

二是，从机关出来后，还是有要"做事"的想法。办公司又不是强项，当时魏老已是70多岁高龄了，我年轻，就跑得多一些。其实，当时也没什么规划，也没有多高尚，就想着把这事儿办成。

马广志：那时对"公益"是怎样一种认识？

王林：没有一点认知，连公募、非公募的概念都不清楚。包括在基金会筹备阶段，也没跟公益机构接触过。之前互联网也不发达，人们主要还是从报纸、电视获取信息，有关社会组织的信息很少。

2008年汶川大地震后，人们好像才开始对社会组织有更多的认知，也才认识到社会组织对于经济社会发展的重要性。当时我也没想那么多，抱着试试看的态度进入公益领域，结果一做就是8年。

马广志：这8年，中华儿慈会的成长速度突飞猛进，你个人也获得了公益行业的多项荣誉。回头来看，你如何评价自己的工作？

王林：做公益确实需要很大的付出，我基本上没周末，每天早上6点多起床到办公室。但是我觉得这样的付出是值得的，尤其是看到那么多的困境儿童得到救助，就感觉人生还是有价值的，也更有动力。

从另一个角度来讲，这个过程也是自身受教育的过程。比如，我现在理解了，救助了别人为啥还要感谢人家。因为别人给了你一次机会，让自己的精神和心灵得到升华，也越来越觉得这是自己的责任，不但要干，还要干好。

马广志：做公益这么拼，对家庭的影响挺大吧。

王林：家人肯定有意见，这么付出，回报也不高，而且总是出差不在家，我的身体也不是太好。但没办法，我选择了公益，肯定是要走下去的。

"如果不做大做强，就会被淘汰"

马广志：儿慈会的筹款从 0 到 1 亿元用了 908 天，从 1 亿元到 2 亿元，用了 372 天，从 6 亿元到 7 亿元，仅仅用了 142 天时间，到今天已突破 15 亿元。作为掌舵者，你有哪些经验可以分享？

王林：基金会筹款每年都上一个台阶，而且走得比较坚实。这首先要归功于一个团队，个人的作用有限，所谓"一个人可以走得很快，一群人可以走得很远"。每个人不一定多么优秀，能力多强，但只要大家能拧成一股绳，就能把事情办好。

其次，全部流程化管理。我一直强调靠制度去管人，用流程去管事，靠团队去拼搏，用科学规范化的管理求发展。现在我们的制度非常完善，所有的项目都有操作手册、详细的操作流程。同时，我们也实行了预算制，年初有预算，年中有检查，年底有总结。

公益行业薪酬低、待遇差，难以留住优秀人才，只能靠制度。儿慈会人员流动率大约在 30%，但有了这种制度化管理，就能够保证工作不受影响。

最后，实行全员岗位目标责任制。我们实行定编定岗定员，关键岗位全部固化沉淀。年初时秘书处和所有项目签订目标责任制，项目和个人签订目标责任制。这样一来，大家都明确了自己的目标和责任，包括一年中的筹款额，需要救助的人数，需要完成多少宣传报道、组织多少次活动等，全都做了量化标准。

马广志：管理对基金会来说很重要。这让我想起德鲁克先生说过的一句话，非营利组织由于缺乏传统的商业底线（指利润），更需要借重管理来让自己专心致志于既定的使命。

王林：对。有了这种管理，每个人就知道自己该做什么，做到什么程度才算完成任务。我们还成立了项目监测机制，设置专人对所有项目进行监测，要求每个项目都要有周报、月报、季报，报不报及汇报情况直接决定着每个人的分数，而这个分数直接决定了工作人员是否完成了年度任务。

这样不仅方便管理，也大大提高了工作效率，杜绝了公益行业"好混不好干"的现象。德鲁克不也说过："管理是一种实践，其本质不在于'知'而在于'行'，其验证不在于逻辑，而在于成果。"基金会没有利润考核，但一定要有成果体现。

马广志：如此精细化管理确实让基金会成果丰硕，但员工会不会因此感觉有压力，甚至产生反感情绪？

王林：压力肯定是有的，但这也会促使他们向专业化和职业化迈进。为什么儿慈会个人捐赠占比大（2017年个人捐款占70.4%），就是因为这种专业化和职业化体现在从项目选择到立项、执行、公开的整个过程，做项目的所有善款每天都会在官网滚动式公示，让捐款人一目了然，知道捐款都到了什么地方。

马广志：其他基金会也会有一套管理流程，但是在管理规范及执行力度上，中华儿慈会显然更到位。

王林：还有一个更重要的原因，就是国企给我们的捐款很少，也就是两三家的样子，没办法。

马广志：所以你们只能把目光投向最广大的民众。

王林：是的。我们只能靠自身努力。

儿慈会的成功经验还有一条，就是转变观念。我经常跟员工们讲，观念的变革是静悄悄的革命。在科技和互联网快速发展的形势下，如果还采取陈旧的观念是绝对行不通的。基金会首先必须要有服务意识，一定要把服务放在最主要的位置，包括对捐赠人的服务，对被救助对象的服务等各个方面。儿慈会刚成立时，就提出来要"去行政化""去机关化"，千万不能有"官老爷"的态度。

其次，还要有创新意识。基金会使命就是创新，如果不创新就不是基金会了，因为基金会就应该帮助政府整合调动资源，解决社会问题，而不是简单的捐款捐物式慈善。

马广志：你曾说过，创新是公益组织永恒的使命，也是我国公益事业前进的重要驱动力。

王林：是这样的，创新是公益机构，特别是基金会一个永恒的主题，因为基金会本身的使命就是要创新，不仅仅在筹款上创新，同时要在项目上创新，在活动上创新，创新始终贯穿整个公益慈善的全过程。儿慈会对创新的项目都是非常鼓励和支持的。

最后，还要有效率和效益意识。如果没有一个优胜劣汰的机制，这个行业发展不了。公益一定要跟市场相结合，要讲投入产出比，把每一分钱的作用都发挥到极致。我们要做有效公益。只有讲效益和效率才能发挥公益更大的作用。商业直接的回报是经济利润，公益行业的回报则是你救助的那些人，他们会用自己的方式再去回馈公益事业，这才是可持续的。

过去对于慈善没有一个标准，反正是在做好事，具体的无所谓了。现在要求专业化，而且专心、专注。所以，做公益也要求效益和效率。

马广志：没有效率的公益，实际上就是社会资源的浪费。

王林：公益组织募集来的资源是有限的，怎么把有限的资源用好是关键，一个公益项目所产生的社会效益到底是什么，是需要基金会思考的。

转变观念还需要有危机意识。《慈善法》出台后，2017年全国新增基金会约798家，增长了14%，今后还有更多的公益机构出现。而且，随着经济改革进入深水区，蛋糕就这么大，而且随着互联网的发展，黑天鹅随时可能出现，竞争是今后必然的趋势，如果不做大做强，就会被淘汰。所以，形势的发展迫使我们不仅仅要看到梦想的微弱光芒，还要看到身后现实的万丈深渊。任何时候都不能沾沾自喜。

"'自我造血'应该是公募基金会必修课"

马广志：你提到公益要讲究效率，这与徐永光先生主张的"公益市场化"似乎不谋而合。

王林：两者还不太一样。效率是对工作的要求，强调的是过程；而市场化追求的是结果。对徐永光老师的主张，我是支持的。当然，关于"公益市场化"的纷争还在公益行业发酵，但仁者见仁，百家争鸣对行业发展是有好处的。

有的公益机构以"公益市场化"的思维来运作，可能发展得更好，走得更远。而有的可能更适合走纯慈善的道路。实践是检验真理的标准，关键是看结果。

马广志：我发现你很多次都提到的一个词就是"如履薄冰"。

王林：这个时代变化太快了，只有不断地去发现，才能有自己更多的机会，我们希望能抓住下一个风口。在这个跨界打劫、飞速变化的时代，你永远也无法想象下个竞争对手，你也很难猜到新兴的什么行业就打败了传统的什么行业，打败你的不一定是同行。

所以我经常跟员工讲，我从来不盯着对手，而是盯着高手。我天天学习，关注公益之外的发展快的行业，学习他们捕捉发展机会的思维方式。

马广志：但现在看来，很多基金会还不具备这种思维。他们总是把目光盯着公益圈，缺乏一种"向外看"的意识。

王林：有时候还沾沾自喜，陶醉于一年复一年的纵向比较。但随着科技和互联网的加速推进导致的剧烈变革，任何成功者的丰碑转眼间可能就成了墓志铭。

我为什么每天"如履薄冰"？因为基金会最根本的生存依托是公众的"信任"，如果失去了这个信任，就意味着没有人捐款，机构也就无法生存。现在我也在考虑做些转型，尝试能否像香港的"东华三院"一样，通过运作一些实业或项目，创造出更多经济价值反哺到公益事业中，"自我造血"应该是一个健康的公募基金会应该具备的重要功能，是必修课。

马广志：是否现在已经开始运作了？

王林：这是我们的一个努力方向吧。但也不敢太大张旗鼓地做，万一哪个媒体提出质疑，都可能会给基金会带来致命伤害。这个行业本身就是个政治敏感度低、社会关注度高的行业。每天都有很多双眼睛盯着你，每个人都可以质疑甚至骂你。

马广志：这么谨慎和小心翼翼与 2012 年年底的"小数点事件"有关吧。

王林：每年 12 月 12 日，就是"小数点事件"发生的那天，我们都要对这一事件进行回顾，并提醒大家要警钟长鸣，在筹款上和项目执行上一定要做到公开透明。

马广志：危机的另一面是机遇，可能也正是因为"小数点事件"，也才有了今天这样一个让业内瞩目的儿慈会。

王林：风波刚发生时，大概 400 多家媒体，十天一拨，一共 40 天，轮番轰炸，每天还要接上百通电话，都是负面的指责甚至是谩骂，压力非常大。

但随着我们的处理和给公众的反馈，收到越来越多支持的声音。这是因为儿慈会的透明度一直做得比较好，很多人反倒由此加深了对我们的了解。一个明显的例子是，在"小数点事件"发生前，机构每天的捐赠额是 23 万元，而事件过后的捐赠额反而达到了每天 40 万元。

马广志：这个事件后，儿慈会才开始完善内部建设，你把这个事件称为是一剂"清凉剂"。

王林：是这样的。回过头看，这场风波对快速发展的儿慈会，无疑是当头棒喝。我们开始对项目管理、人员管理和制度建设进行反思和整改。上面我们不是谈到基金会成功的经验吗，基本上都是这个事件以后形成的。

马广志：这种反思和创新很难得，但很多基金会秘书长的这种反思精神还很不够。

王林：一半一半吧，有些秘书长仅限于完成任务，缺乏创新精神。刚做基金会时，我经常参加行业内的各种活动和会议。但现在我参加的少了。我们不能只盯着自己那一亩三分地，要持续地跨界学习，更能拓展思想的维度。

马广志：如果给新一代的秘书长们一些忠告和建议的话，你最想对他们说什么？

王林：我一直用四个字对自己加以约束。一是坚持，那句话说得好，如果在一个行业始终坚持干一件对的事，不成功都难。公益行业也是如此，在机构发展过程中，肯定会遇到这样或那样的困难，但一定要坚持。二是行动。这个行业不需要"嘴把式"，是要"真把式"，认准的目标就要行动，不能光说不练。

有坚持，有行动，这是一个有执行力的秘书长必须要做到的。我总是告诫年轻人，没有随随便便成功，儿慈会这几年发展很快，但受的苦、走过的路只有我们自己清楚，任何的语言表达都可能是苍白无力的。未来也是，不管遇到什么样的困难，我们一定会坚持做下去。

马广志：就像朋友圈转发的那篇文章说的，哪有什么岁月静好，只是有人为你负重前行。

王林：是这样的。

"公益行业引进市场竞争机制和淘汰机制"

马广志：你认为中国公益这 10 年中有哪些问题是未来 10 年应该去完善的，你以秘书长的观察角度有哪些？

王林：对儿慈会来说，未来需要加强品牌的建设和人才的集聚，项目没有品牌，行业缺乏人才，这个行业就不会发展得太好。

对于整个公益行业而言，未来应该更多地参与到社会治理中来。如果公益组织不在社会治理中找到自己的作用点，就不可能有一席之地，也不能让政府觉得它的项目应该得到支持。

另外，今后 10 年，在全国人大和全国政协应该有更多的代表委员，为公益行业发声。这样呢，公益行业的地位就会提高，其重要性也会得到更高的重视。

还有一点，如果公益真正成为一个行业，必须要引进市场竞争机制和淘汰机制，允许同一领域更多慈善组织进入，给公众以更多选择，淘汰那些不适应变革的组织。而且，随着公益行业的发展，公募基金会与草根 NGO 的边界会越来越清晰，前者重在募款，后者重在执行，分工越来越明确。

马广志：儿慈会未来会是一家资助型的基金会？

王林：其实，儿慈会在成立之初就提出要做资助型公募基金会，但后来发现，单纯的"资助型"公募基金会在筹款上非常困难，因为如果我们面向公众筹款，然后把善款转给另外的公益机构做项目执行，那么公众就会不买账。他们认为，既然公益项目不是我们的，就没必要经过我们这个环节，直接把钱捐给项目操作方就好。

原因呢，就在于公众还没有形成"专业的人做专业的事"的理念，或者不能理解我们在这个环节中扮演的角色。而且，公众的捐赠还远未形成一种习惯。所以，我们每年的筹款中 80% 以上都是有指向性的，如果我们没有自己操作的公益项目，这些善款也许就流失了。

所以，目前我们只能拿非定向性的善款投入到"童缘"这些平台项目中，用于资助民间 NGO 的发展。

马广志：是否可以说，社会公众对公益的认知还处于一个很初级的阶段？

王林：是的。虽然慈善的观念蕴含于我国传统文化中已有数千年，但还是仅停留在个别人的扶危济困上。在现代公益下，人们还未形成主动自觉的捐赠习惯。我初入公益行业时，很多人说公益也有"大小年"之说，如果某年灾害多，就是公益"大年"，公益机构就像打了鸡血似的；如果某年没有什么灾害，就是公益的"小年"，大家就很平淡。

马广志：其实这是"运动化治理"在公益行业的一种体现。

王林：这说明我国的公益事业还未进入一个发展的良性阶段。一个良性的捐赠文化应该是这样的，只要温饱有保证的人，每年都应该自觉地进行捐赠或从事志愿活动，并让其成为一种生活习惯和生活方式。

马广志：这也正是捐赠的本质，它不受外力强迫，而是自觉自愿，基于人们表达爱心和为社会尽一份力的个人需求。

王林：尤其是现在电子商务发达的今天，这种随时随地的捐赠正在逐渐成为一种趋势。比如，中华儿慈会2017年在阿里平台的筹款达7000万元，等于是每个淘宝用户仅捐了4分钱。

马云一捐就是几个亿，这是普通人难以企及的。我们要做的就是培养社会大众的爱心，集腋成裘。当然，这需要一个过程，就像我前面所说的，观念的变革是悄悄的，也是漫长的。

马广志：观念的变革是一件很不容易实现的事情，一是人们都有自己固有的认知和习惯；二是也受现实政策的影响。

王林：没错。比如，在我国就存在"道德行为非道德化"和"非道德行为道德化"的现象。比如，雷锋厉行节约，不舍得花5分钱吃一根冰棍，这是一种道德行为，如果要求全国民众都向他学习，就是将道德行为非道德化。再比如，警察的职业就是抓坏人，即使他受伤了，也是职责所在。但如果因此又送花又宣传什么的，号召全社会向他学习，就是将非道德行为道德化了。这都是不对的，这种社会导向是值得商榷的。

马广志：这种泛道德化思维也流行于公益慈善领域，人们习惯于将道德视为评判一切慈善动机和慈善行为的标准。

王林：公益行业的这种道德绑架还很严重。很多人觉得做公益的怎么还能拿钱，这是他们没有认识到"做慈善"和"做慈善工作"是不一样的，前者是献爱心，而后者是以此来谋生的，两者是不能混为一谈的。

公益领域泛道德化会的结果就是降低公众对于慈善的认同度，引发慈善领域的"塔西佗效应"，不容易吸引到优秀人才。没有优秀人才，行业怎么发展？优秀人才就应该拿到与其劳动付出相匹配的收入，这样公益人才的匮乏问题才能得以解决，形成良性循环。

"流程的完整才是真正的透明"

马广志：作为一位历史见证者和参与者，你能不能总结一下，中国公益这 10 年最大的或者最根本的变化是什么？

王林：首先我觉得《慈善法》的出台，它是将中国的公益慈善事业和社会治理推向新发展的一个"里程碑"。它最大的贡献在于对慈善活动进行了明确界定，由完全囿于传统的扶贫济困扩展至教育、科学、文化、卫生、体育等领域。这意味着这些领域应该以满足社会需求为第一要义，而不是追求什么产业化。

其次，从制度上规范了慈善组织登记、慈善信托等内容，这会促使中国的慈善事业更好地向前发展。另外，《慈善法》还将每年的 9 月 5 日定为"中华慈善日"，这开启了民间与政府共同为社会筑底的"善时代"。

马广志：但也有一种声音说，这部法律有一些应该规定的没有规定，不该规定的又太细。

王林：立法永远是各方妥协的结果，一部法律不可能开始就是完美的。《慈善法》今后还会有修订的余地和空间，关键是它实现了"从零到一"的突破。

马广志：刚才你提到，品牌建设不够是儿慈会面临的一大问题，其实这也是一个行业问题。

王林：品牌培育不足不是某一个基金会的问题，而是整个行业的问题。想想看，中国公益发展这么多年，叫得响的品牌其实就是一个"希望工程"，而且还是在当年特殊环境下诞生的。强大的品牌可以提高公众认知和基金会公信力，也是连接捐赠者和受助人的黏合剂，更重要的是，还可以唤醒社会大公众参与公益慈善的热情。

马广志："9958"应该是一个品牌项目了，知名度和美誉度都很不错。

王林：但在社会上的知名度还是差一点，有待于进一步地宣传和推广。9958名称源于热线400-006-9958，取"救救我吧"谐音，专门搞大病救助。现在已成为一个集信息平台、医疗平台和募款平台为一体的救助综合管理型平台。2017年筹款达1.89亿。

马广志：很了不起。但可能也有人质疑，这样的公益还停留在悲情的"眼泪指数"上，并不是一种可持续的公益模式。

王林：现在整个中国公益都还在"眼泪指数"阶段，不这样做就很难筹到款。我们现在也在思考，随着国家医疗体制的改革，精准扶贫政策的落实，儿慈会今后的救助也会转型，除了继续原来的项目以外，还要增加和培育针对儿童健康成长方面的项目，关注孩子全面发展的问题。

中华儿慈会现在70%的项目跟医疗救助有关，以后会增加儿童心理、文化艺术等方面的项目，逐渐实现基金会项目的平衡发展，不能只偏重于哪一个方面。

马广志："民间性、资助型、合作办、全透明"是中华儿慈会成立伊始就确立的指导思想，能否简单解释一下？

王林：所谓民间性，就是要去行政化、去机关化，从机构的设置、制度的规范等方面，都向民间化靠拢。我们也有程序，但相对来讲我们的反应要更快，体现组织的灵活性。关于资助型，儿慈会直接资助民间NGO组织，我们负责筹集善款，民间组织负责项目运行，再聘请第三方监督反馈，管理、运营、监督三位一体，儿慈会前后共资助了近300家公益机构。

儿慈会现在已经进入第二个阶段，从完全的给钱，转变为联合劝募，扶持一些合作项目，利用平台，与项目一同发展。我们会跟民间NGO一起开展活动，成立专项基金，双方之间不是领导和被领导的关系，而是一起合作推动公益事业的发展。然后还需全透明，所有的捐款24小时在网站滚动公示。儿慈会的透明指数是满分。

马广志：当年儿慈会能够迅速从"小数点事件"的舆论风波中走出来，就得益于这种"全透明"。但我看你又有一个新的提法，就是流程的完整才是真正的透明，怎么理解？

王林：目前好多基金会都在做透明，就是及时向社会公布善款的来源和使用情况，但这只是一个形式。只有流程的完整才是实质性的、真正的透明。

以"9958"为例，项目从立项，到执行再到监督每一步都要做到细致、明确，做到所有救助人的档案等齐全完备。以医疗救助为例，需要有县乡村三级贫困证明，孩子的病历要全，怎么救助的、治疗了多长时间、花了多少钱这些材料都要有。每个救助对象都要形成一份完整的档案，这样才能经得住考验。公众一看你的流程规范、过程透明，人家就愿意捐款，这就构成一个良性循环。这就是流程的完整。

很多人一说透明，就简单地认为只是公布大家捐了多少钱，花了多少钱。这是不对的。关键是要说清楚钱是怎么花出去的。但这往往是不容易做到的。

马广志："郭美美事件"后，业界普遍认为信息的公开和透明是提升公益慈善组织公信力的重要保障。很多公益慈善组织也非常看重信息公开，但现在看来，这种透明做的还很不到位。

王林：透明与公开是慈善公信力的根本和来源。但透明的"度"如何把握也是一个问题，如果是毫无保留地全部公开就会给工作带来很大的压力，各种认证、审计费时又费力。为此，儿慈会专门设置了项目监管部，对项目的整个全过程进行监测，从立项、执行、运作、监督、检查，是一套完整的体系。

"希望有一天有 50% 的资金是自我造血来的"

马广志：中国现在进入新时代，经济和社会发展又面临新一轮的挑战。从一个秘书长的角度，你觉得公益机构未来应该如何去应对？

王林：党的十九大报告中指出，中国特色社会主义进入了新时代，我国社会主要矛盾已经转化为人民日益增长的美好生活需要和不平衡不充分的发展之间的矛盾。这恰恰给了社会组织一个更大的发展机会和空间。每个社会组织及每个公益人，都应该在这种新矛盾下找好自己的定位和角色。

儿慈会也在进行调整，就是工作要做到"三个精准"：一是救助地域精准，就是服务少数民族和革命老区；二是项目精准，就是做针对儿童的救助项目；三是救助对象精准，救助农村留守儿童和城市流动儿童两类人。这是我们 2018 年发展的一条主线。第二条主线就是"一带一路"系列公益活动开展，帮助走出去的企业开展公益活动。这样，我们将会获得更多的发展空间，业务范围及救助群体也将得到进一步拓展。

马广志：现在儿慈会募款额高达 15 亿元，在保值增值方面做得怎么样？

王林：不太好。基金会就一个账号，财政部不批，只能在银行里做些一般理财，拿出来做投资也没什么好的渠道，出于安全性的考虑，我们相对保守。现在保值增值的年收入也就是 1200 多万。

马广志："自我造血"应该成为基金会的必修课，而本金的保值增值是最重要的一种手段。但国内大部分慈善基金会都不敢轻易涉足投资领域，所以保值增值现状并不乐观。

王林：对儿慈会而言，一是不敢投资，股票等市场很乱，投企业也不了解；二是我们缺乏专业的资本运作人才。更重要的是，我们的钱都来源于社会公众，现在市场上所有的理财产品，都存在一定风险，只不过是高低的问题。投资一旦产生损失，责任不是个人能够承担的，会对组织产生很大的冲击力。公募基金会最根本的生存依托是公众的"信任"，如果失去了这个信任，就意味着没有人捐款，机构也就无法生存。

马广志：儿慈会发展到今天，你觉得有什么是让你感到遗憾的？

王林：当然有了。有一些想法是在目前情况下不太能够完全实现的，比如儿慈会想做一家有特色的专业为儿童服务的医院，但一直没能落实。

儿慈会成立之初，我们希望建立一个快乐的基金会，一是同事之间互称老师，我也一样；二是量力而行，不给自己太大压力。这一点我感觉是做到了。

马广志：你的下一个 10 年规划是怎样的？

王林：我这年龄也干不了 10 年了，在我有限的工作时间内，我希望通过自己的努力，让儿慈会的筹款再上一个台阶，希望有一天有 50% 的资金是自我造血来的。这样的话，基金会才能真正地进入一个良好发展的阶段。

未来，云计算、大数据、移动互联网等科技的发展，肯定会给公益行业带来巨大的影响，但不管形势怎么变化，我们的目标就是基金会能够很好地活着，稳扎稳打、步步为营，积小胜为大胜，过程把握好了，想要的结果自然就来了。

丘仲辉：独行快，众行远

丘仲辉，大学毕业后从事英语教学工作和中国公益事业发展工作，1992 年进入爱德基金会开始从事公益慈善工作，历任爱德基金会农村发展部主任、副秘书长、秘书长、常务副理事长、理事长。兼任中国慈善联合会副会长，江苏省第九届政协委员，第十、十一届政协常委，江苏省政府参事室参事等。

采访时间：2018 年 4 月 2 日

采访地点：爱德基金会（南京市汉口路 71 号）

"需要进一步释放社会活力"

马广志：看资料，你是从 2003 年开始担任爱德基金会（下称"爱德"）秘书长的。

丘仲辉：是的。其实我早在 1992 年就加入了爱德，之前我是在大学当了十一年的教书匠。

马广志：从大学到基金会，这个弯转得有点大。

丘仲辉：说起来有些偶然。当时我在学校参与《宗教与世界》丛书的翻译工作，南京大学的一位老师偶然给我看了一本爱德的宣传小册子。我了解到爱德是一家有宗教背景的基金会，帮助弱势群体解决教育、医疗卫生等诸多方面的问题。感觉很清新，很有意思。当时国内这样的组织还很少。

马广志：于是就产生了兴趣？

丘仲辉：是的。当时，全国掀起了一股下海潮。我身边很多人都下海了。我老家昆山市政府给我伸出橄榄枝，希望我去市外经委并许诺我房子等都可以解决。但我没有犹豫就选择了爱德，"帮助他人，快乐自己"，还是听从了内心的召唤和驱使。

进入爱德后，先是做资料的搜集和整理，对基金会了解就比较多了。不到半年，我开始参与农村的扶贫和发展工作，经常是"上山上乡"地跑。我经常开玩笑说，"文革"期间我没有"上山下乡"，倒是在爱德做到了。

马广志：你的另一个身份是江苏省政协常委。这样一种身份对你从事公益工作有什么影响和帮助？

丘仲辉：这一届我刚退下来，连续做了 15 年政协委员。政协是一个以团结、民主两大主题的机构，在这个平台上，大家相互之间可以达成跨界合作，这为我的工作提供了很多便利。另外，通过这个平台，我也可以提交包括公益事业等各种提案，为公益事业和社会发展建言献策。

马广志：政协常委需上得庙堂之高，做公益又要能下得基层之远。你怎么看待自己的工作？

丘仲辉：不论是做什么工作，机构只是提供了一个平台，让你有机会和空间去发展。我更多的是把它当成一种担当。另外，我觉得人生很短，要做成几件事很难，就是只做好一件事也不容易。社会发展很快，诱惑也很多，我要做的，就是要踏踏实实地坚守信仰，牢记使命，尽力把一件事情做好。

其实，这也是社会组织最有魅力的地方，它为人的发展提供了一个巨大的空间，能够更好地释放人的活力。中国改革开放四十年，经济发展取得了巨大成就，民营经济的作用是不可磨灭的，就是靠社会活力的释放。

中华民族的伟大复兴，需要进一步释放社会活力，体现在社会治理中，就是要释放社会组织的活力。这对创新社会治理体制，提高社会治理水平，推进社会治理体系现代化建设的作用将是非常巨大的。

马广志：爱德发展到今天，在行业享有盛名，这与历任秘书长的领导是分不开的。你如何评价秘书长之于基金会的作用？

丘仲辉：有一句非洲谚语说，一个人独行可以走得很快，但不可能走得很远；想要走得远，就要结伴同行。我把它改为六个字：独行快，众行远。为什么我会提出来这句话呢？我认为对一个机构而言，核心竞争力是团队，是人才，这是关键的关键。秘书长当然重要，但还是要强调整个团队的重要性。

马广志：爱德在团队的管理上有何经验？

丘仲辉：我不大讲人力资源，我讲"人力资本"，一字之差，但含义却大不一样，人力资源是把员工当资源来使用；而人力资本是要开发员工潜能，让他们通过平台实现自身的发展。

爱德内部是开放的，每个员工年底都可以提出轮岗、换岗、调岗，在机构内部流动，目的是让员工找到自我发展与机构发展的契合点，做他自己想做的（工作）。这样一来，员工的工作状态必然是激情四射的，是兴奋的。当然，前提是要跟机构的大目标一致。

坦率地讲，虽然干了这么多年，但我是越干越兴奋，越干越感觉时间不够用，需要更多的努力。如果员工都如此，你想爱德的发展前景是不是会很好。

马广志：当更多的年轻人走上秘书长的工作岗位，如果给他们一些忠告或建议的话，你最想说的是什么？

丘仲辉：提忠告好像不是我喜欢干的事情。我只能讲，对社会组织而言，最重要的是瞄准社会需求，然后踏踏实实地运用各种可能性去满足这些需求。一个机构是基于社会需求才存在的。另外，"有为才有位"，与政府和企业相比，第三部门还很弱，这时候你要讲你能做多大的事，怎么可能呢？这是需要持续的、良性的互动才能够逐渐发展起来的，现在就是踏实做事。

"爱德的定位是一个社会发展机构"

马广志：与其他基金会不同，爱德是一家有宗教背景的基金会，这对你们开展公益慈善活动有什么影响或帮助？

丘仲辉：宗教界从事公益慈善活动有 3 个独特的优势——深刻的信仰基础、悠久的历史传统和较高的社会公信度。当前，宗教界从事公益慈善活动的条件日益成熟，但从事公益慈善活动的数量和规模尚小，还需要整合。宗教界要肩负使命，服务社会、造福人群，创造社会价值，融入社会当中去，而不是游离于社会之外。

马广志：在开展项目过程中，是否会遇到一些基于信仰方面的抵触或反对？

丘仲辉：爱德的定位是一个社会发展机构，或者说是一家慈善组织，而不是一个教会机构，机构性质是完全不同的，这在我们做项目时是严格分开的。

但两者之间也是有联系的，一个基于信仰，另一个基于使命，都强调施比受更有福，要有爱心，要助人。

也正因为有这样一个背景，我们做了大量的社会服务工作，直到 2012 年六部委发布了《关于鼓励和规范宗教界从事公益慈善活动的意见》，给予宗教公益慈善以肯定。当时我们都很高兴，因为在这之前还没有一份正式文件予以明确肯定过，等于是先期我们做了一些探索。

马广志：我记得后来你用了一个词来比喻这种探索，就是"公益特区"。

丘仲辉：是的。1985 年以来，爱德就开始了与国际接轨，因为我们 90% 以上的资金来自海外。我们在引进国际资源、技术、理念、规范和标准等方面，与改革开放以来的经济特区异曲同工。当然，我们不是一个地方而是一家机构。

马广志：可能也有人担心，宗教慈善公益的发展，是否会扩大宗教的影响？

丘仲辉：宗教是一种文化现象，它只要存在必然会有影响，而且是一个很自然的过程，尤其是在人的物质生活达到一定阶段以后，面对经济社会的迅速发展，人在心理上的信仰诉求是很自然的。

另外，我们提"宗教中国化"。怎么化？"非以役人，乃役于人"，宗教界恰恰可以能通过公益慈善走入社会，了解社会，通过参与社会服务来实现与社会的和谐。

马广志：在爱德这些年，你觉得有没有一些遗憾或者不满意的地方？

丘仲辉：如果说有的话，就是我们还需要继续创新。虽然说任何组织都是有生命周期的，但如果通过组织的自我更新，还是可以不断发展的，不然怎么会有"百年老店"呢？从这个意义上说，爱德的成立就是一个创新，过去30年基本上发挥了"公益特区"的作用，各地也都支持我们开展公益慈善工作。但多年来的经验告诉我们，公益要走好，要走远，一定要有信仰，以价值观为基础，这是最重要的。

马广志：更关键的是坚守不坚守的问题，所谓"不忘初心"，就是不要忘了为什么出发。

丘仲辉：没错。就像现在公益圈需不需要职业经理人的话题，行业发展了，必然会出现职业经理人，但这种"职业"是与价值观、使命感紧密联系的，是必须要坚持和坚守的。否则，你就没法要求你的员工对机构有归属感，有忠诚度。不能片面强调"职业化"而忘了使命。

"满足社会需求是公益的出发点和落脚点"

马广志：在30多年发展过程中，有哪几个关键的节点造就了今天的爱德？

丘仲辉：我到爱德时，恰逢基金会将进入第二个10年阶段，项目重点区域开始逐步转移到西部，工作领域也从教育逐步发展到医疗卫生、社会福利与社会服务、环境保护与农村综合扶贫发展等多个社会发展领域。这在爱德的历史上被称为是"Go west"。董事会做出这一决策是在1993年，中国国家层面的西部大开发战略则要到1998年才真正启动。

在第一个10年，爱德最引人注目的项目，就是外教项目。开放之初，大学师资有限，水平有限，凭借与国际合作的优势，爱德为各个大学引入外籍教师，20多年内引入1600多人次外教。

马广志：当时地方政府对基金会什么态度？

丘仲辉：很欢迎我们。因为正好当时国务院发布了"国家八七扶贫攻坚计划"，"八七"的含义是，对当时全国农村8000万贫困人口的温饱问题，力争用7年左右的时间（从1994年到2000年）基本解决。这就让我们有了一个很重要的切入点，与地方政府部门合作开展扶贫。

马广志：当时草根公益组织还很少。

丘仲辉：几乎没有。所以主要是跟地方政府合作，当时我们引入国际上广泛采用的"参与式管理"理念和方式，支持农村社区的自我发展。根据中国国情，我们提出了"三个参与"：以群众参与为基础；地方合作机构配套参与；专家提供技术支持参与。这种方法得到项目区群众、政府的广泛认同和国际合作机构的充分肯定。

群众参与方面，我们让受助贫困人口通过项目调研、设计、实施、监督、评估的全程参与，调动他们的积极性，提高自身发展能力，以达到"助人自助"的目的。当时很多地方的扶贫都是大包大揽，不管群众愿不愿意，也不跟群众商量，下命令式扶贫，老百姓们很被动，开会都打瞌睡。"三个参与"就杜绝了这种现象，群众很积极，扶贫效果很明显。多年之后，这一模式被国家扶贫所采纳。

马广志：大包大揽的项目其实必然是"输血式"的项目。

丘仲辉：因为当时全国总体上还很贫穷，爱德的所有项目都是以满足基层百姓的基本生活生产需求为目标，雪中送炭，而不是锦上添花。我称之为"短平快项目"。后来，我们开始更多地强调做发展性项目，着眼于从根本上解决问题。

马广志：当时你好像提出来"一个中心，两个基本点"的理念。

丘仲辉：党的十三大（1987年）不是提出了"一个中心、两个基本点"吗？当时我就"拿来主义"，提出了在农村发展工作的"一个中心、两个基本点"，即以人的发展为中心，以满足基本生活需求和保护生态环境为两个基本点。

以人的发展为中心就是"以人为本"，比如前面提到的"参与式发展"，就是围绕着人的发展来做项目，大家一起合作，互助来做，而不是各扫门前雪。

为什么要提满足基本生活需求呢？因为当时还有大量农民连基本的生活保障都得不到解决，首先要解决温饱问题，才能谈发展，所以哪里有这些人群，我们就到哪里（做项目）。

其次是"保护生态环境"，当时提出很有压力的。很多人不理解，饭都吃不饱，还讲环境？我们就退而求其次，确保项目至少不损害环境。

比如，爱德当时在贵州山区开展黑山羊项目时，国际合作方派专家评估，认为该项目会破坏当地生态环境，想要停掉该项目。爱德前去沟通，就中国目前的现实处境进行沟通和说明，双方共同探讨如何在不破坏当地环境的情况下继续该项目，最后达成一致，山羊可以圈养，而不能满山放。你知道，山羊是要啃树根树皮的，破坏生态很厉害。

马广志：具体是怎么执行的呢？

丘仲辉：我们在地方成立爱德项目办公室，人员都是由当地安排，我们不派人。但办公室主任和财务主管的任免要经过我们同意。这样做的好处：一是如果我们派人，可能会跟地方有冲突，而且派的人不见得比当地人更了解情况；二是还可以培养当地人员的管理水平，解决可持续发展的问题。

马广志：短平快项目与发展性项目在管理上有什么不同？

丘仲辉：短平快项目把钱花完，做完报告就结束了。发展性项目就不一样，更多要从软件项目如培训等入手，今年做了，明年还要做一些新的项目，资金也是一年一年来的，对工作人员的管理能力是一个挑战，对机构长线管理项目是一个挑战。

但结果我们还是把项目做得挺好，因为项目契合了国家的大政方针，迎合了社会需求，"参与式"的理念受到各利益相关方的欢迎。而且，我们的机构也由原来的十几个人发展到当时的四五十人。

所以我经常讲，机构能不能活，就要看社会有没有需求，并且你能不能去满足这个需求，这是公益的出发点和落脚点。这个被忽略了，机构自然就面临被淘汰的结局。

马广志：到第三个 10 年时，爱德基金会就将社区建设的重点同时放到了城市社区，这种转变是怎么发生的？

丘仲辉：两个方面原因，首先是随着中国的城镇化水平越来越高，大量的农民进城务工，给城市社区带来很大的压力，很多矛盾、问题都暴露出来了。于是，从 2000 年开始，爱德就开始尝试在一些城市社区开展综合服务，包括居家养老、智障青少年就业、孤独症儿童发展等。其次是囿于海外资源、资金的缩减，规模有所减小。

在这一过程中，我们也开始做社会组织的培育。这在公募基金会中，我们是第一家。当时很多人不理解：你这不是在培育竞争对手吗？但我们认为，如果这个行业不发展起来，没有更多的人参与到公益事业中来，自身也难以壮大。当时我们提了一个口号：一起学习，共同成长。而且很多社会组织的触角很活跃，他们也会帮助我们更深入地了解和发掘社会需求。

马广志：在第三个 10 年中，爱德项目的重点方向是什么？

丘仲辉：社区养老。2000 年我们就在讨论这个问题了，当时意识到中国社会的老龄化所带来的巨大挑战，就一直在社区当中做实验和探索，以机构养老为支撑，以社区养老、居家养老为基础来推动整个养老服务事业的发展。2012 年，爱德跟南京栖霞区政府签订协议，将区敬老院免租金委托我们来管理 10 年，前提是把五保户都要管起来。在这个基础上，我们做成社会化养老服务。在机构养老的同时，我们还尝试以"虚拟养老"为主的居家养老方式。在网络上，根据收集到的所有老人的数据信息，分类管理，并对其需求进行监测和供给。

跟政府相比，公益机构做的是实验性的、小而美的（项目），因为政府掌控着主要资源。而且，由公益机构去试错，社会是能承受的，不会引发社会不稳定。但如果由政府来做，出了问题就可能引发一些风波。如果实践证明我们做的确实行之有效，政府自然会接受，然后去复制推广。

当然，在这个过程中，我们把社区治理的理念融入工作当中。爱德为什么要培育社会组织？因为我们意识到，社会服务需要不同的团队和组织，爱德是不可能大包大揽的。

马广志：其实这个公益市场越来越细化，需要各种类型的社会组织。

丘仲辉：是的，"人民日益增长对美好生活需要"是多元化的，需要我们培育出不同功能的社会组织去满足这种需求。这也是基金会的责任吧。

马广志：进入第四个 10 年，爱德的战略有什么变化吗？

丘仲辉：第四个 10 年我们开启了新航程，开始实施新一轮国际化战略。在国家"一带一路"的战略构想下，推动中国宗教和中国社会组织的民间交流和宗教公益的对外援助，应该而且也必须成为国家"走出去"战略的一部分。当然，在第三个 10 年中，我们为此是做了大量的准备工作的。

"三明公益理念：明行、明慧、明道"

马广志：2008 年汶川地震后，"志愿者"和"公益"两个词开始高频度出现在公众面前，2008 年因此被称为中国"公益元年"。你怎么评价汶川地震对中国公益的影响？

丘仲辉：从社会公众的参与度来看，2008 年确实称得上是公益元年，这种参与不仅是捐钱，而是直接参与到救灾过程中，这是很了不起的。中国民众的公民意识被有力地唤醒，出现了志愿者"井喷"现象，催发了整个社会的进步。所以，也有人称 2008 年为中国公益慈善元年和中国志愿行动元年。对整个中国公益事业的发展有很好的推动作用。

马广志：在你看来，中国公益这 10 年最大的变化是什么？

丘仲辉：第一，民间公益的时代终于到来。民间公益的意义，远不止慈善，更重要的是每个公民的责任担当。这是一个很大的进步。

第二，慈善事业的政策和法律制度建设有很大发展，尤其是《慈善法》的出台，虽然现在很多配套措施还没出台，但法律体系的健全和完善还是值得期待的。

第三，全社会对公益的认知也发生了很大的变化。从认为公益是单纯的奉献，到现在认识到它是社会各行各业的一个组成部分。公益走下了"圣坛"，逐渐成为一种普通的职业，公民参与公益事业的热情也被激发出来了。也正因为此，大家也认识到，公益也会有问题、有腐败。

马广志：典型的事件就是2011年的"郭美美事件"，导致慈善机构的形象坍塌，遭遇了前所未有的信任危机。

丘仲辉："郭美美事件"对公益行业的确是一个沉重打击，公信力是公益事业的生命线，是大厦最基础的部分。如果这块都不能做扎实，公益事业就没有生命，更不可能成长。

这个事件也反映出，人们还没有意识到这是一个行业的发展问题，需要很多的专业知识。它促使社会能够公开地、坦诚地来讨论公益的问题，促进了行业的公开透明，大家也开始关注组织管理和项目管理等问题。当然，这只是一个起步，接下来如何提高资金的使用效率和效益，让受益人真正地发生改变，这才是更重要的。

马广志：社会现在对公益机构、公益项目的要求，大多还停留在"公益资金是否真正使用在公益上"，比如要求公益机构公开财务信息，但很少有公众认真去了解"公益资金的使用效率如何"。

丘仲辉：这是远远不够的。资金的公开透明只是很基础的一面，而且相对比较简单，尤其是现在有了互联网。更重要的是，钱花得怎么样，才是更值得关注的。怎么算"花得其所"？其实还是我前面谈到的，看它是否真正满足了社会需求。如果公益仅考虑量的增长，不考虑质的保证与提升，公益是没有出路的，会出现很多的丑闻，或者浪费资源、无效率、无效益的现象。

马广志：有效公益应该是公益的底线，必须要做到的。

丘仲辉：原来我们讲诚信是公益机构的生命线，是底线，应该融入我们的血液当中。但有时候，底线很容易被人突破。所以，我们一方面要继续倡导公益诚信；另一方面要推动公益的有效性。

马广志：这个事件是否也给爱德敲响了警钟？

丘仲辉："郭美美事件"发生后，爱德内部经过了许多次全员大讨论，并有针对性地提出了"明行、明慧、明道"的"三明"公益理念。"明行"指的是要公开透明，要有公信力让大家能够参与，知道怎么监督；"明慧"指的是让花的钱能够发挥更多的作用，让公益项目做得更有效果、更规范和更专业。

最后讲的是"明道"。公益最重要的不是帮助几个人，最终的目的是要弘扬一种道德，一种价值观。我们倡导民众参与公益不仅仅是捐钱，而要影响更多人参与到价值观和道德观的重建过程当中来。

马广志："效益"和"效率"更多的是一种市场概念，去年公益圈一个很热的话题就是"公益市场化"，"两光"之争还成为 2017 年的热点事件。对此，你怎么看？

丘仲辉：市场机制就是更合理地进行资源配置，公益资源同样需要合理配置，所以公益也需要市场机制调节。我国经济是怎么发展起来的？不就是建立了市场经济体制吗。中国公益事业要发展，同样需要市场来调节。优胜劣汰，没有效率和效益的机构必然会被捐赠人用脚投票。

党的十九大报告中专门提出，要进一步加快完善社会主义市场经济体制，推动经济发展。经济的持续健康发展既需要市场这只"看不见的手"，也需要政府这只"看得见的手"。两者都要用好，让两者的作用有机统一、相互补充、相互协调、相互促进。同样的道理，当公益机构违法时，政府要出手，该取缔的取缔。其他的就交给社会来做就行了。公益的发展靠行政的力量是不成的，应该是通过市场的机制来解决。这个没有什么好争论的。

马广志：但现在很多人还是习惯把公益与商业对立起来看。

丘仲辉：两者不是对立的。近些年来，商业和公益正在出现一些融合的现象，两者的边界在模糊，公益和商业的互相跨界不断出现，在公益界和学界大热的社会企业现象就说明了这种趋势。

公益的发展除了市场机制和政府管理外，还需要行业的自律，这也是非常重要的。现在需要发展公益行业的联合机构，通过行业标准及行业的自律、他律和互律，这样才能真正实现公益事业的健康发展，而不会出现"一放就乱"的现象。否则，一会儿出现这个问题，一会儿又出现那个问题，社会也紧张，政府也担心，那公益还怎么发展起来？

马广志：其实，政府出台了很多政策法律来规范公益行业的发展，尤其是2016年《慈善法》的出台，我国进入了依法治善时代。你怎么看《慈善法》出台对中国公益事业的影响？

丘仲辉：《慈善法》出台是一个里程碑事件，它对中国公益事业的发展有巨大的推动作用。当然，它刚落地不到两年，相关配套法规出台还需要有一个过程，我们应该有耐心。同时，作为社会组织，最重要的还是要做好自己的工作，相互之间也要多交流、学习和互动，共同推动公益事业的发展。

另外，《慈善法》将慈善定义为"大慈善"，除了国家传统的慈善之外，还包括科教文卫体的发展及环境保护等。这是一个非常重要的突破。

"过多地抱怨人才缺乏是不健康的"

马广志：有人说，中国公益最大问题是公益慈善人才的匮乏，很多公益机构求贤若渴。对此，你怎么看？

丘仲辉：哪个行业也不是说人才过剩，这是各行各业都面临的一个挑战，这种现象可能在公益行业更严重。

我国虽然现在注册登记有70多万家社会组织，但实际上很多还处于睡眠状态。公益行业还是一个新兴行业，既然是新的，很多人就不了解，不知道这个行业具体在做什么，怎么做，人才当然进不来了。互联网刚兴起时，人才也是缺乏的，现在由于它发展起来了，形成了人才的"虹吸效应"，所以很多人才都流向IT行业了。即使这样，也不能说互联网行业就不缺人才了。

马广志：公益行业难以留住人才一直是个"老大难"的问题。在这方面，你有什么建议？

丘仲辉：人才是公益的"核心竞争力"。公益慈善机构应强调使命的管理，并适时地用这个使命、宗旨激励员工。同时应当关心员工的想法与需求，加强员工工作的灵活性及自主权，使他们发挥潜力，长期为公益机构服务。比如前面提到的，爱德的员工可以申请调岗换岗，做自己兴奋的事情。

当然，仅有这些还不够。公益从业者还要享有应有的尊严和待遇。国际上有一个通行的标准，公益从业者的收入在所在城市是中等或偏上的水平，但我国还达不到。如何让公益从业人员在做公益时，安心、踏实而无后顾之忧，能够有尊严地、体面地生活，是整个社会和公益界努力的方向。

人才问题其实是一个综合性工程，是一个行业问题，不是一家机构所能解决的。刚开始改革开放时，也是管理人才奇缺，谁也没想到40后经济还会取得这样大的成绩。公益行业也一样，需要有一个发展过程，相关的人才也自然需要有一个培养和成长的过程。现在过多地抱怨人才缺乏是不健康的，于事无补，社会也不一定能理解。埋头做事就是了。

公益行业还有一个特点，它是一个社会公众参与度非常高的一个行业。只要我们把工作做好了，一定会有吸引力，因为它有一种使命，能够满足人的爱人的心理。关心人，爱人，或被人爱，这是一个基本心理需要。随着经济社会的发展，更多的人会投入到这样一种事业中来。

马广志：作为有宗教背景的基金会，爱德在人才招聘上有无信仰上的要求？

丘仲辉：爱德每年都公开招聘，是面向全社会的，不会设定信仰上的要求。但坦诚地讲，如果是两个人条件完全等同，我讲的是绝对的、没有任何差别的情况下，如果我只能要一个，当然我可能会考虑到信仰的问题。但这个出发点不是别的，而是有信仰的可能更稳定一些，因为信仰与公益天然有着相同的追求。

"互联网公益属于弯道超车"

马广志：除了人才问题，基金会还面临的一个挑战是资金问题。现在很多组织陷入"唯筹资论"，因此忽略了公益伦理，你怎么看？

丘仲辉：车马未动，粮草先行。没有钱是万万不能的，但有了钱也不是什么事都可以办成的。任何事情一旦绝对化，就是错误的。爱德第三个10年筹资金额没多大变化，但是资源结构却彻底变化了，从某种意义上说，这比多筹几个亿都难。

另外，要看你筹款的出发点和落脚点是什么，是为钱而钱，还是为了"初心"，如果是受使命驱使，钱当然是越多越好。中国讲中庸之道，关键是对"度"的把握。如果把握不住，有时候本来是对的事也会走向反面。

马广志：也就是说，捐款也不是越多越好。

丘仲辉：捐款当然越多越好，但是你得有个限度。捐赠量过大之后，一定要考虑自身的执行和监管能力，如果执行能力平衡不了大家的捐赠能力，这个钱拿到手里是烫手的，你花不掉或者不能及时花就会出问题，网上的舆论一定会有很大的变化。

马广志：你认为中国公益这10年中什么问题是需要在下一个10年加强的？

丘仲辉：要更好地借助互联网的力量。互联网公益刚兴起那会儿，腾讯窦瑞刚到南京来，跟我说他跑其他城市（基金会）没人理他，在爱德受到很好的礼遇。在大家还排斥用互联网做公益时，爱德就在研究怎么启动筹款了。爱德是最早启用互联网筹款的基金会，入驻腾讯公益平台也最早。

借力互联网的发展，中国公益也取得了突飞猛进的成绩。如果没有互联网，公益所撬动的资源会少得多。当然，同经济的发展一样，公益在发展过程中也是泥沙俱下，所以出现了"郭美美事件"，包括其他一些影响公益发展的不和谐现象。

另外，原来国内的社会组织主要靠"洋奶"，互联网公益兴起之后，这一状况彻底改观了。互联网公益属于弯道超车，后来居上。原来跟我们合作过的国际机构现在都在向爱德取经，问我们在互联网公益运营上的一些经验。作为一个老公益人，我是很自豪的。虽然也有一些批评的声音，但我想说，腾讯、阿里等几家互联网公司对中国公益发展的贡献是很大的，我们应该给予正面的肯定、支持和鼓励。

马广志：如果没有互联网，公益肯定不会是现在这种局面。

丘仲辉：是的。我们需要进一步努力，促进互联网与公益更好地融合在一起，创新一个属于中国人的公益新天地。你要知道，原来我们更多的是在学习国外的一些理念和方式方法。

马广志：从这个意义上说，中国公益已经走在世界的前列。

丘仲辉：是啊。比如，爱德先后于 2015 年和 2016 年在埃塞俄比亚与瑞士日内瓦设立了爱德非洲办公室和爱德国际办公室，当时给我的冲击是非常巨大的，能在世界舞台上发出中国民间的声音，感觉太棒了！这种感觉不是长期做公益的人可能无法体会。

有的欧洲合作伙伴就问我：丘老师，哪一天中国真正强大了，世界将是什么样？中国的经济发展迅速，已成为第二大经济体，公益事业发展也很快，积累了很多的经验，所以我们应逐步走出去，开展国际化发展工作，承担我们在国际社会中的责任，而不能等什么条件都具备了才开始考虑走出去。现在爱德就在从项目的全球化和机构的国际化两个方面探索走出去的战略。

马广志：你未来 10 年规划是怎样的？

丘仲辉：最重要的还是培养人才，把团队带好。还是那句话，独行快，众行远，机构发展靠的不是一个人，而是一个团队。如果我不在秘书长任上了，爱德能发展得更好，才是我想见的。

房涛:
做社会治理创新的"柔性引擎"

房涛,深圳市政协常委,深圳市人大社会建设工委委员,深圳市慈善会执行副会长。曾两度获"中国慈善百人""责任中国慈善公益人物""鹏城慈善推动者"等殊荣。

采访时间：2018年1月17日

采访地点：深圳市慈善会（中民时代广场B座3楼）

"《财富的归宿》一下子击中了我"

马广志：你从2007年7月开始担任深圳市慈善会秘书长，是中国公益十年发展史的见证者。

房涛：进入公益领域，到现在近十一年了，确实经历了很多的公益事件，其中许多还是关系到行业发展方向的事情。比如，汶川大地震，"郭美美事件"，《慈善法》出台等。

马广志：你原来一直在企业工作，怎么会进入到公益领域？

房涛：2004年我参与创建了深圳市商业联合会，并担任常务副秘书长，经常外出交流学习。有一次，我出差到香港，他们介绍说香港最有影响力的不是企业，而是赛马会、汇丰银行、香港政府、香港社团总会，当时听了蛮震撼的。因为在大陆多年的认知是，政府才是最有影响力的。

还有就是，2007年的一天，我偶然读到资中筠先生的《财富的归宿》，这本书一下子击中了我，甚至颠覆了我之前的人生观和财富观。

马广志：这本书是2006年出版的，当时全国还都在讨论如何发财致富。资先生通过这本书是要告诉人们，除了发财致富外，还有非常重要的事情，就是让社会更趋于和谐的公益性事业。

房涛：是的。当时我就想，中国的经济发展，已经有很多企业高管或者是企业家。对这个城市而言，多一个或少一个企业家是微不足道的。但这个城市却需要更多人去做公益慈善。我考虑自己是不是要做些改变了。

马广志：巧合的是，深圳市慈善会这一年也刚好做出改革决定，要在社会上遴选一个秘书长。

房涛：开始，我还是很犹豫的，因为商业联合会发展态势非常好。后来，重要领导找我谈了三次话，我自己也像海绵一样前后调研学习了足足两个月。领导的改革创新精神和我自己对慈善全球发展态势的理解，促成了我在2007年7月正式成为一名全职慈善工作者，担任深圳市慈善会秘书长。

马广志：当时更多的精英选择在仕途和商界发展，而你选择了一个更讲奉献与付出的行业。

房涛：2007年投身公益，还是需要勇气的。当时我的家人、朋友都不认为这是一个正确的选择。他们觉得我应该在商圈打拼，积累更坚实的基础。还有的甚至认为，我怎么会有资格做慈善呢？那一般都是腰缠万贯上了年纪的富翁才会去做的。

但我不这样认为。当时，我就笃信，随着我国经济的高速发展，随着人们对生存、安全等基本需求的满足，越来越多的人会转向对爱、尊重、自我实现以至于超越自我等诉求的满足，而慈善公益是实现这种诉求非常重要的一个路径。

马广志：时间证明了你的选择是对的。从10年前人们认为只有富人才能做公益，到现在越来越多的普通公众也参与到了慈善行业中来。

房涛：10年前的慈善事业，更多的还是政府在唱独角戏，而现在的慈善事业已经转型。一方面，越来越多的公司和富人捐赠数额越来越大，像曹德旺、牛根生、马云、马化腾等都是运作以亿为单位的基金会或慈善信托来做慈善事业；另一方面，公益事业深入人心，更多的公众已参与进来。

马广志：做公益对家庭有什么影响吗？

房涛：现在微信、QQ无间断每天工作十几个小时，时间精力很少能分配到家人。女儿小宝总是抱怨我把自己"捐"掉了。但我们之间并没有隔阂，而是跟好朋友一样沟通。

女儿现在初三，比较关注的是海绵城市的建设，还成立了以她自己名字命名的基金。她认为海绵城市可以让深圳变得更美好，人与水、水与城能和谐共处。还有一次，在与一名白血病儿童沟通后，她难过了一下午。她认识到小孩子应该健康饮食，不能经常喝饮料，那样可能一时快乐却害了一生。她觉得应该用慈善的办法告知更多小孩。

"工作过程中我如履薄冰"

马广志：现在来看，无论是你个人还是深圳市慈善会，都获得了包括政府、公益领域在内的很多人的认可。从你个人角度来讲，你成功的因素是什么？

房涛："公益领域的成功者"也不尽然吧。扎根公益十余年，我可能比别人更热爱、更勤奋一些。也特别感谢市民政局，给予我这样一个平台，让我能更直接地面对一些社会问题，并能把所学所想用于更多的公益创新。深圳市慈善会至今捐资超30亿元，成为深圳市捐赠主渠道，这是整个团队努力的结果，是这座城市和时代使然，我深以为荣。

马广志：深圳市慈善会在业内有哪些成绩？

房涛：第一，2008年汶川地震，我们团队在两个月时间里组织了70多场慈善公益专项活动，捐赠超过10.75亿元，这在当时全国慈善会系统中排名第一，深圳市慈善会获得了"中华慈善奖"。

第二，2008年首创冠名基金模式，推动以冠名基金作为企业战略慈善的载体，确定涵盖科技、文化、教育、卫生和体育等领域的"大慈善"方向，将经济领域优秀成果和商业效率引入社会服务，这领先于《慈善法》出台9年。我们现有冠名基金220多个，筹资规模超3.52亿元，这也成为我们常态捐赠的一个坚实基础。

第三，2014年起我们就在全国首创社区基金（会）的培育、孵化和规范发展，筹资虽不多，但意义重大，它推动了社区治理创新，尝试基层协商民主的可能性。

第四，2017年年初深圳市慈善会体制机制改革提出第三条路，探索中国慈善会系统社会化可行路径。机构由此分别荣获了全市五大创新社会组织和十佳公益组织奖。

第五，2017年的腾讯"99公益日"，取得了全国慈善会系统第一名的好成绩，链接了45万人次、148个公益项目、捐赠近3400万元，充分表现了我们拥抱"互联网+"的思维和行动力。

深圳改革开放40年的成就，是全球瞩目的样本。但相比于深圳经济上成就，包括慈善事业在内的社会建设还是块短板。

马广志：所以你作为深圳市政协委员，就社会服务供给侧改革存在的问题不断提出了一些相关建议和措施？

房涛：职责所在吧。我是每年政协提案的高产户，提了很多有关慈善立法、企业社会责任指数、社会力量推动教育改革、慈善信托、社会工作教育、养老等方面诸多政协议题。今年，是改革开放40周年。我认为应该抓住这个机会，新定位，再出发。一方面，要呼吁党和政府给予高度重视；另一方面，也需要组织和行业更加努力精进，"有为才有位"。

在工作过程中，我比较有危机意识，如履薄冰。一是国内公益市场日新月异，不创新不改革就可能被淘汰；二是环境和生态不够成熟，认知不够科学理性，信任度包容性不够，规则不明，人才不足，一不留神就会"创新"变"闯祸"，从巅峰到谷底，一步之遥。

马广志：当年发生的"25名员工平均年薪为10.9万元"争议事件，你就被推上了风口浪尖，承受着来自社会的质疑。

房涛：当时质疑的声音可以说是铺天盖地。但我们在第一时间迅速作出了回应，很坦诚地向媒体讲清楚了相关情况，当时深圳新招录的七级（本科）执法类公务员入职月薪就是7800元，只要进入这个系统，待遇就是这样的。这件事教会我们：最重要的是"及时回应"和"真实面对"。

马广志：在公众普遍意识中，慈善组织员工薪酬普遍应该偏低，所以这件事才引发关注。但现在十年过去了，公众的这种认知好像并未改变多少。

房涛：一方面，公众要求慈善组织摒弃传统的"做好人好事"，要像IT企业擅用"互联网+"，要像上市公司做财报，像金融机构懂理财；另一方面，公众又希望慈善组织工作者是奉献型的或低薪楷模。这样的冲突，造成了社会和公益组织从业人员对很多事情的不同频、不理解和不认同。我们需要清醒地认识到，环境优化和认知升级需要一个过程。

社会化、职业化是公益事业未来的一个趋势，这就需要慈善组织有更好的人力资源结构，靠使命、价值观、品牌影响力和有前景的生涯规划吸引人才。我相信越来越多人不认为专职做公益的人一定要生活拮据、低薪且工作强度大、够苦够献身。目前，公益人力资源匮乏的瓶颈问题已是行业共识。

马广志：秘书长对一家慈善组织的重要性，已经不言而喻。你认为，一个合格的秘书长应需要怎样的特质？

房涛：最好是有理解政府的视角和能力、有企业家的创业精神、有对话商业的敏锐、有社会组织的使命感和有效组织行动力。

"我们要做的就是一直奔跑"

马广志：随着《慈善法》的出台，我国慈善事业进入了发展快车道。这也为从业者带来了前所未有的机遇和挑战。

房涛：如果有生之年我还选择继续在这个行业的话，只能是勇于变革，珍惜每一天。必须不停地奔跑，不能留在原地。整个行业都在快起来，所有的维度都在快起来，这是现实。我们要做的，就是一直奔跑。

马广志：近年来，秘书长出现一些年轻的脸庞，你有什么建议给他们？

房涛：年轻人是我们未来事业转型发展的关键，他们有想法，创新意识更强。正是有越来越多的年轻人进来，这个领域才更加有希望，也才会生机盎然。我们也需要向青年学习。

年青一代要清晰使命、思考定位，时刻想着机构存在的价值，或到底解决什么社会问题，而不是为了慈善而慈善。在机构运营过程中，肯定会遇到一些非常艰难的事情。我认为能够支撑渡过难关的东西是信念，必须对正在做的事有信心、眼睛里有光芒，必须坚信所做的事会为社会进步创造价值。我认为这是一个秘书长成熟的必由之路，因为我也是这样经历过来的。

马广志：中国现在有 6000 多家基金会，但这方面的人才还是很匮乏，这是很多地方及公益机构面临的一个"痛点"。

房涛：我国现在整个社会建设领域都缺人。以深圳为例，政府在经济科技人才的引进方面是花了大力气的，给钱、给房等各种激励政策，但在社会建设领域人才的顶层设计和财政投入却做得很不够。

我在去年的一份政协提案中就提道：人才，是社会建设的主体，是保障社会服务质量的核心要素。政府，应把社会主义建设人才全面纳入全市人才发展战略，让他们能共享深圳对人才的各种激励政策。今年我又提了，改革开放 40 周年，深圳就是要以当年经济改革的勇气和魄力，真正的"五位一体"顶层设计来构筑整个社会建设，而人才是整个社会建设的撬动点，也是核心环节。

社会服务体系构建，离不开人、项目、组织和资本四个要素所构成的生态系统的综合发展。有了人才，才会有项目，进而引导和培育社会组织，再吸引和撬动社会资本，提高社会服务供给体系质量和效率，激发社会组织参与社会治理的活力。

马广志：公益行业人才的问题，光靠政府恐怕解决不了吧。

房涛：政府应该有所作为，这是不能回避的。现在讲"五位一体"，在社会服务领域加大投入，这是政府的分内之事。

当然，社会组织也要有自己的内在动力，形成新的人才机制。现在一个好的现象就是，很多企业基金会的成立，很多企业家乃至于政府官员，重新设计人生和职业规划，转身投入到公益中来。这有助于整个公益人才生态的构建。

马广志：在人才建设方面，深圳市慈善会有什么举措？

房涛：显然，我们不可能像企业基金会那样，在人员待遇上具备很强的竞争力。但是，我们换届后体制内外员工能做到同工同酬，机构长期规划和薪酬待遇大幅提升，平台大、机会多，社会创新共同体分工合作也非常值得期待。未来，我们希望借助理事会的支持，参照《基金会工作人员素质能力库1.0》的要求提升组织整体能力。对了，我们招人哦，拜托推荐哈！

"公益领域需要解放思想"

马广志：2017年3月28日，深圳市慈善会开始改革，希望在传统官办组织和草根社会组织之外，探索出一条结合两者优势的"第三条道路"。如何理解这个"第三条道路"？

房涛：就是去行政化而又未完全社会化的一种模式。具体来说，深圳市民政局由行政管控责任转变为业务主管单位，主要进行行业监管和公共服务，对重大事项严格把关，同时派驻监事会会长，慈善会作为独立法人单位，人、财和事上有一定的自主权。

回头来看，这种"嵌入式管理模式"兼顾了政府对慈善事业的指导和重大慈善行为的监管，又释放了慈善组织的活力，更便捷回应社会和公众诉求。

马广志：为什么要推动这样一场改革？

房涛：有两个背景，一个是《慈善法》亟须落实，党政机关退出社会组织决策机制，慈善会要实行理事会领导下的秘书长负责制；另一个是慈善组织和行业发展的必然要求，公众对慈善事业发展的必然要求。

改革以后，深圳市慈善会就由原来政府部门主导的官办组织，定位为"具有广泛动员能力及社会影响力的、立足价值倡导和行动解决社会问题的深圳枢纽型慈善组织"。

马广志：我注意到，早在你上任之初，慈善会就确立了与企业积极互动，从"化缘慈善"到"公益经营"的发展路线。

房涛：简单来说，"化缘"就是要钱嘛。"公益经营"，实际上是主动公益，不再被动"等钱上门"。基于这个理念，我们需要走出去跟企业家、商业平台组织、金融机构打交道，吸引他们参与进来，通过战略慈善、公益创投、慈善信托等方式实现公益的自我造血。

马广志：这实际上是一种"公益市场化"的理念，到现在公益圈还在争论"向左还是向右"的问题。

房涛：这其实没有什么好争论的。公益如此多元多彩，没必要整齐划一。深圳民营经济之所以这么好，就是因为企业从来没给自己划框，创新才是发展的不竭动力。而且，有思辨才有进步，公益圈需要解放思想，要搞清楚存在的终极意义是什么。求同，亦能存异。

马广志：这好像也是公益圈一个不好的风气，凡事都想争出个所以然来。

房涛：不忘初心、使命优先是公益第一要素。而从方法论来讲，哪个创业企业不是千军万马中杀出一血路来的。优胜劣汰，适者生存，创造不了什么综合价值，是公益机构就一定有持续存在的必然性吗？！

创新、专业、有效、共享、合作，这种精神是不分商业和公益的。如果没有这种创业精神和勤勉付出，没有与时俱进的变革，再有心有情，也未必有可持续发展。

马广志：这的确是公益需要面对和反思的。

房涛：我经常跟企业家朋友座谈，他们好多人认为公益是小众的。更多的需求问题，是通过商业来满足的。所以，不要总是说自己有多伟大，即使在美国，公益也是个小众行业。

静下心来做真做透做强，真正能够在社会进步或人类发展过程中有力量，自然会被尊重，被认可。

马广志：其实，这些年你一直在尝试将市场的方法引入公益领域。

房涛：公益市场化就是要打破的是公益的"小圈子"。做公益，不仅只是慈善组织的事情，还需要有第一部门和第二部门的协同参与。政府掌握政策，企业手有资源，慈善组织擅长发现问题、策划执行，把他们聚在一起，才能更好地做公益。

市场的方法，其实就是改革创新的方法；改革创新，同样是慈善事业的根本出路和主流。如何不忘初心，又能科学有效地配置慈善资源，是慈善组织的生命力所在。就深圳市慈善会而言，无论是创设冠名基金、构建DAF捐赠人建议基金服务体系，参与创设中慈联社会救助委员会救助体系，还是进行社区基金（会）培育、开展"公益星火"计划，以及去年的"第三条道路"转型，都是这种改革理念结下的果子。

马广志：我发现自2007年你上任以来，"改革"一词一直是你工作的主旋律。你是2012年组建慈善基金会的支持者，是2014年社区基金会转型的力推者之一，也是市慈善会专域精耕于社区发展、教育创新、健康福祉、公益金融几大板块的研究者和倡导人。

房涛：其实，从2007年公开向社会招募秘书长，慈善会本身就释放出机构转轨的改革信号，我不过是顺应了这种趋势而已。

马广志：你看上去永远那么精神抖擞，充满激情，不累吗？

房涛：有时候身体觉得累，尤其是没有更多的时间照顾家庭和孩子，但心里始终有憧憬。我感恩生命中的这段经历，我想我会把这个事业继续下去的。再说，能够坚定不懈地做自己喜欢的事情，是一种幸福。

"公益金融可呈现指数效应"

马广志：深圳市慈善会的中国公益金融人才培育计划，是国内目前第一个实践这个方向的慈善组织。为什么会选择这个主题？

房涛：传统的慈善，还只停留在捐款捐物上，这只能呈现线性效用。公益金融，却可以呈现指数效应，将金融领域的方法、智慧服务于慈善公益的有效性。正是基于这种理念，我们2016年实施了中国公益金融人才培育计划。

公益金融广义上来说包括慈善信托、公益信贷、公益创投、公益众筹、影响力投资，等等。我们非常希望与成熟的金融机构合作，共同开发新的业务类别。这些机构要有社会责任、成熟的团队和创新部门去研发这样的产品。这样，我们能够共同推向市场，并反馈迭代。

马广志："公益星火"计划曾赢得了深圳公益和社会创新"黄埔军校"的美誉。

房涛：公益，只有善于运用商业模式和核心金融资源，解决社会和环境问题的资源配置，才能更加优化，才能实现社会效益和经济效益共赢。

这个计划就是培养一批这样的社会创新领袖。自2012年开始，"公益星火"设计了跨界培育、企业家社会创新、教育影响力投资、公益金融、科技公益等多个社会领先议题和孵化实验，300多位学员实现社会资源对接超过5.1亿元。

英美的投资界普遍认为财富最终是要往社会影响力投资这个方向去的，并认为公益金融在平衡社会财富分配上作用巨大。而且，他们已经通过公益金融构筑起了人、社会、经济发展的良性循环，实现了义利并举。这个，是我们必须学习的。

马广志：你因此还参与撰写了一本书《社会影响力投资在中国》，影响很大。

房涛：那是2014年，跟梁宇东和朱小斌教授合写的，是中国第一本系统检视社会影响力投资的研究报告。近年来，马蔚华先生以其权威金融成就和公益理念，不遗余力地推动影响力投资。我们认为，社会影响力投资在中国，尤其在中国企业家和商界的未来发展有着极为广阔的前景。

社会影响力投资，正席卷全球并形成新的社会热点。但现在来看，我国虽然是当今世界第二大经济体，社会投资市场仍处于初期发展阶段。主要障碍有两个：一方面，中国公众难以接受做慈善的同时还获得经济收益，这种现状一定程度上使影响力投资发展缓慢；另一方面，我国政府还未针对影响力投资有明确的解读，名不正则言不顺，企业的投入就不那么积极。

马广志：深圳市慈善会在影响力投资上有什么举措？

房涛：第一，2014年开始与建设银行深圳分行的合作，研创为社会组织提供免担保免抵押的低息贷款"融益贷"，并获得了深圳市的创新奖。2018年开始，我们又在慈善咨询领域开始合作"慈善顾问"项目，为银行高净值客户提供慈善解决方案。

第二，上面提到的中国公益金融人才培育计划。

第三，我们参与在福田区启动社会影响力投资生态圈的建设。通过社会影响力债券设计，我们对扶贫、医改、养老和社会救助等几个领域的项目进行优化升级。2017年年初，我们与福田团委联发了一个青年交友小规模影响力债券，正向着具备发行有可行性、实效性和示范性扶贫影响力债券而努力。

马广志：早在2014年，你就在深圳市两会提交了《关于推动深圳成为全国首个公益信托试点城市的提案》。结果2016年《慈善法》对慈善信托设立专门章节。你怎么看？

房涛：非常兴奋！这也让我更加相信，公益金融符合中国公益的发展方向，尤其是在金融发展相对成熟的深圳，公益金融将迎来最好的机会。

当今公益事业遇到瓶颈，有一个很大因素归结于资金短缺、资源有限。要突破这一局面，将公益与金融相结合，以金融工具的高效性推动公益事业的创新发展，是行之有效的。

但遗憾的是，我们始终没有一个真正的慈善信托产品。开始，我对额度有点挑剔，感觉少于3000万元就没必要做。其实，当时有人24万元也做，100万元也做，把流程做好了，未来才有可能做到1000万元，甚至更大；还有就是人才问题，我们团队缺乏这方面的专业人才，以至于总是有想法，却落实不了；这些都是需要我反思总结的。

马广志：除了没有推出一个慈善信托产品外，其他还有什么遗憾？

房涛：还有的话，就是我们还没有与时俱进地打造出一个让公众耳熟能详的真正关照到受益人改变的项目来。但是，我们一直在这方面正在努力，对"外来建设者关爱基金""雏鹰展翅计划"等几个传统品牌项目升级换代，也在优质教育、健康福祉战略板块研发新的有持续作为和有规模投资的社会创新项目。

马广志："劳务工关爱基金"2007年就启动了，这也是全国第一个针对外来务工人员的公益项目。

房涛：是，这个项目多次获"中华慈善"奖和"百姓最受欢迎"奖，但大部分资金来源于福彩公益金，在撬动社会资本进入方面做得很不够。今年5月20日，我们策划了"520，爱深圳"公益活动，倡导关爱来深建设者的生活本身，进行了社会化参与总动员，开始逐渐呈现我理想状态的优质项目的生机。

"未来更多的是战略性慈善"

马广志：除了公益金融，您还力倡"慈善会转型为社区基金会"，为什么要推动转型"社区基金会"？转型中遇到的最大困难是什么？

房涛：2012年，我随中国基金会领袖代表团在美国交流学习。在这个过程中，我明显地感觉到，深圳市慈善会应该变身为类似美国波士顿基金会的社区基金会。回国后，我就开始尝试推动机构的转型。恰逢其时，市民政局也推出了一系列改革创新举措，特别是在2014年3月《深圳市社区基金会培育发展工作暂行办法》出台，将社区基金会注册资金从200万元降至100万元，突破了公益基金不允许社区冠名的限制，大大降低了社区基金会成立的门槛。我们抓住这次机会，在全国率先开展深圳市社区基金（会）的培育孵化和运营监管等工作，支持探索社区基金会的创设和持续发展，推动社区治理创新和慈善资源的本土化解决方案。

社区基金会的核心是"三本"，即本地资源、本地利益相关者和解决本地问题。它可以多元化地满足老百姓参与公共服务和管理，有利于推动基层协商民主和社会治理。截至目前，深圳市慈善会共培育孵化了 46 家社区基金和社区基金会。

马广志：冠名基金模式是深圳市慈善会首创，它为企业慈善方式提供了更多的可能性，但现在看来是有风险的，因为当时慈善还停留在扶危济困的"小慈善"阶段。

房涛：我们的冠名基金启动时在 2008 年，已经涉及医疗、教育、科技、环保、艺术、心理等 14 个不同的类别，针对不同需求提供慈善规划。2016 年《慈善法》提出"大慈善"的理念，是非常令人欢欣鼓舞的。未来，慈善会更要以落实《慈善法》为契机，聚焦精准帮扶、健康促进、教育创新、社区发展四个战略板块，和"互联网 +"、公益金融两大创新手段。

马广志：这么多的冠名基金，是否在监管上带来一定的压力？

房涛：压力肯定有。我们也在不断调整和修改其管理办法。冠名基金，是深圳市慈善会比较骄傲的，也是国内各慈善组织学习交流比较多的一个板块。

首先，它为企业慈善方式的升级提供了更多的可能性，是企业与慈善的双赢善举。它既是动员企业和企业家参与慈善公益的有效形式，又对企业实施品牌战略，提高知名度、诚信度和美誉度，展示公益形象起了很大作用。其次，它通过培育和孵化这些基金，推动有可能成立自己的非公募基金会。最后，它也带动了更多的人来参与公益。

目前，我会有 220 多个企业冠名基金，如果每家每年搞 5 场活动，就 1100 多场次活动，每场按影响 100 人算，就形成一定的传播和参与规模，这实际上也是一个联合劝募的实践。

马广志：几年前你就提出，慈善不应停留在"一个透明公开的点钞机"的功能，而应该是"播种机"和"发动机"。怎么理解？

房涛："点钞机"是慈善组织的基本功能之一，它需要公开透明，这可以提升机构的公信力。为什么提"播种机"和"发动机"呢？就是要发动全社会一起来做慈善，还要做有效能的慈善项目，要做价值创造，变被动为主动。从这个意义上说，广泛传播先进理念至关重要。

我们的"冠名基金"就是很好的"播种机"。很多企业刚开始做慈善时，可能存在项目不清晰、资金、人才没到位等问题，冠名基金这个大家庭可以给它提供很多助力，可以让企业摆脱烦琐地找场地、验资、注册登记等手续，以"门槛最低、速度最快"的方式进入公益慈善领域。实际上，它也成为非公募基金会早期天然的孵化器。

现在，我们在做一种创新尝试，探索通过慈善咨询定制服务，引导不少冠名基金把慈善融入企业战略中，慈善理念贯穿产品研发、人力资源、运营、品牌等全过程，实现企业与社会的共赢。

马广志：其实，这也是"催化式慈善"的实践。自 2012 年起，你就一直在推动这一理念的落地。

房涛：传统的慈善方式是有局限的，比如对多数捐赠者而言，做慈善就是考虑决定通过哪家机构，给他们多少钱，要干成什么事情，这就将解决社会问题的所有责任都委托给这家机构。而实际上，一家机构是比较难具备规模化解决结构性的社会问题的能力的。这是传统的慈善方式的局限。

2012 年我去美国学习，发现当地的慈善运作方式跟我们的不一样。比如像波士顿社区基金会，它把几家组织整合在一起，发挥各自特长共同解决一个社会问题。这种"催化式慈善"包括培训、孵化、学习、共享，在项目的培育孵化和团队建设方面，也能够得到拥有共同使命的捐赠人或组织的支持，寻找到一个很好的支持系统。

从美国回来后，我就一直在推动"催化式慈善"，未来不是一次性的捐助，更多的是战略性慈善，这也是慈善意识觉醒的必然。

"公益启蒙没有终点"

马广志：在你看来，2008 年的汶川地震开启了中国公益元年，这是一个偶然还是必然？

房涛：这是经济社会发展到一定程度上的必然结果。如果连肚子都填不饱的话，公众恐怕难以有这样的热情投入和捐赠能力。地震后，人们通过捐钱捐物和志愿行动的方式来表达对社会问题参与的一种姿态，这是很重要的。社会有难，我有责任贡献一分力量，它的这种公益启蒙力量是巨大的。

马广志：这场灾难极大激发了中国人的慈善热情，也使国内一批公益组织迅速组建并成长起来！称得上是一场公益的"启蒙运动"。

房涛：是的。它让整个社会对慈善公益的内涵有了更深刻的理解，也有了更高的期许。但现在看来，这种启蒙还在路上，它是没有终点的。

去年发生的"罗尔""一元购画""同一天生日"等网络捐赠事件，都可算是公益启蒙的一部分。一方面，科技改变公益，使人人便捷参与成为可能；另一方面，网络捐赠也时常伴随着诸多质疑和不确定性，这是行业发展的阵痛，但也会让公众的认知愈加理性和成熟。

马广志：作为一位历史见证者和参与者，你认为中国公益这 10 年最大的变化是什么？

房涛：我觉得这种变化是全方位的。这十年，中国公益发生了很大的变化，包括出台了一些重大法律法规理论和研究更加进步并发声，越来越多的企业基金会成立，从业者和志愿者越来越多，社会组织和公益项目越来越成熟，互联网公益方式越来越先进，公众关注度和参与度越来越高等。

马广志：2011 年，受"郭美美事件"的影响，国内慈善事业遭遇了前所未有的公信力危机。今天回头来看，你如何看"郭美美事件"对中国慈善事业的影响？

房涛："郭美美事件"就是一个导火索，是两种矛盾冲突的结果。公众捐款捐物献爱心，想知道自己的爱心流向何处；而红十字会作为百年公益机构，信息披露达不到公众内心要求，机构定位和危机应对也有必要反思。这个行业是一损俱损，面临很严峻的挑战。它对公益的伤害还是蛮大的。

但这也是历史发展进程中的一个必然阶段，迟早会有这样的历练和洗礼的。也正是基于"郭美美事件"的发生，深圳市慈善会等推动改革，通过体制机制的不断完善和优化，来推动组织的社会化、规范化建设。

马广志：除了"郭美美事件"，这 10 年间也出现了其他很多影响公益未来发展的事件，比如深圳罗尔事件、腾讯"99 公益日"、同一天生日、两光之争等，你认为哪个事件的影响最为深远？

房涛：我觉得是腾讯"99 公益日"。与其他事件相比，腾讯"99 公益日"更加面对未来，站在更大的格局上看，腾讯公益奉献出来的不只是配捐的 3 亿元，更是培养了中国 60 多万家非营利组织的筹款、项目设计、发动社会参与等能力。通过这 3 天的洗礼，整个慈善行业紧密连接 1200 多万公众，在共同面对"参与公共服务、解决社会问题"上将发挥更多的作用。

未来，不只是项目设计，而是整个公益行业只有主动沐浴变革的洗礼，中国公益才能走出一条接地气的新路。

马广志：中国公益在取得巨大发展的同时，也有许多地方比较遗憾。你觉得 10 年在中国公益发展过程中，有哪些被忽视或者不应该被忽视的问题，是我们未来 10 年应该去弥补的？

房涛：我觉得最重要的是培育社会对现代公益的认知，在更多的人心中种下慈善的种子，陪伴其生根发芽开花结果。一方面，慈善是我们追求美好生活，投资人类共同未来的必然路径；另一方面，无论政策、环境、慈善市场还是公益教育，时不我待。

马广志：对于未来中国公益的发展，你怎么看？

房涛：首先，慈善不再单单是扶贫济困的问题，更是社会治理创新的柔性引擎。原来，我们一谈到社会治理，总是讲"管制"和"管控"，但实际上应该是社会建设的一种形态，服务是更好的治理。

其次，原来我讲的慈善是财富的第三次分配，这也是我 2009 年政协提案的内容，当时大家还认为很新鲜。现在来看，慈善不只是财富分配的问题了，而是促进整体社会要素的分配，包括技术、人才、资源、营销、品牌和资本等。

最后，按照马斯洛的需求层次理论来看，吃饱穿暖的基本生活需求满足后，人们就一定会向着"实现人生价值"的阶梯上一步步迈进，通过慈善使自己的精神和生命得到升华。

因此，我觉得未来中国慈善事业肯定会蓬勃发展，而且工具和手段也会越来越创新。现在来看，慈善信托、影响力投资等现在不都已经开始风生水起了吗？

马广志：最后请分享一下，你下一个 10 年的个人规划。

房涛：一方面，慈善是自有它的魅力，爱心是我终身事业，也是一门专业、一种艺术，我会乐此不疲；另一方面，我应该会逐渐退出一线，去乐于慈善教育吧。这个舞台，应该让给更多的年轻人。我希望他们比我更有勃发生机和好奇心、诚挚的热爱和行动力，以慈善去满足人民对美好生活的向往。

HU GUANG HUA

胡广华：
正视"管理费"背后的公益命题

胡广华，湖北洪湖人，1983年毕业于武汉大学历史系。毕业后分配到团中央工作。1991年进入联想集团，曾任北京联想集团总裁办主任，柳传志总裁秘书；后前往香港联想国际、联想集团华南总部任职，2001年起担任神州数码（深圳）公司总经理。他提出的"快乐工作快乐生活"理念被神码深圳员工普遍认同。2013年他从商业转行做公益，任中华社会救助基金会秘书长至今，他倡导"诚信 专业 高效 服务；纯粹 平等 合作 快乐"的公益理念。

采访时间：2018 年 4 月 27 日

采访地点：中华社会救助基金会（北京澳门中心 12 层）

"有兴趣，快乐，还有收获"

马广志：你大学毕业后即到了团中央工作？

胡广华：1983 年我从武汉大学历史系毕业后，分配到团中央宣传部工作。当时徐永光任组织部副部长（李学举是组织部部长），1984 年团中央成立了一个学习教育办公室，徐永光兼任办公室主任，我是办公室成员，那一年，他是我的直接领导。

马广志：当时涂猛也在团中央工作。

胡广华：我俩一起去的，他在青农部。后来，我们前后脚离开团中央，他去了四通，后来去了青基会，和永光一起开创了"希望工程"。我去了联想，一待就是 20 多年，2013 年我任基金会秘书长。这时，永光已经成了这个行业的一面旗帜，我还是他旗下的一名战士，每当我遇到问题，心情苦闷时候都会去找他，他给了我很多指导，很多鼓励。作为兄弟，作为战友，涂猛也给我很多帮助。

马广志：作为秘书长，要与各利益相关方打交道，工作琐碎，也很繁忙，感觉累不累？你如何看待自己的工作？

胡广华：如果把基金会比喻成一艘船，秘书长就是船长，要处理航行中遇到的各种情况。内部管理和外部关系处理都要付出很多心血。但我并不觉得累，反而觉得这个过程很快乐。我 50 多岁开始做公益，对我来说是新领域，我个人的成长收获远大于我的付出。

比如说郁金香阳光会，是一家致力于抑郁症防治和抑郁症患者的互助公益组织，发起人刘虹说过一句话：与其诅咒黑暗，不如点亮一支蜡烛。对于现状，我们有时会发牢骚，会抱怨，虽然是出于良心和责任，但解决不了什么问题。刘虹的这句话让我意识到，牢骚或抨击作用不大，要做建设性的事情，蜡烛虽小，但也能给人光明。

还有苏丽萍大姐，她原来是企业家，后来因为车祸身体残疾了。后来她牵头办起残疾人"心理咨询室"，帮助上百对残疾人建立了幸福家庭，让很多人走出了心理和生活的阴影。从她身上，我能感受到什么是真正的自强不息，用自己努力点亮别人的生活。

马广志：这就像很多人说的，做公益最大收获不是帮助别人，而是成长自己。

胡广华：对。还有许嘉璐理事长，老爷子80多岁了，对基金会的发展还非常关心，有需要的时候为基金站台，还十分关心基金会员工的成长。

做一件事情，有兴趣、快乐，还有收获，就像张学友歌里唱的那样"真心的给不累"，或者如白岩松所说"累并快乐着"。

马广志：这种收获有时可能给人一种力量，让人更坚定地走下去。

胡广华：是的。这种公益的力量让我有了一定的存在感（还谈不上什么成就感），也让我从不后悔自己的选择。

2015年8月12日天津爆炸事故发生后，我们六个多小时募得现金近900万元。但有人攻击我们"敛财"，是"发国难财"，基金会官网被攻得瘫痪了，员工接到一些辱骂的电话。我和小伙伴们很郁闷，我曾经一度萌生退出（公益圈）的念头。

当时一位记者朋友对我说：不是这个行业如何，而是您太理想主义。是啊，社会大环境如此，公益行业又如何独善其身？所以，我还是坚持了下来。

过去，我是新人，无知者无畏，见到不顺眼的就会说，就会"放炮"，有朋友戏称我为公益界的"任大炮"。现在，我时常提醒自己，行业需要建设，多做少说。但无论如何，我们必须坚守底线，坚持做实事。

马广志：而且没更多的时间照顾家庭，陪伴家人。

胡广华：秘书长处于基金会"中枢地位"，是基金会里里外外一把手，需要经常外出筹款，参加各种活动，开各类会议，陪伴爱人，陪伴孩子的时间就很有限。这是无法弥补的，尤其是在孩子的成长阶段。我实在觉得很遗憾，对爱人对孩子也深感歉意，自己没有尽到一个丈夫、一个父亲的责任和义务。

"用市场思维做好公益服务"

马广志："公益市场化"是近两年公益圈一个持续争议的话题，对此，你怎么看？我们应该怎么理解和处理公益与市场的关系呢？

胡广华：公益行业要想健康发展，一定要走向市场化。市场是一个试金石，可以把那些差的、服务不好的机构或组织淘汰掉。而且，随着基金会数量的增多，行业竞争压力越来越大，更多的基金会已经向市场化转型，在这样的大环境下，将商业经验和公益结合起来，能让基金会更有活力，更有生命力。无论向左，还是向右，但必须向前。

当然，一提市场化，很多人可能就会想到投机取巧、偷工减料、以次充好、官商勾结等，或者会想到教育市场化、医疗市场化，这是一种误解。真正的市场是公平的，是低成本高效率运作的，是优质的产品和周到的服务，是优胜劣汰，是奖勤罚懒，平等竞争。一定意义上，市场是公平、公正、平等、高效、服务的代名词。不要因为我们处于市场化的初期，存在各种各样不健全的现象，就产生市场恐惧症。

马广志：其实很多人是误解了"公益市场化"的含义，它更多的是指公益也需要效益和效率。

胡广华：是的。我就任基金会秘书长之初，就给员工们强调要有市场观念，项目和服务也要讲效益和效率。我们按商业领域做法，找 ABC 美好咨询社为我们做咨询，对全员进行 KPI 考核，成绩突出的有奖励，提高薪水或升职。做得不好，就降薪或停聘。还有，就是要用市场思维做好公益服务，包括对捐赠人和受捐赠人双方。在商业领域，产品或服务不好，是要被市场无情淘汰的。

当年柳传志总裁说过，双方合作，首先要考虑对方的利益。你能给对方带来什么价值，而不是先考虑从对方那里挣多少钱或获得什么好处。这就是公益组织需要学习的市场思维，捐赠人为什么会把钱捐给我们？受助人为什么来求助于我们？人家也是看重你的服务和价值，能够有效地解决问题。其次，用我们的专业能力和优质服务将爱心和善款有效地放大。

马广志：但传统观念里总认为公益就是行善，与"逐利"的市场化思维势如水火。

胡广华：现代慈善，被誉为"第三部门"。事实上，公益组织本就是市场经济发展的必然产物，是现代市场经济的主体之一。所以，做公益并不妨碍它的商业化运作，公益组织完全可以用企业的方法来运营。但需要注意的是，这种"市场化"可不是生搬硬套。而是从外到内，用现代化的管理理念、思维方式来经营公益事业。很多成功的企业家投身公益做得风生水起，经济实力与社会资源是一方面，更重要的是他们熟悉市场规律并掌握更多的市场手段，以此赋予了公益组织强大的生存和发展能力。

在洽谈合作时，我有时会说，我是一个生意人，生意人没什么不好。基金会的人员、能力和资源都是有限的，我们要通过这种"生意"的方式让人员和能力发挥最大的价值，把有限的时间和资源用于关键的地方。公益需要市场，公益需要公正，公益需要效率，公益需要永续。

"收取管理费没必要羞答答"

马广志：现在有些基金会羞于谈管理费，或者干脆就不收管理费。你怎么看？

胡广华：这是一种心理障碍，是不正常的，也是不负责任的。公益组织凭借自己的专业能力，为社会提供优质的公益产品和服务，是有成本的，也是有价值的，为啥不收取管理费？而且，收取适当比例管理费是国家给基金会开的一扇窗，自己不能把自己关起来。为了团队生存，为了机构长远发展，我们必须根据政策规定，旗帜鲜明、理直气壮地收取管理费。

实际上，当一个公益组织规模不够大时，管理费达不到一定比例的话是无法生存的。就算过了生存期，还有一个滚动积累、长期发展的需求。大的机构不收或少收管理费，可能并不影响其生存，但对小的机构是不公平的。

马广志：有的捐赠人也不愿意出管理费，他们认为捐赠应该百分百地用于受助人身上。

胡广华：这实际上是一种误会。专业的人做专业的事，基金会的运作和项目执行是需要成本的。如果基金会工作人员不专业、不敬业的话，结果也是浪费捐赠人的钱。支持公益机构管理费，支持公益组织生存，支持公益行业发展，有的时候，比支持一个具体个案可能更重要。从这个意义上说，我们需要引导公众和捐赠人的认知。

马广志：按照法律规定，现在基金会收取的管理费比例是10%？

胡广华：现实中，一般都低于10%。你要8%，他说6%，你说7%，他说5%或更低，最好一分钱都不收。很多时候都在讨价还价。这也是中国公益的一种奇特现象。房屋租赁或买卖业务，地产中介公司收取一定比例的中介费/佣金是理所当然的，很少有人去讨价还价，而同样作为中介服务的慈善/公益行业情况则大相径庭。

马广志：是担心捐赠人会到其他基金会成立专项基金？

胡广华：行业外部不理解，行业内部也是恶性竞争，大家比的不是服务，不是能力，而是比谁的管理费低。对行业发展而言，这也是很悲哀的一件事。

不收管理费的基金会只有两种情况：一是有企业或捐赠人捐赠固定行政费用；二是廉价雇用员工。习惯了低收入，失去了对美好生活的向往，所以，这个行业从业者没有了进取精神，缺乏了学习和进步的动力，时间久了，武功会被废掉，即使再到商业领域时已没有能力了，等于断了自己后路。这是对行业的不负责任，对员工也是不负责任。永光说，这个行业日子不好过但好混，也是这个道理。

其实《慈善法》对管理费是开了口子的，但现在行业生态不太好，恶性竞争，自我束缚，被道德绑架了。

马广志：管理费的问题其实成为基金会发展的一个瓶颈，亟须达成共识。

胡广华：基金会的原始注册资金是不能减少的，否则年审过不了，公募基金会，每年的筹款，在第二年需要支出其70%，这是硬性条件。等于基金会基本上没有积累，就像大熊掰棒子，一手进一手出。这样，大部分基金会一直处于没有基金的状态。我经常讲，中国的基金会没有"基金"，"名"不副"实"。

基金会要发展，就要扩大慈善规模，拥有基金，提取管理费是积累资金的手段之一。对于一个小的基金会，管理费是生存的必要条件，对于一个较大的基金会，管理费是发展的必要条件之一。我们要靠基金会积累下来的管理费不断滚动扩大，成为基金会永续发展的自有资金。

马广志：但随着一些成熟的专项基金成立基金会，脱离了基金会。这会给基金会的发展造成压力。

胡广华：过去有的公募基金会是靠资质而生存，等于是坐地收钱。但随着《慈善法》的出台，规定了"慈善组织成立两年可申请公募资格"，一些专项基金纷纷注册基金会，一些基金会会获取公募资格。不再依赖公募基金会了，基金会的捐赠额可能会有所降低。

所以，这也是我为什么强调基金会一定要有"非限定捐赠"。基金会一定要有自有资金，否则会破产的。当然，我觉得这个行业是需要有破产机制的。

马广志：很多公募基金会负责人都有这个担心，所以一些基金会琢磨做社会企业，以企业反哺基金会。

胡广华：从公益侧做社会企业，做影响力投资，其实挺难的，主要是没有战略，没有人才，如果贸然进入，说不定会死得很惨。摩拜是被推崇的社会企业，但他们是做好了牺牲的准备的，是要烧钱的。公益机构里还没听说有哪个机构能赔多少钱培养一个社会企业的。因为是社会资产，公众往往会要求我们只能成功不能失败。我们目前还远远不具备这种能力。

"基金会发展要'拐大弯'"

马广志：目前基金会的自有资金是什么状况？

胡广华：目前基金会的资本金已经达到四千多万元，我希望通过多方努力，在未来五到十年的时间，基金会的资本金能超过一亿元。这就需要多一些非限定的捐赠来充实资本金。或者通过引进更多的理事，让理事出资以扩大基金会的资本金，当然，通过我们专业高效的服务，收取管理费也是资本金积累的有效途径。

我更希望更多的基金会成为资助型基金会，资助草根 NGO 的发展，现在很多 NGO 组织体量很小，需要基金会的资助支持。但我们现在却无能为力，所以需要积累资本金。

马广志：资助 NGO 的发展，应该是基金会的职能所在。但在我国，大多数还是自己操作项目，是一种与 NGO 争资源的局面。

胡广华：是的。基金会做个案，可以救助一个人；如果支持一个 NGO，它们可以救助和影响一批人一大群人，同时，它还能影响更多的人进入到这个行业。这才是一个良性循环。

马广志：基金会在保值增值这方面是如何操作的？

胡广华：我们理事会成立了一个保值增值委员会，授权秘书处具体操作。前两年我们做了一些投资，收益也不错，高于同行业水平。不过，现在我们越来越难做。

马广志：是因为理事会对保值增值上有不同声音？

胡广华：关键是对市场的变化心里没底。经济形势现在不好把握，如果真遇到大的风险，我们也承担不起。应对不确定性采取的办法要"拐大弯"，未来有可能往哪个方向走提前要把弯慢慢地拐过去，和开车一样，拐急弯往往会翻车的。我们也不想做"先驱"，比起高收益，合规和稳健安全更重要。

基金会管理和发展也是如此，2012年基金会资产2000多万，2017年我们达到2.4亿，有近十倍的增长，发展比较快，实话说，我们在实践中探索，问题还有不少。今年我们基金会一个总的指导思想是，加强内部管理的流程化、规范化，尤其是合规性。不再盲目追求数字上的增长，提高抗风险能力。我们可以是公益市场化的实践者，但不能成为"公益市场化"的牺牲品。

马广志：你认为这种风险来自哪里？

胡广华：公益是个社会敏感度高的行业，哪怕一个小数点出现问题，所有的工作都可能会功亏一篑。社会舆论对公益的错误是"零容忍"的，我们必须谨小慎微。我常说，做投资尤其是天使投资，投十个项目，九个失败，没有关系，只要有一个成功就可能会大获全胜，但做公益不同，十个项目，就算你九个成功，只要有一个失败或一个污点，你就有可能信誉扫地，前功尽弃。

早几年，为了生存，我们扩大规模，不断地做加法，成立了好多专项基金。当时考虑的是，先生存下来，有了一定的资金盘子后，我才能选择往哪一个方向走。今年，我们开始做减法了，对一些有潜在风险的，或是僵尸专项基金进行清理。企业都有一个初创期、发展期、高速发展期、平稳发展期和衰落期。一个基金会也是如此。我们基金会现在就处于一个平稳发展期，稳定以后再谋增长。

马广志：现在很多基金会不投资，只做活期。这实际上连保值都没有实现，更不要说增值。

胡广华：凡是投资都会有风险。基金会做保值增值的风险也是蛮大的。基金会保值增值是一种担当，也是一种责任。资金闲置是一种浪费，甚至是一种犯罪。当然，也有人觉得我们不专业，因为正常情况下，国外的基金会都会聘请专业人才来打理资产，但我们一是规模不够，二是也请不起专业人才。其实我是很希望国内基金会能抱团做这件事的，这样抗风险能力会更大一些。

马广志：中华社会救助基金会一直高效率而为业内称道，做减法是否会让人质疑基金会在走下坡路了？

胡广华：过去，我经常讲我们效率高，成立专项基金很高效。但现在看来，个人的判断是有偏差的。没有严谨的科学验证的高效率是会出错的。

今年我们专门成立了一个部门——筹资合作部，所有的捐款、对外合作都要严格走流程，立项、评估、审核，然后在秘书处会议上讨论投票，再决定是否合作。今年我们已推掉了好几个有潜在风险的项目。总之，一切都要流程化、规范化。只有效率，而没有规范化管理，最后也要为这个效率付出代价。当然，效率是我们的特色，我们也不会因为规范而影响效率，合理把握这个度，就是考验我们管理能力的时候。

"人才不流动反而出问题"

马广志：人才匮乏是公益行业的广泛性"痛点"，而人才的流失和流动是否会加剧这种"痛点"？

胡广华：人才流动是好事。流水不腐，人才如水，流动是很自然的事儿，不流动反而会出问题，任何一家机构都会有人才流动，都应当鼓励正常的人才流动。我跟员工们也说，如果你们到其他基金会去任职，有高职位高薪水，有更大更好的平台，我会为你们高兴，为你们点赞。

马广志：等于基金会是在为行业培养人才了。

胡广华：不要总觉得人家是来挖你的人，人才本来是要流动的。如果有能力可以再培养人。所以，基金会要成为一个学习型的组织，激发每个人的能动性。

马广志：记得在行业内，您是第一次明确提出"公益职业经理人"的概念的，而且向全社会呼吁"大力培养公益行业职业经理人阶层"。

胡广华：我们只是公益行业的从业者，不是慈善家。这个一定要搞清楚。金融领域有理财顾问，房地产领域有中介。他们都是为供方和需方提供服务。我们与他们没什么不同，就是为捐赠人和受助人提供专业的服务，都是职业经理人。千万别把自己道德标榜为能够拯救地球和人类的"奥特曼""救世主"。

当然，这个职业经理人不像商业里普通的职业经理人，它需要有更高的觉悟，有更大的情怀。因为，我们打理的是社会资产，没有股东，没有董事会。即使是法人，也只是责任上的，也没有利润上的收益。所以，我跟员工经常讲，基金会要做有公信力的、有高效率的、有生命力的公益组织，要做纯粹的、专业的、体面的、快乐的公益人。

马广志：怎么理解"体面和快乐"？

胡广华：虽然现在社会公益意识有了长足的发展，但公益从业人员往往只是被当作做好人好事，不拿钱或少拿钱。"穷酸"好像成了公益行业的代名词。但实际上，希望自己的价值得到认可，做有尊严、体面的快乐的公益人是每一个公益人的愿望。让公益从业者有足够的保障和尊严，才能留住人才，从而促进整个行业的健康稳定发展。

马广志：还是有很多人认为，做公益就不该拿高薪。

胡广华：行业应该没有贵贱之分。在某次会议上，有一个企业基金会负责人介绍经验时说，原来在集团市场部年薪80万元，做基金会负责人只有20万元，但干的还很带劲、很得意。我感觉这很悲哀的。这其实是行业的负面典型啊，做公益就要自贬三级吗？做公益的价值就小于商业吗？

做公益要有情怀，但仅仅有情怀是不行的。如果我们自身都朝不保夕，如何能安心做好自己的本职工作？怎么能让捐赠人放心，怎么能让受助人安心？当我们自身都快要成为被救助对象的时候，公益理想还能憧憬多久？

马广志：那这个问题如何破解？

胡广华：信任！"郭美美事件"给行业带来的灾难到现在也没有消除，就是因为信任还没建立起来。很多时候，公众对公益还是抱着质疑的态度，甚至把对社会，甚至对政府、对企业、对富人的不满统统转嫁到公益组织或公益人的头上。

当然，我希望这种信任是多方面的，特别是政府对公益组织要信任。中国的公益行业起步晚、起点低，确实有不规范、不专业的地方。发展是要有个过程的，需要自我学习和成长，更需要爱护和培育。

"捐赠文化还没很好地建立起来"

马广志：你曾说过，公益名义上的虚火与实质上的影响力相去甚远，名不副实。怎么理解？

胡广华：中国公益起步晚，还处于发展的初级阶段。2016年中国接收国内外捐赠款物达1300多亿元，还不如淘宝"双十一"一天的销售额。美国每年的慈善捐赠总额都超过3000亿美元，差距不是很大。我国已经是世界第二大经济体，但社会捐赠总额占GDP的比例仅0.03%，美国这一数据是2%。每年的腾讯"99公益日"，虽然也号称有几百万上千万人参与，但与我国的十几亿人口相比，公益的社会影响力还是很小。我们要做的事情还有很多。

"虚火"是指公益圈自娱自乐自嗨的现象，墙内开花墙内香，大家自我感觉良好。但圈外的人对公益的影响力却并不感冒。有人说，腾讯"99公益日"也只是公益圈的自我狂欢，更多的是朋友圈杀熟。相信今年的腾讯

"99公益日"会有令人惊叹的改变，前几天腾讯公益召开规则委员会提案会议，大家提出了很多很好的建议。

马广志：而且，还有很多人的捐赠是抱有某种动机的。

胡广华：很多捐赠人的诉求是没法满足的，比如，有朋友说一个真事：某人要给基金会捐5个亿，但条件是死后把骨灰放到八宝山，与党和国家领导人放在一起，还要把他写进教科书。这好像是根本达不到的事情。

马广志：这说明我们的捐赠文化还没有很好地建立起来。

胡广华：对。或者说是我们的慈善体系还很不成熟。美国的"联合劝募"慈善机构与很多企业签约，将员工每个月工资的3%捐出来。年底"联合劝募"会给企业一份报告，平时企业和员工也不会质询机构把钱花到哪里去了或花到哪个人身上了。双方相互信任，这是一种成熟的慈善文化。

捐赠人要看得见捐赠的反馈，也不是说不好。但那种带有各种附加条件的捐赠或过高商业诉求的捐赠是限制了这个行业的发展的。我们基金会对此是严格把控的，那些商业目的过分突出的捐赠是不可能接受的。

所以，从捐赠人的理念到整个捐赠文化，都需要全面的提升。慈善不是施舍，而是财富的取之于民，回馈于民。这个行业还需要大家爱护，需要大家支持。

马广志：你觉得下一个10年，中国公益会有什么样的发展？

胡广华：我加入公益行业时间不长，未来10年会怎样？这个我不敢妄下结论。我只是觉得，公益事业与经济文明、政治文明和精神文化息息相关。作为一个职业公益人，我希望中国公益行业能健康稳步发展，成为推动社会文明和进步的积极力量。

ZHAO BEN ZHI

赵本志：成功就是"永远在路上"

　　赵本志，1964 年 7 月生，中共党员，中央党校在职研究生学历。历任牡丹江市人口计生委副调研员、副主任、党组成员、调研员，中国人口福利基金会办公室主任、秘书长助理、副秘书长。现任中国人口福利基金会秘书长，负责基金会全面工作，分管党务人事部、财务资产部。

采访时间：2021 年 8 月 6 日

采访地点：中国人口福利基金会（北京市海淀区大慧寺路 12 号）

从牡丹江到北京

马广志：看你的履历，最早的工作是在牡丹江市人口计生部门。能否谈谈当时的经历。

赵本志：我最早的工作跟计生工作是不搭边的。1964 年，我出生在黑龙江省伊春市铁力林业局，1986 年从牡丹江林业学校毕业，学的是林学职业教育专业，毕业后在牡丹江林业技术学校工作。1990 年借调、1992 年正式调入牡丹江林业管理局武装部从事政治工作。

到了 1996 年，国有林业企业改制和人员分流，这时正赶上牡丹江市首批公务员考录，我就报名了。经过笔试面试后，第二年就正式进入了牡丹江市计划生育委员会工作，担任办公室秘书，身份是科员，但原来在国有企业机关的"正科级"没有了。2009 年 8 月，我又被借调到国家人口计生委人事司教育处帮忙，当时说的是短则 3 个月，长则半年。后来因为诸多原因，这一"借调"就是 3 年，2012 年才正式京外调干，完成身份转变（公务员转事业编）。

马广志：一般来说，京外调干手续繁琐，这三年对你来说可能并不容易。

赵本志：工作上还好，"追逐梦想，体现价值，改变命运，证明自我"，所以有的是斗志和激情，每天早来晚走，周末加班加点是家常便饭。但那种思亲之苦和等待之苦真是很煎熬。那三年，我自己蜗居北京，一家三口两国三地（注：当时儿子出国留学），双方父母都年老多病，对老不能尽孝，对妻不能尽爱，对子不能尽责，真是愧母恩、欠妻情、缺子欢。直到 2012 年 2 月 2 日京外调干的手续批复下来。但又过了一年，妻子才调来北京，儿子的工作也克服了从国外归来后的"水土不服"，我们才真正开始了在京城的"安居乐业"。

马广志：后来是何机缘到中国人口福利基金会工作的？

赵本志：从牡丹江离开，最初借调时因为表现尚可，领导问我愿不愿意留下？这当然是"求之不得"呀，毕竟北京平台更大。但因为我年龄偏大，进不了机关了，正好基金会缺办公室主任，于是2010年3月，我就转而借调来到基金会。2012年京外调干的手续批复下来，就一直到现在。

马广志：当时你对公益慈善和基金会的认识是怎样的？当时中国人口福利基金会情况是怎样的？

赵本志：我小时候那年代受到的教育和社会影响，总认为慈善是虚伪的、地主资本家搞的"骗心术"。参加工作后，也是只知道有事业单位、有公务员，对公益慈善没有什么概念，在牡丹江工作时，所属林口县等地所做的"幸福工程——救助贫困母亲行动"公益项目，都不知道是中国人口福利基金会的项目。直到来了基金会工作，才知道公益慈善事业是怎么一回事。

我刚到基金会工作时，基金会只有这栋楼5层的几间办公室，20多个人，每年几千万元的捐赠收入，其中物资还占有相当的比重。我担任办公室主任，主要是综合材料及做管理、服务和协调等工作，感觉跟在政府部门工作没啥区别。

作为"国字号"基金会，我们确实是在发挥着拾遗补阙的作用，比如通过一些公益项目的设计，以及对计划生育伤残死亡家庭的调研，在一定程度上推动了国家对农村部分计划生育家庭实行奖励扶助制度的出台。况且基金会就是委里的一个单位，所有的工作都要围绕着委里的计划安排来开展，并没有意识到公益慈善还是一个行业需要关注。

马广志：你在基金会从中层做起，到现在的秘书长，见证了基金会的成长和壮大。你认为人口福利基金会的发展过程有哪几个关键的节点？

赵本志：远的不说，入职基金会近12年，经历了两届理事会。2010年6月至2017年2月，五届理事会，会长王忠禹、理事长赵炳礼、秘书长杨文庄（2013年4月调任国家卫生计生委司长）；2017年3月至今，六届理事会，会长李金华、理事长郝林娜、秘书长张晖（2017年12月调任国家卫生健康委巡视员）。中国人口福利基金会于1987年6月10日在中南海西花厅成立，是有红色传承基因和政府部委背景、国内较早成立的基金会之一。我们现在驻会的副理事长武家华经常用"馒头理论"教育青年员工：一个人吃第3个馒头时饱了，但要珍惜和感激前2个馒头所起的作用。目前，我们基金会所有的发展进步，都是在前几届、前几茬、前几辈人，"坚"苦奋斗、求真务实、诚信友善、全心全意为捐赠者、志愿者、受助者服务的基础上得来的。而且这个坚信坚定、坚持坚守、坚韧坚毅的"坚"，正是我们现任李金华会长"三服务"题词中的深刻意义和希望所在。

就我个人而言，在基金会履职粗略划分以下几个阶段：2010年3月至2012年2月，借调期间，还没有正式入门，属于适应时期；2012年3月至2013年4月，做办公室主任，逐渐熟悉公益慈善业务和项目工作；2013年5月至2017年4月，秘书长助理兼办公室主任，学管理、重服务、打下手；2017年5月至2020年7月，提职副秘书长并很快主持日常工作，感觉是在带头做事，干大事、干实事、干好事；2020年8月以来，属于再提升、远修行。

一是抓住了关注人口家庭发展难题。2011年起，倡导并推行创建幸福家庭活动，这是财政资金支持项目，基金会增加资金收入、弥补办事成本、引导社会资源、锻炼队伍能力，逐渐在人口计生系统内做出了成绩、产生了影响。

二是抓住了卫生计生部委合并的契机。党的十八大召开后，2013年年初部委合并成立国家卫生和计划生育委员会，基金会业务指导单位有所改变、职能职责大大拓展，卫生医疗资源和相关平台、合作伙伴普遍增加，迎来了大发展、快发展、可持续发展的良机。

三是抓住了脱贫攻坚决战决胜和实施健康中国战略（行动）等重点。党的十九大之后，2018年起，基金会发挥国家级社会组织、慈善机构的优势，参与健康扶贫、定点扶贫、党建扶贫、消费扶贫、产业扶贫，民政部、国家卫健委均给予高度认可；设立专项基金，联合有关司局单位，系统内、行业内、全社会开展健康促进类项目和活动。

关键是理念和行为方式上的"去行政化"

马广志：随着进入后疫情时代，公益领域也在反思 2020 年的疫情对整个公益行业的影响，你觉得疫情对中国慈善事业有哪些影响？

赵本志：去年至今仍在持续的新冠肺炎疫情属于重大的突发公共卫生事件，防控属于医疗救护领域，对社会组织的专业性要求比较强。很多社会组织爱莫能助，甚至受到限制，不能进入。但疫情防控却又离不开社会组织。这也是对公益行业的一种警醒，就是专业的人要干专业的事，而且是要做好手上的事儿，做好眼前的事儿。

另外，从某些社会组织在抗疫防控中暴露出来的种种问题来看，公益慈善领域确实存在着信息不够公开、所捐赠的物资款项去向不够透明等情况，这对公益慈善组织机构的公信力造成了很大的影响，再一次说明了依法从业、规范透明的必要性，一定要开门办公益、透明做慈善。

这次疫情对中国人口福利基金会也是一次锤炼，社会影响力和美誉度大幅提升，而且成为与世卫组织合作开展"团结应对基金·中国行动"的国内唯一一家基金会。因为疫情，人们对健康的认知更加深刻、对自身的健康状况更加关注，原来大部分捐赠都投向了教育领域，现在"大健康"有赶超之势。这是我们发展的一个契机，也是服务社会的机会，要应势而动、顺势而为、乘势而上。

还有，社会组织对突发公共事件的应对，相比之前更冷静镇定、从容有序了，而且机制灵活，也更多方多元。

马广志：这从一个侧面也说明了公益领域的进步，你是这种进步的见证者和参与者。

赵本志：是的。我这十几年，感觉到了这个行业从相对散乱无序到比较规矩有序，从原来的无"法"可依到有"法"可循，从行业内特别是社会上的冷眼质疑到包容宽容。随着自律力度的加大，公益领域得到了认可，信任度、美誉度也普遍提升。这说明整个行业已经是一个相对成熟的业态了。

但是，也要看到社会组织的不足，就如民政部副部长詹成付所说："在这次疫情的应对过程中，可以看到慈善组织的运作能力还有待改善和提高。"他认为法律的规定变为慈善组织的行动自觉，还有一段路要走。

马广志：社会组织的发展，政社如何协调是一个绕不开的问题。你对此怎么看？

赵本志：不管是去年抗疫，还是今年的河南抗洪，社会组织在灾害应急救助过程中的表现都是可圈可点的，而且政社合作的范围越来越大，社会组织之间也逐步有了良性的互动。但社会组织如何构建与政府的良性互动关系呢？以我们基金会来看，社会组织在处理与政府的关系时要把握以下四点。

第一，要提高政治站位。对中国人口福利基金会这样"中字头"的基金会来说，这是第一位的，要认真把握党和国家制定的大方向、大原则、大战略，胸中装有大局，自觉在大局下学习、在大局下思考、在大局下行动，做到一切服从大局、一切服务大局。

第二，要把握发展方位。党的十九大更是提出"实施健康中国战略"，开启全民健康新时代。中国人口福利基金会必须准确把握卫生健康事业的历史方位和发展方位。

第三，要明确机构定位。我们既是国家卫生健康委的直属联系单位，又是国家公益慈善行业里的4A级公募基金会。恰当的机构定位十分重要，可以确保我们在卫健系统下发挥补充和保障作用，以及在行业内发挥引领与示范作用。

第四，要坚信有为有位。一定要做事儿，要有作为。而不是跟其他兄弟单位"争名夺利"，或者在草根组织或合作伙伴面前摆谱，高高在上。

马广志：中国人口福利基金会属于部管社会组织，你对"去行政化"怎么看？

赵本志：基金会有一个"四化"战略，即社会化、专业化、现代化和国际化，"社会化"所对应的其实就是"去行政化"。但事实证明，去行政化并不是绝对的，甚至是"说着容易做起来难"。中国人口福利基金会是国家卫生健康委员会直属联系社会组织，近年来重点是围绕健康扶贫、健康中国行动和解决人口家庭发展难题的有关目标开展系列工作。如果在卫生健康系统内都没做出影响力来，怎么去"混社会"呢。2013年卫生部与人口计生委合并成立国家卫生计生委，后来又变为国家卫生健康委，对中国人口福利基金会来说，资源、伙伴更多了，发展面、合作面也更宽了，这正是我们发展壮大的契机。

过去也有人说"中字头""国字号"的基金会做大了，会导致"国进民退"，挤压民间组织生存和发展空间。但这要怎么看，关键是把握一个度。其实，"去行政化"关键是理念和行为方式上的"去"，别想着当官做老爷，别搞形式主义和官僚主义，更不是甩开部委背景和领导、监管。

"唯筹资论"很容易让公益变味

马广志：近几年，在商业的影响下，公益好像不那么纯粹了，你怎么看？我们应该怎么理解和处理公益与商业的关系呢？

赵本志："没有钱是万万不能的"，公益的长远发展往往离不开商业力量的支撑，不能"妖魔化"金钱或市场。另外，水至清则无鱼，也别道德绑架"公益慈善"。很多情况下，公益机构正是借助商业手段和市场的模式，才让公益活动效率更高、传播更广，使得更多人受益。可以说，两者既相互促进，又相互制约；既相辅相成，又相对独立；既方兴未艾，又任重道远。

近年来，社会企业、公益金融、影响力投资等倡导以公益为目的，市场化运作的模式已经是一种潮流，有势不可当之势。只要是做事，"初心是做好事做善事"就好，就支持鼓励，可加以引导、逐渐规范。对我们基金会来说，就是要坚持全心全意为捐赠者、志愿者、受助者服务的"三服务"理念。

马广志：人才缺乏一直是制约中国公益更好发展的瓶颈之一。很多人呼吁要建设公益人才生态。你认为破解公益人才缺乏的出路在哪里？

赵本志：事业成败，关键在人。其实，不仅是公益慈善行业，真正的人才哪个行业都缺！而且，对大多数人来说，在公益机构工作跟在其他单位工作没什么区别，我们都知道关于留住人才，国内最流行一句话是：待遇留人，感情留人，事业留人。的确，公益慈善行业需要的是一大批具有公益情怀，又有各种专业本领的人才，但是"英雄不问出处"，很多不是科班出身的人现在不也做得挺好吗？关键是要有情怀，要有敬业精神。当然，如果没有吸引力的待遇收入，人才也很难留下来，毕竟现在年轻人的生活压力还是很大的。

公益人才生态的建设，符合社会治理需要，也符合行业的现实需求。宏观上，国家需要给政策给倡导、社会给条件给空间；中观上，行业给环境给保障、单位给机会给平台；微观上，个人要有意愿、有激情，愿意从事这行当，注意在磨炼中总结成长，家庭给予必要的支持鼓励，甚至是引以为荣。这几年，中国人口福利基金会打造"家和"文化，鼓励年轻人在职学习，比起不断地向外招聘，我们更注重自己培养人才，培养员工爱岗敬业精神，专心地踏踏实实地把工作干好就好。

马广志：在互联网的作用下，中国公益出现了一些新变化、新趋势，你认为基金会应该如何利用好互联网等科技来发展？

赵本志：一定程度上说，科技是这个时代最大的公益。新一轮的科技革命，正在深刻影响着世界发展格局，深刻改变人类生产生活方式。而通过科技的力量，让人人可以做公益，随手做公益，让公益更简单、更便捷、更有效。科技向善，势在必行，而且势不可当；科技向善，大有可为，而且大有作为。公益组织一定要利用好互联网等科技来发展壮大自己。

在这方面，我们的认识也是有一个过程的，原来基金会是以企业的大额捐赠为主，认为一角一元的公众筹款是在跟人家争资源，感觉上也不对。但现在事实证明，那种认识是短视和浅薄的，单靠行政色彩带来的大额捐赠，肯定不是长久之计。参与腾讯"99公益日"的这几年，基金会的公众筹款从开始的几万元，到现在每年的上千万元。此次河南洪灾，我们基金会在各平台的公众筹款总额达到了 1.6 亿元。

所以，我们对腾讯"99 公益日"特别重视，内部多次培训，提前动员。我曾经真诚而又严肃地要求单位各部门和全体员工：以致敬之心，感谢腾讯"99 公益日"；以专业之心，善待腾讯"99 公益日"；以期盼之心，祝福腾讯"99 公益日"。同时要夯实基本功，把服务做好，打造出机构的社会影响力和美誉度，包括要尝试开展月捐项目。也正因如此，我会荣膺"2021 腾讯公益中国公益峰会组委会轮值机构和生态共建闪光机构"奖。

马广志：但也有一种说法，认为腾讯"99 公益日"让"唯筹资论"越来越严重，甚至因此忽略了公益伦理。

赵本志：对慈善组织来说，募集资金从来都是核心、是关键，是机构发展的基本前提。因为做公益，没有资金是不行的，项目没办法开展。但如果"唯筹资论"那就不对了，公益很容易就变味了。因为做公益的目的是要有成果，要解决社会问题，实现社会价值，否则像企业那样追求筹款额的多少，那就走偏了。

君子爱财，取之有道。慈善组织应该做"君子"，遵循规范从业、公开透明的"道"，要追求专业标准、职业道德和工匠精神，打造机构的美誉度和影响力，"栽下梧桐树、花开蝶自来"，而不是搞变通、打擦边球，不是不择手段、不计后果。否则不但自身丧失公信力，还会危及整个公益生态。

社会组织发展壮大离不开创新

马广志：现在全国的基金会已达 8000 多家，竞争也越来越激烈，中国人口福利基金会的发展战略是怎样的？

赵本志：说来惭愧，过去没觉得战略规划有多重要，就别说必要了。当然，那也是有原因的。自 2017 年六届理事会换届以来，在郝林娜理事长的主导下，我们不仅制定了战略规划，而且每年都拿出具体的实施方案。特别是我在主持基金会日常工作、后来当了秘书长，才越来越觉得战略规划的重要，从而是逐渐梳理、总结、归纳、整合、提高，为下届理事会做些准备。

目前，基金会的战略框架是用"123344452"这样一组数字来概括说明，或者说是我们的"自画像"：秉持"增进人口福利，促进家庭幸福"一个立会宗旨，坚定"人人健康家家幸福，人人公益家家慈善"两个宏伟愿景，坚持全心全意为捐赠者、志愿者、受助者"三服务"核心价值理念和需求导向、量力而行，问题导向、公开透明，结果导向、合作共赢的"三导向"工作原则，遵循"四句话"的总体工作思路（突出健康中国建设和健康促进主责主线，助力巩固拓展脱贫攻坚成果与乡村振兴有效衔接，关注并致力解决一老一小一特人口家庭发展难题，打造幸福系列自主公益品牌），加快社会化、专业化、现代化、国际化"四化"进程，建设"四家"为主要内涵的（家文化、家务事，家人办、家风传；助人助己、向善向上，守规守信、家和家旺）的组织文化，早日实现"奔5A冲5A、成5A保5A"奋斗目标，叫响行动和宣传两句口号——干功德无量公益慈善事业，做大爱无疆健康幸福使者；感恩有您"益"路相伴，感恩有您善路同行！

马广志：近些年中国人口福利基金会打造了幸福工程、幸福微笑、中国大病社会救助平台、黄手环行动、乡村医生支持计划等多个品牌项目。为什么这么重视品牌建设？

赵本志：公益组织没有品牌就没有核心竞争力。个人认为，品牌代表工作水平；品牌就是有形的广告，而且还具有无形的价值。品牌是公信力，是美誉度；更重要的是，品牌展现了基金会的透明度、影响力；公益品牌的含金量或"成色"，就代表了基金会的形象、底气和自信。一个卓越的社会组织，一定是一个有自己品牌形象设计和识别系统，有自主的、系列的品牌公益项目的组织。

马广志：创新现在也是公益行业内的热门话题。你认为社会组织如何创新？

赵本志：德鲁克说过："不进行创新是现有组织衰弱的最大原因。"今天每个组织面临的最大挑战之一就是变化，社会组织也一样。要想发展壮大就离不开创新。

如何创新呢？首先是继承原有的。继承是创新的基础，创新是继承的发展，只创新不继承，认为以前的经验和传统已经完全过时，所以不用继承，这是极端错误的表现。在实践过程中，任何完全抛开传统搞创新的，大都是以失败告终。

其次是借鉴别人的。学习是创新的前提和基础，社会组织要创新，就要把学习当作创新的一大需要，及时学习其他机构的成功经验，将别人的经验为我所用，这样创新可以不走或少走弯路。创新就是大胆借鉴，不拘泥于条条框框。

最后是创新要突破自我。比如，为了某个项目的执行，我们基金会跨部门成立大项目组或工作小组，而不是拘泥于部门内或者是几个人。作为基金会负责人，要善于搭平台，给年轻人舞台，为他们多撑腰站台。

但需要注意的是，创新要有前瞻性、针对性和可操作性。不能为创新而创新，更不能新瓶装旧酒，不能形式主义，搞花架子；更不能不计成本、不计后果、劳民伤财。

"秘书长要成为复合型人才"

马广志：现在人们越来越强调秘书长对基金会的作用，那么，你认为行业发展需要什么样秘书长？一个合格的秘书长应该有哪些特点？

赵本志：本人做秘书长的时间不长，满打满算刚好一年，国家卫生健康委党组下文任命、基金会理事会履行程序，到今年 7 月 30 日秘书长一年试用期刚刚结束。如果沾"秘书长"边就算，那就是 2014 年起做秘书长助理兼办公室主任、2017 年 4 月任副秘书长同年 12 月起主持基金会日常工作，直到 2020 年 7 月底提任秘书长，这也有七八年时间了……换句话说，不是秘书长，但要么服务秘书长，要么做着秘书长的事儿，只是没坐到秘书长的位儿。如果给自己从到基金会工作，到当上秘书长的今天，分分成长路径和阶段，可以说 2010 年 3 月到 2017 年 4 月，是"干工作""真用心"有"盼头儿"；2017 年 5 月到 2020 年 7 月，是"做事业""真尽心"有"干头儿"；2020 年 8 月以来，是"新发展""真修心"有"奔头儿"……

我在做基金会办公室主任、秘书长助理的时候，就读过《如何当好社会组织秘书长》一书，这是中国社会组织领导力提升推荐书目，2015 年年底出版，由时任民政部民间组织管理局局长、现任民政部副部长詹成付主编，是 2014 年"亿利生态杯——如何当好社会组织秘书长"全国征文的获奖作品集。王名院长作序，有 60 位社会组织（协会学会商会，包括基金会）秘书长分享典型案例、成功经验和心得体会。从中很受教育和启发，以至于萌发了"对秘书长这一职位、身份、品德、良知的敬畏和敬仰之心"。

基金会法人治理结构下的秘书长，是基金会执行层面（秘书处）的主要负责人，其地位、作用、影响、价值等，举足轻重，无可替代。如果让我给"合格的秘书长"画像，无非就是那么几点：干公益做慈善、想事情看问题，站位高一点、格局大一点，能力强一点、团结好一点，创新多一点、务实久一点，冲锋前一点、私心少一点……

马广志：随着慈善事业的发展，越来越多的年轻人走上秘书长岗位。对于年轻人，你有哪些忠告和建议？

赵本志：第一，千万别拿自己当官儿！秘书长就是庄稼地里干活"打头的""喊破嗓子不如做出样子"，这是我最信奉的！我们总书记强调"打铁必须自身硬"；我们李金华会长常说"做好为人民服务，先从服务身边人做起"；驻会武家华副理事长金句"别先想着你能左右多少人，要看看有多少人愿意围在你左右"；宋宏云副秘书长名言"领导是解决问题的，不是制造问题的"。秘书长要成为复合型人才，先"自己要行"。要成为"三牛"（为民服务孺子牛、创新发展拓荒牛、艰苦奋斗老黄牛）精神的践行者、引领者。

第二，千万别把自己比作慈善家！我们（秘书长及基金会工作人员）只是一个专职做公益慈善的工作人员或称为社会工作者，而且还不一定配得上"专业"！真正的爱心人士、众筹网友才是"小善有为、大爱无疆"助推社会文明进步、和谐友善的真人好人，是提供基金会（人口福利）资金保障、成全公益慈善事业发展的恩人、贵人。

第三，千万别急于求成、别急功近利。年轻人应该目标远大、志存高远。既要懂得"不当家不知柴米贵，不养儿不知父母恩"的道理，勤能补拙，艰苦奋斗；别怕别人瞧不起，就怕自己不努力！但又不能妄自菲薄、轻视自己的工作，更不可遭受挫折、自暴自弃、甚至怀疑人生。天道酬勤，心诚则灵；做人要厚道，与人要友善。别人云亦云、亦步亦趋，但也不能狂妄自大、目空一切。老电影《小兵张嘎》中的"别看今天闹得欢，就怕将来拉清单"；自己老领导说的"露多大脸，现多大眼"，都是这个理儿。

成功是"永远在路上"

马广志：现在你已经是一个专业的资深公益人了，中国人口福利基金会不但在业内有良好的口碑，你也获得了包括政府、公益行业及社会的认可。从个人角度来讲，你觉得自己成功的因素有哪些？

赵本志：实在不敢当，更不能说"成功"，而且也真的没有"成功"，因为还在职在位，需要一直努力。即使是成功，也是一时一事的，对于做人目标和价值追求来说，成功是"永远在路上""没有最好只有更好"。

2017 年 4 月，我被提任基金会副秘书长，同年 12 月受理事长委托主持基金会日常工作，直至 2020 年 7 月提任基金会秘书长。这几年，基金会得到了长足发展、赢得了普遍赞誉，我个人也多次获评优秀和奖励。问心无愧地说，这几年，我们在国家卫生健康委党组的重视支持下，在李金华会长和郝林娜理事长、武家华、王振耀、刘亭副理事长及理事监事的关心帮助下，办成了一些过去想办而没有办成的事情，解决了一些过去想解决而没有解决的难题。原因不外乎"坚持学习""懂得感恩""勤勉务实"和"勇于担当"四条。

无论什么时候，一定要坚持学习。学习可以让自己"与时俱进"，可以做到"干一行爱一行钻一行"。干公益慈善这事，一定要心怀感恩，基金会的口号之一就是："感恩有您'益'路相伴，感恩有您善路同行！"务实担当就是要"在其位谋其政"，对比业内前辈、会内前任，我一直要求自己能做到更务实一些、更担当一点。

如果再说，还有一个"为人坦诚"，坦诚相见、坦诚相待、坦诚到永远！行就行，能就能，成就成，反则亦然……

马广志：公益是一个更讲奉献与付出的行业，可能没更多的时间照顾家庭。你觉得做公益对家庭有影响吗？

赵本志：有，而且是"相当有"！但不是负面的或不良的影响，也没有因为工作忙顾不上家，更不至于废寝忘食，"几过家门而不入"，甚至影响夫妻关系、父子关系什么的。反倒是积极的"正能量""正相关"，家人、朋友都觉得我是在国家级单位工作，是公事，做善事、做好事、做实事，包括来自家里老人亲戚、老家山区沟里、老话所讲"积荫德"等。

2012年、2015年春天，母亲和父亲相继因病离世，自己因为远在北京，都没能赶上看最后一眼，确实非常遗憾，但是父母和哥哥姐姐都理解和支持我的工作，父亲在世时经常说"忠孝不能两全"，告诉我做好本职工作，踏实做事、清白做人。说到这里，甚至要感谢个人所从事的公益工作，能够让人淡泊、坦然，从业清廉、生活清静、感觉清爽。

马广志：在中国人口福利基金这些年，你觉得有没有一些遗憾？是什么？

赵本志：遗憾还挺多的。比如还差一块牌子——全国5A级基金会，还在努力规范和积极参评之中；差一首歌曲——中国人口福利基金会会歌，还在起草和编写之中；差一种筹款模式——月捐，还在研究、尝试和探索之中；差一支队伍——具有我们基金会特色的、符合行业和职业要求的志愿者团队，还在不断组建和培养之中……

马广志：最后请你分享一下你未来的个人规划。

赵本志：小车不倒只管推，不用扬鞭自奋蹄。目前最重要的也是最主要的是团结一心，"坚"苦奋斗，坚持坚守、坚毅坚韧；我个人要站好岗，放好哨；当好家，把好关；带好头，育好人；换好届，开好篇；修好身，结好果。致力于打造"百年老店"，把基金会带上一个更高的台阶。

WANG PING

王平："见物不见人"是公益领域的 GDP 主义

王平，北京人，友成企业家扶贫基金会创始人、理事长。1971 年初中毕业即参加工作。1978 年考入中国人民大学国际政治专业学习，获法学学士学位。1982 年入中联部做政策研究工作。1992 年赴美攻读研究生，获美国马里兰大学文学硕士学位。曾是马里兰大学公共事务学院访问学者、欧洲联盟农业部访问学者。曾任职于教育、国际政治政策研究、投资银行等跨界领域。基于对社会问题有深刻的体悟与思考，2007 年创立友成企业家扶贫基金会，至今一直担任基金会理事长，2015 年以前还曾兼任秘书长。2014 年联合 50 多家机构发起筹建社会价值投资联盟，并于 2016 年 9 月正式注册成立，首任理事长，主席团创始主席。

采访时间：2018 年 1 月 8 日

采访地点：北京京城大厦 1805 室

"公益是更能让我得到滋养的一种活法"

马广志：看你的履历，你 16 岁就参加工作了。现在这个年龄的人还正在读中学。

王平：1971 年我 16 岁初中毕业，当时我国还处于特殊历史时期。学校留我担任专职团委书记，一干就是 7 年。

马广志：国家恢复高考，1978 年你就上大学了。

王平：对。1978 年我考上了中国人民大学，专业是国际政治，是法学学士，四年后毕业被分配到中联部做政策研究工作，后来还担任了副处长的职务。

1992 年我获得奖学金赴美读研究生，在马里兰大学攻读政府政治，拿到文学硕士学位，之后又去欧洲学习和工作了半年。回国后大部分时间在做证券投资和投资咨询。

马广志：从政治学，再到投资、咨询，最后走上公益这条路，你怎样看待这样的职业转折？

王平：也许有人认为我这个人很"不安分"，当时离开中联部很多人不理解。后来又离开蒸蒸日上的商业投资领域更让许多人不解。现在可以说，那都不是我的初心。我是一路走，一路思考，也在一路寻找，思考国家的发展道路，也在寻找个人实现理想和价值的方式。

马广志：直到 2007 年创立友成企业家扶贫基金会，你的这种寻找和选择才算是尘埃落定，当时你已过了"知天命"之年。

王平：在美国和欧洲的几年时间，让我有机会了解到发达国家是怎样实现工业化、现代化，以及他们的社会状况。当时我国刚开始改革开放，"中国向何处去"是很多人都在关注的问题，我也在思索中国是否也要走一条与西方发达国家相同的发展道路？我们不可能像他们那样去掠夺殖民地，也不可能那么大规模浪费之后治理，而是要走一条有中国特色的道路。

进入 21 世纪，中国的经济体量跃居世界第二，国人的生活水平也迅速得到改善。这个时候，除了环境的可持续发展问题，我更担心的是社会问题，包括人与人、人与社会的关系问题，而随着贫富差距拉大，社会矛盾凸显，人们的思想也都出现了对立倾向。这让我们反思：我们发展究竟是为了什么？未来我们究竟要往何处去？

马广志：就是在今天，这样的反思也很有意义。不过最后你选择了做公益来回应这种反思。

王平：其实，从 16 岁走上社会，我一直都未停止过这类的思考。

当然，如果没有这几十年的经历，包括经验的积累、认识的升华和物质的准备，其实也很难在 2007 年走上公益这条路。这是人生目标追求的一个必然结果吧。在我正式进入公益领域前的很长一段时间，我就开始思考公益对于社会建构的重要意义，我认识到，作为第三部门的公益组织，扶贫济困只是其中的一个功能，另外一个更重要的可能是起到社会黏合剂的作用，是社会和谐非常重要的力量。

马广志：与仕途和商业相比，公益更是一个讲奉献和付出的行业。与你不同的是，很多社会精英选择了另一条路。

王平：仕途与商业都是我主动放弃的，两者不过是我在寻找意义和价值过程中学习和历练的必经之路。做公益完全是我一如既往地追求自我成长和价值实现的全新选择。

所以，我完全没有道德上的优越感。相反，我觉得公益是更能让我得到滋养的一种活法，因为公益在推动社会改变的同时，更是让我成长的一种力量。

马广志：你从这个维度来看公益很有意思。不少人凭道德优越感在做公益，完全是一种高高在上的施舍心态，满脸拯救天下的表情。

王平：改变自己的过程也是改变世界的过程，不改变自己就无法真正地改变世界。这也是友成基金会内部经常讨论的一个话题。人们常说："如果你不能改变自己，你就改变世界；如果你不能改变世界，你就改变自己。"但我认为，改变自己未必改变世界，但改变世界必须改变自己。同样的道理，不要总认为做公益就是奉献与付出，个人的成长和收获可能是更重要的。

马广志：现在来看，你已经获得了包括政府、公益机构及企业在内很多人的赞誉。从你个人角度来讲，你成功的核心因素是什么？

王平：坦率而言，我不是特别习惯和喜欢"成功"的说法，我也不会把成功的标签贴在自己身上。也许横向比较我比其他人多做了一些公共领域的事，但这都是我自己的选择。而有机会选择这样一种活法，是非常幸运的，是应该感恩的。

我可以谈谈我的个人心得：第一，要觉知并追随自己的内心。第二，比成功更重要的是成长和成全。基金会不仅是成全自我内心需求的载体，也是成全更多人实现公益梦想的媒介。第三，一定要坚持不懈，成功是一个永无止境的过程，而不是一个静止的状态。

马广志：作为中国公益十年历史的参与者和见证者。你如何看待自己在中国公益这10年中所扮演的角色？

王平：我从来不关注所谓扮演什么样的角色，因为那不是我从事公益的目的。我只知道学无止境、如履薄冰；我只关心友成基金会是不是在按照初心在做事。10年下来，我可以问心无愧地说，友成基金会一直不忘初心，牢记使命。

"寻找一群社会创业家"

马广志：现在都在讲"不忘初心，砥砺前行"。你创立友成企业家扶贫基金会（下称"友成基金会"）的初心是什么？

王平：10 年前我偶然读到《如何改变世界：社会企业家与新思想的威力》这本书，讲的是社会企业家如何改变世界的故事。作者戴维·伯恩斯坦在书中写道："社会企业家是一批为理想驱动、充满创造力的人，他们质疑现状，开拓新机遇，拒绝放弃，要重建一个更好的世界。"

读完后，我心潮澎湃，我做公益不就是想寻找和我一起改变世界的人吗？不就是这样的一群社会企业家吗？当时我感觉一下子走出了孤独的感觉，浑身充满了力量，知道了我要做什么了。友成基金会就是在这样一个初心下创立的。

马广志：所以，友成基金会创立后，一直把发现和支持社会创新领袖和搭建支持社会创新事业的网络平台作为使命，还发起了"猎鹰加速器计划"。

王平：影响有影响力的人，是友成的理念之一，因此，友成一直把发现和支持社会创新领袖和搭建支持社会创新事业的网络平台作为使命。除了早期支持的 BC 的社会企业家技能培训，后期开发的"小鹰计划"和"猎鹰计划"更是聚焦于具有社会企业家精神的社会创新领袖的发现和支持。此外，友成对外资助的项目也是一个发现和支持新公益领袖的过程，在友成资助的评估中，对项目负责人的识别要重于对项目本身的评估，这一点和资本市场上天使投资或风险投资有异曲同工之处。2016 年，友成发起成立的"社会价值投资联盟"则是支持社会创新的平台和生态网络。

马广志：从"扶贫志愿者行动计划"到常青义教、双师教学，再到小鹰计划和电商扶贫，友成基金会创立以来开展的每个公益项目都很接地气，真正起到了"有效公益"的典范作用。

王平：你觉得这些项目非常接地气，这是一个很高的评价。因为，一个项目既要有创新，又要接地气，不是一件容易的事。其中，最关键的是对社会议题的洞察和对未来趋势的把握，对社会议题的洞察是项目目标的前提，因此必须接地气，对未来趋势的把握常常产生创新的方法和路径。值得一提的是，我的老搭档，国务院参事汤敏先生首创的"双师教学"项目还获得了李克强总理的批示，并已经开始广西、重庆等地全面试点。该项目是通过 MOOC 的方式，将城市优质课程直接引进到乡村学校，使城乡共享优质教育资源。

马广志：在这些项目的开展过程中，遇到的最大问题是什么？

王平：就中国目前的扶贫总体而言，我们不缺少政府的财政投入和企业的捐赠，也不缺少有能力、有意愿参与公益与扶贫的个人，而且随着精准扶贫的提出，这些投入越来越多；我们最缺乏的是有效的公益项目和可持续发展模式，以及连接资金、技术、人才提供方与需求方的价值链中游，也就是整合资源的平台。

在此认识基础上，友成基金会以内部创业的方式孵化了一系列平台型公益扶贫项目，旨在突破分散而低效的简单捐钱捐物的传统模式，通过跨界合作、资源整合及能力建设，提升财政扶贫资金和捐赠资金的有效性，提高公益项目的运营效率。

马广志：我记得你在一篇演讲中提到，从历史发展来说，资助型基金会的出现表现一个社会的公益水平进入了更高的阶段。你认为 10 后的今天，中国公益是否进入了这个"更高的阶段"？目前来看，好像还是运作型的基金会占比更多一些。

王平：这话是我在 2009 年说的。我当时之所以这么认为，是出于两个判断：第一，资助型基金会的出现，说明公益的生态正在完善和生长，如同市场经济中出现了资本市场，市场经济才进入更高阶段。第二，只有资助型基金会的出现，才能在无论是公益理念上还是公益项目的运作能力上倒逼运作型基金会的成长，所以资助型基金会常常自己就是倡导性的基金会。

但我并不是认为资助型基金会本身就高于运作型基金会。任何一个资助型或运作型基金会的优劣关键在于，究竟是见物不见人的简单资助和简单的资金推动性项目运作，还是着眼于人的参与和改变。

马广志：友成基金会的角色定位现在很清晰了，就是做社会创新的平台支持型和倡导型基金会。

王平：是的。友成基金会早在 2009 年就创造性地提出新的资助方式——参与式资助，即社会领域的天使投资。2010 年又提出新公益的七大趋势，并开始发现和支持"新公益"领袖人才。这里的"新公益"领袖不仅仅在基金会外部，同时包括基金会内部的有公益领袖潜力特征的人和团队，友成基金会都会孵化，把他们当作内部创业合伙人。

10 年来，友成基金会在项目的创新性及给人的改变和给行业带来的影响绝不是可以用投入的资金量所能代表的，就是因为友成基金会有三个战略支持平台，即研发倡导、实验孵化、资助合作。这既区别于草根 NGO 的服务性组织，也区别于实操型的公募基金会和资助型的非公募基金会。

"没有遗憾，更多的是感恩"

马广志：在很多人看来，友成基金会的项目有很多主题，且多线交织，让人有"不专一"之感。

王平：这只是表面现象，实际上，友成基金会的项目是一以贯之的。首先，所有的项目围绕两个主题展开：一是人（赋能、认知改变、社会资本）；二是创新（可持续性、模式）。几乎每个项目都有这两个基因。而在项目生命周期方面，则坚持研发倡导、实验孵化、资助合作这样的路径，不断迭代，很多项目虽然名称不同，但都传承了基金会最早的项目基因和遗产，呈现出"一花五叶"的景致。

马广志：这么多的项目，而且成效显著，运作和管理的秘诀是什么？

王平：关键是我们的每一个项目团队都相当于一个内部创业团队。作为支持平台，友成基金会对创新型项目投入的不只是资金，也包括理念承接、模式研发、能力建设、文化浸润、项目转移、资源注入等持续陪伴，直到具备独立可持续发展能力后逐步减少投入或最终退出。

马广志：发展到现在，友成基金会已经由当初的几个人成长为全国性非公募基金会中数一数二的大基金会。回过头来看，友成基金会的发展战略是怎样的？

王平：友成基金会的发展战略是基于对中国社会深层次需要的思考，是基于对公益的深刻理解而在实践中逐渐形成的。这跟大部分基金会的战略是不一样的。

跨界联合是友成基金会的发展战略之一，因为我们意识到社会问题的复杂性不是哪一个部门可以独自面对的，我们是最早提出跨界合作的基金会；是最早提倡和支持社会创新的基金会；是最早认识到认知改变对于改变社会重要性的基金会。这三个方面都是友成基金会"非做不可和非我莫属"的。

马广志：随着基金会越来越多，竞争也越来越激烈，基金会如何才能保持自己的竞争力？

王平：竞争越来越激烈是不是也可以理解为越来越繁荣？如果是这样，一方面国家的法律环境越来越完善，另一方面行业又表现出越来越繁荣，那真的是我所渴望的局面。

马广志：创始至今，友成基金会已累计支出3.5亿元人民币用于打造社会创新的生态系统。为什么花这么大的资源用于社会创新？你是基于什么样的考虑。

王平：社会创新大概是我们走向未来美好社会的唯一途径。因为，传统的思维和认知、传统的方法和途径不可能更有质量、更有效率、更公平和更可持续地解决既有的和未来的社会问题。

这种投入是战略性的，不是以所谓的短期收益和直接回报为目的的。友成在成立之后，一直保持着比较高比例的公益支出，民政部对非公募基金会的最低要求是上年留存净资产的 6%（6000 万元以上的基金会），而我们几乎每年都达到 25% 以上，理事会对我们的这种关键节点上的战略投入是非常支持，也是很有信心的。

马广志：友成基金会发展这十年，你觉得有没有留有遗憾的地方？

王平：凯文·凯利在《失控》这本书里说，"均衡即死亡"。也可以说，没有缺陷就没有进步。在成长的过程中或许有可以做得更好的地方和时候，但我们并不遗憾，因为我们尽力了，我们也成长了。

我更多的是感恩，感恩和友成基金会一起共同成长的企业家们和友成的团队们。所有在友成工作过的人，无论时间长短，都为友成留下了遗产，都为友成做出了贡献。

"公益圈非常单一，还远未形成生态"

马广志：在很多人看来，友成基金会的投入更多的还是在社会价值投资的倡导上，并开发了一套普适性的标准体系，还联合发起成立了社会价值投资联盟。

王平：中国当前正处于社会转型升级期，面对贫富分化、环境污染、经济危机等社会问题，政府、市场及社会组织纷纷行动起来。然而成效并不大，反而愈演愈烈。传统公益未能直指问题的核心，甚至变成富人的游戏。企业的社会责任，也不能克制资本逐利的冲动。政府也提不出有效的解决方案，问题越来越多。

在这种背景下，我们在 2013 年提出了社会价值投资的概念，旨在探索一种政府、市场、社会三方面跨界合作、协同创新的投资模式，它介于传统的公益慈善与传统的商业投资之间。

马广志：所以，你提出要成立一个社会价值投资联盟，推动打造这样一个全新的社会生态系统。

王平：我们搭建的是一个跨界的全价值链平台，有一点像以"三A三力"为指导的社会价值的投资银行，比如引导创业者怎样做才能在价值层、能力层和行动层得到提升；告诉投资者怎么去判断一个企业在社会价值驱动力、创新力和转化力上的优劣，等等。最理想的是，我们的平台能够影响到政府政策，比如国家的双创引导基金，怎么样引导到社会价值投资上来，这些都有待于联盟逐步去推动、去改善。

马广志：是否可以说，"三A三力"指标体系就是一套工具，帮助社会价值投资找到最具社会价值和商业回报的社会创新创业者？

王平：是的。"三A三力"是友成基金会研发出的一套针对社会价值投资的认知框架和量化标准，即社会价值实现必定是社会目标驱动力（Aim）、解决方案创新力（Approach）和目标达成行动力（Action）三者之间三位一体，多级指标间层层分解，不仅体现了强烈的价值观，而且提供了有效的方法论。

马广志：这套指标体系对整个社会创新及中国公益未来发展将产生怎样的影响？

王平：社会价值投资联盟在2017年12月15日发布的上市公司社会价值"义利99"报告，就是采用"三A三力"的框架和逻辑形成的。报告的结果是令人激动的。报告显示，在上市公司中，那些关心社会议题的，那些关注创新的企业，其市场表现也是最好的，这不仅证明了社会价值这个思想的正确性，也证明了"三A三力"这个评价体系的科学性。

事实上，这个模型不仅是一个完整的认知框架（世界观），也是一个投资评估标准（方法论）。我们去年还把这个体系应用于公益组织的大奖评比，也将其应用于识别友成基金会的资助项目。我相信，随着越来越多的组织了解和应用这个体系，"三A三力"就不仅作为价值观而且作为一种工具，对包括公益领域在内的各种组织都起到作用。

马广志：中国公益现在仍处于初级发展阶段，在其尚未完善的情况下，资本的进入是不是会损害到脆弱的公益生态？

王平：公益圈非常单一，还远未形成生态。只有融入跨界的力量，实现价值链的延伸，从创业者到投资者，到政府的政策支持、智力投资——这样一个大的支持体系，才叫生态。前面我已经提到公益的另一个功能是起到社会黏合剂的作用，其实质就是要唤醒社会上更多的人参与到社会建构中来。

实际上，过去这几年最好的解决社会问题的案例，都出现在基于互联网的共享经济领域，比如 Airbnb、摩拜单车等，它们以市场的方式解决以往制度层面没有能够解决的资源配置的公平性和有效性问题。

所以，解决社会问题需要走出公益圈，做体制、机制的创新，"社投盟"的着眼点就是要弥补整个体制、机制的不足，通过机制创新打造一个社会创新的生态系统，推动社会的变革和进步。

马广志：目前来看，中国社会创新的生态系统建立起来了吗？

王平：中国社会创新的生态系统还在初期的生发阶段，路漫漫其修远兮，需要更多人和组织来参与，也需要大量资源的投入。

"不是穿上公益的马甲就是合格的公益人"

马广志：基金会秘书长是一个很重要的位置，你怎么看待目前我国公益界的秘书长生态？

王平：基金会秘书长普遍都很年轻，这是一件可喜的事情，而且现在也不断有高学历的跨界人才，包括一些企业和名人投身公益。这也说明公益作为一种生活方式，正被越来越多的人认可。

马广志：或许正因为年轻，很多人是在凭情怀做事，而不是靠专业做事。

王平：事实上，我发现在现在的公益界有两种不同的倾向：一种是纯粹的凭情怀做事；另一种则是片面地强调专业性或工具理性，这两种倾向都是相对偏狭的。不是穿上公益的马甲就是合格的公益人了，比角色转变更重要的其实是内心的转变。秘书长既不能只有一腔热血，也不能只有工具理性，最重要的是要有目标感和方向感。要知道自己是谁、为什么要做，以及怎样做才不会背离自己的初心？

公益永远都是一个事业和一种价值选择，而不仅仅只是一个职业，秘书长不要有职业经理人的角色设定。

马广志：但现在好像有一种现象，很多秘书长热衷于参加各种"秘书长培训班"，或者出国考察学习。

王平：学习是没错的。但如果以为读了秘书长培训班，去国外考察几次，熟悉一些西方的公益理念、概念和词汇、组织管理方面的流程和法规，就是合格的秘书长了。这是远远不够的。

一个合格的基金会管理者一定要了解中国的国情，向社会学习，向许许多多活跃在一线的社会创业家学习，做一个"社会创变者"。

马广志：年轻秘书长们的成长应该还需要来自老一代基金会负责人的指导和帮助。

王平：是的。严师出高徒嘛，秘书长需要有来自理事会和创始人、理事长的严格的传帮带，并通过秘书长对整个基金会团队传帮带。团队建设应当永远是基金会秘书长的核心工作之一。让这些公益从业人员能够自己成长，本身就是最大的公益。

因此，作为秘书长在选择的时候，也需要观察一下基金会创始人有没有这样的初心，有没有建设基金会团队的愿望。你身边的人你都不带，你说改变谁？

马广志：我注意到，友成基金会在发展过程中，特别注重这种对于"人"的培养。

王平："世界上所有的问题归根结底都是人的问题，人的境界的提升、人的整体素质的提高是最大的公益"。所以，十年来不遗余力地发现和支持那些既有理想情怀又有创造性和行动力的社会创新人才。

友成对人的培养可以从两个方面来看：第一是对外部人才的支持和培养。例如，友成是中国第一家支持 BC 社会企业家技能培训的基金会，友成的"小鹰计划"和"猎鹰计划"更是以发现和支持社会创新领导人为直接目标。友成还通过新公益领导力项目培养公益组织领导人的个人、组织和社会领导力。友成的教育扶贫项目和电商扶贫项目也是关注人能力的提升。

第二，也许是更重要的，是友成对内部人才的培养。这就是友成的"内部创业"机制，即每一个项目要符合友成的价值观和战略，每一个年轻的项目负责人都有充分的权利独立运作，基金会也会像评估外部项目一样对内部项目进行评估，在早期会有整个基金会平台和团队、资金的支持，要求项目在一定的时间后，尤其是在推广复制阶段要具有可持续的机制，在这样的"内部创业"机制下，每一个项目负责人，就自然而然地成为具有企业家精神和能力的领导人，每一个平台型的项目才更有内在的生命力。

这种"内部创业"机制，不但提高了基金会的内部动力机制，也体现了基金会在"人才培养"上的知行合一。我们很难想象，一个号称发现和支持新公益领袖的组织，对组织内部的人却没有任何的激励机制和改变机制。

"互联网技术给公益带来的变化是最大的"

马广志：2008 年被称为是中国公益元年，这肇始于当年发生的汶川大地震。在你看来，这是一个偶然还是必然？

王平：地震本身当然是一个偶然事件，但中国公益事业的蓬勃发展则是一个必然事件。有很多原因，但至少有这样两个必要条件：一是社会更加开放了，人们有了更多参与社会生活的愿望和机会；二是经济发展了，人们有了更多参与社会建设的条件和能力。"中国公益元年"这样一个必然趋势只不过是通过地震这个偶然事件给激发出来了。

马广志：我们知道，友成基金会是 2007 年 5 月 12 日成立的，汶川大地震发生时，"友成"刚满一周岁，而刚刚成立一年时间的友成在地震救灾及灾后重建的过程中发挥了非常独特的作用。

王平：在友成的发展历史中，汶川救灾都是不可绕过的重要事件，当然时间的重合是一方面，更重要的是，当时年仅一岁的友成践行了我们所坚持的社会创新理念，让民间救灾力量有序地参与到地震救援和灾后重建过程中，拉开了民间联合救灾的序幕。

"5·12"特大地震发生之后，大量救灾物资、有组织的志愿者和个人志愿者纷纷抵达灾区，但是，救灾活动远比最初想象的要复杂得多，大量的志愿者和救灾物资停留在成都市和绵阳市，没有一个机构能够对民间的救灾活动进行有效协调。

2008 年 5 月 13 日凌晨，我和当时的秘书长及基金会主要工作人员抵达灾区，白天我见了两个人，一个是绵竹市民政局的樊副局长，另一个是前来救灾的万科董事长王石先生。樊副局长建议我们在遵道镇设立民间救灾协调点，因为遵道受灾严重，地震中村干部牺牲了 90%；与王石董事长进行沟通后，他决定出资与友成共同在遵道设立志愿者联合救灾办公室，搭建临时板房作为志愿者日常工作场所。

与此同时，11 车物资浩浩荡荡从北京运往灾区，15 日救灾物资到达灾区并在沿途发放，7 车物资抵达绵竹。友成沿途动员的周边救灾志愿者也跟随友成来到遵道救灾协调点发放物资，由此开启了民间联合救灾的序幕。遵道协调点主要负责志愿者的接收和派遣，称为"遵道志愿者协调办公室"（实际上这是友成在灾区的第一个志愿者驿站）。

救灾初期，志愿者们奔走"投靠"，一时间，这里成为民间公益组织和志愿者聚集的"井冈山"，这是现场志愿者的原话。那段时间，登记在册的志愿者迅速达到 400 多，登记在册的公益组织 40 多家，后来办公室的名称变为"遵道志愿者联盟"，增加了对民间捐赠物资的调配功能。

6 月 21 日，与绵竹市政府在成都共同主办了"绵竹市灾后重建多方协作友成论坛"，麦肯锡是协办方，这次论坛是灾后重建初期中规模最大、时间最早、影响最深远的一次跨界合作，也是对国务院发布的《汶川地震灾后恢复重建条例》中提出的"政府主导与社会参与相结合"这一原则的有益尝试。

从遵道志愿者协调办公室，到遵道志愿者联盟，包括后来的"绵竹社会资源协调办公室"，以及不同组织之间的协调对话机制——"联席会议机制"，都是社会组织在面对重大灾难时的模式创新。因为在政府、企业、NGO、社会资源四方关系协调中起到的作用，这一系列创新实践被提升到"遵道模式"的高度予以评价和推介，友成也被评为全国扶贫系统抗震救灾先进单位。

马广志：作为一个历史见证者和参与者，你认为中国公益这十年最大的或者最根本的变化是什么？

王平：这种变化主要体现在三个方面。首先是制度环境的变化，2016 年《慈善法》的颁布是其中的标志性事件，进入依法治善时代。

其次是行业环境的变化，这突出表现在三个方面：一是慈善机构越来越多，企业基金会更是发展迅猛；二是受到关注的公益领域范围在不断扩大，涉及社会生活的各个方面；三是公益的思辨呈现出多样性。"两光"之争，就是一个非常好的现象，开始打破公益圈的思想僵化。还有更多年轻的非权威人士开始独立思考，通过各种形式表达自己的观点，这些思辨会推动整个社会对于公益认知的进步。

最后是互联网技术给公益带来的变化：一是更多的人可以通过众筹参与公益，公益正变为生活方式的一部分；二是公众可以通过互联网对公益组织进行更直接的监督，像深圳的"罗尔事件"及前不久发生的"小朋友画廊"事件，都是如此。

马广志："两光"之争引发了行业关于公益与商业、公益与市场化的讨论。你对此怎么看？

王平：双方的争议，我认为出在"化"字上。"化"其实就是里里外外、彻头彻尾"一刀切"的意思，代表着一概而论，就是绝对化，意思就是大家都得这样。当然，我们也要分析提出"公益市场化"的初衷和动机。

"公益市场化"看到的是公益界的低效率、用公益来进行道德绑架、做事缺乏创新、砸钱之后产生的效果有限没有产生应有的社会价值这些弊端。拿别人的钱毫无创意和效果地去执行一些项目，谁还会去重复购买这样的服务？公益也要讲效率，也要创造社会价值，也要讲投入产出比，这是我理解的提出"公益市场化"的初衷。虽然如此，但我依然觉得一种概念的提出或应用，应该要严谨和谨慎。

马广志：这10年间，中国公益确实帮助了很多需要帮助的人。但在很多方面，比如医疗、卫生、教育方面，依然还有很多不满意的地方。我没有任何否定公益发展成就的意思，但这好像是一个问题。

王平：在社会发展的任何阶段和时期，问题总是存在的，问题是社会的一部分，对存在的问题有觉知，也是人类社会进步的原因。当然，这不能成为我们推卸责任的借口。

传统的公益并不是解决大多数人的问题，而是关注少数人的问题。友成基金会提倡的"新公益"虽然已经超出了传统公益的视野，但无论是新公益还是传统公益，其最先关注的都是政府和市场所难以到达的方面，这其中既有拾遗补阙的部分，也有前瞻实验的部分，不管在哪个点位上努力，都离不开创新。当然，中国的公益还需要更加努力、还需要更大的发展。

马广志：你在2018年的元旦献词中说："愿在公益的春天里，我们携手同行！"你认为中国公益的春天真的来临了吗？也有人说，即使到今天，中国人的公益启蒙还远未完成。

王平：绝大多数人认为，公益的成长需要一个外在的环境。但我认为，公益本身就是社会环境的"春天"自变量，春天代表着希望和生命。公益代表着人性的温暖、健康人性的苏醒和美好社会的源头，它永远是一种积极的力量，是社会的"春天"，更不用说近十年我国社会在价值观导向已经发生的积极正向的改变，一个"以人民为中心的时代"的到来怎么能不是公益的春天呢？

当然，这也并不意味着公益启蒙已经完成了，我觉得还没有哪个国家可以宣称自己的公益启蒙已经完成了。

"要允许多元化思辨存在"

马广志：回顾中国公益这 10 年的发展，"郭美美事件"是绕不过去的，它对中国慈善事业的影响直到今天可能也未结束。

王平：今天来看，"郭美美事件"就是一个"灰犀牛"事件（注：灰犀牛是指由于对那些明显会发生的风险事件充耳不闻、闭目不见，任其发展终于酿成巨大的损失）。这说明我国公益机构对"公益"二字认识不足：一是傲慢，自以为高高在上，不屑于向社会透明机构情况；二是缺乏风险意识。

另外，公益不仅仅是扶危济困，更重要的是倡导公益理念，以建构一个"人人关心人人"的社会。"郭美美事件"也提醒我们，一定要爱护公益品牌，否则不但会自食其果，还会累及整个慈善事业。"郭美美事件"客观上在不经意间推动中国公益进入了透明慈善时代，这是另一个层面的问题了。

马广志：除了"郭美美事件"，这 10 年间也出现了其他很多影响公益未来发展的事件，比如深圳罗尔事件、腾讯"99 公益日"、《慈善法》出台、"两光"之争等，你认为哪个事件的影响最为深远？

王平：当然是《慈善法》了。还有什么比法律和政策环境对一个行业影响更为深远的事呢？"两光"之争也很有意义，但讨论还不够。

马广志：《慈善法》的出台是制度环境改善的标志性事件，但也有人说管得太细，对公益事业的促进作用有限。你如何判断未来公益事业的发展？

王平：但《慈善法》的出台是我国公益领域内一件具有积极意义的事件，在我看来对于规范我国的公益事业的积极作用略大于促进作用。总的来说，随着我国国民经济的持续增长，社会方面的需求会越来越大，社会上用于公益方面的资金也会越来越多，所以我对未来总是充满乐观。

马广志：近年来，中国公益多向西方学习，尤其是这两年，公益理论和思想的分化非常大。比如说是否要倡导社会企业，好像很多人失去了方向感。对此，你怎么看？

王平：天下一致而百虑，同归而殊途。公益领域出现思想辩论，说明公益进入了一个新阶段，是好事。要允许多元化的思辨，特别是在创新方面，一定存在各种观点的交锋。

对公益人而言，首先是怎么做，其次是怎么说。公益没有纯粹的学术之争。一般而言，公益人的讨论往往是对自己既有的认知进行倡导，或者对以往所做的正当性加以解释和提炼。这就要求公益从业者不是听到一个时髦的概念就拿来说，看到别人的模式就照搬去做，要有独立思考的习惯、研究问题的能力并且要知行合一。

友成是一家最早对社会企业支持的基金会，不是之一。2009年友成首家支持英国使馆进行了社会企业的培训项目，这个项目后来获得了更多基金会的认同和支持。当时，友成就是看中了"用商业的方式解决社会问题"这样一种新思维。

但在后来的实践中，友成发现，由于制度、文化和传统方面的原因，社会企业这个概念在中国存在着诸多的分歧和争议，因此，友成提出了"社会创新型企业"的概念，把"用商业的方式解决社会问题"这一思维，从传统的公益领域扩展到了企业领域。

当然，这并不意味着友成停止了对"社会企业"的思考和探索。友成认为，"社会企业"作为一种理想的公益模式，从制度层面来讲，一定要防止可能的异化和滥用；从实践层面来讲，每一个真正理解并信奉社会企业理念的人，完全可以依照自己的内心去实践而不必非要获得外部社会的认同，例如，北大的袁瑞军老师和深圳的慈展会，都在脚踏实地地推动社会企业的研究和认证工作。

马广志：中国现在进入新时代，经济由高速增长调整为高质量增长，中国的经济和社会发展又面临新一轮的挑战。从一个理事长的角度，您觉得中国的公益机构未来应该如何去应对这次调整？

王平：与其说是挑战，不如说是机会。这样的转型要求更加关注全社会的共同发展，要求人和环境更加和谐，这恰恰是公益最擅长的议题。但是，这也要求公益组织必须更加注重创新，才能在这样的机会中创造社会价值，满足社会需要。

"最大的问题是见物不见人"

马广志：过去 10 年，基金会为中国公益的发展积累了丰富的经验，但肯定也存在一些问题是下一个 10 年需要避免的。你以理事长的观察角度有哪些？

王平：最大的问题是见物不见人，以为所有问题都可以靠钱来解决，这是公益领域的 GDP 主义。从这个角度来说，中国的公益启蒙就还远远没有完成。

在对公益机构和公益项目的评价上，大都只关注开展了多少项目、募了多少款物，包括盖了多少学校、送了多少书包等这些外在的量化指标，这已成为公益领域的统治性指标。这是"金钱至上"价值观对公益生态的影响，它会腐蚀队伍，异化目标，也会伤害到公益服务和帮助的社会群体，使他们失去成长的后劲。特别要命的是，这些量化的数据并不能转化为真正的社会问题解决，甚至还会产生新的社会问题，会误导政策。

马广志：这种评价其实就是只关注活动和产出，没有成果。成果一定是服务对象的改变与收益，很多基金会及其项目都没有关注"有效性"。

王平：友成基金会从开始就对这个问题高度警惕。十年来，我们最引以为豪的不是募集了多少资金，做了多少声势浩大的项目，也不是有多少媒体报道，而在于对于社会的改变、人的认知的改变，以及对自身公益团队的打造。

公益未来的发展，最需要的就是关注项目受益人的改变和成长，而不是仅把公益当手段，把服务对象和工作团队当作实现某个狭隘目标的工具。

马广志：友成基金会可以看作中国非公募基金会成长和发展的一个历史缩影，同时可把其作为中国基金会成长的标杆。如果在友成基金会中有其他基金会成长所需要的优秀基因的话，你认为这个基因应该是哪些因素？

王平：我很高兴你认为友成基金会可以作为中国非公募基金会成长和发展的一个历史缩影，同时可把其作为中国基金会成长的标杆。如果这是来自行业的认识，我们会非常自豪。

我无法预知其他基金会的情况，只能谈谈友成基金会走到今天的心得：第一，不忘初心，固守使命。虽然友成基金会十年中提出了很多的概念，也开展了很多的公益项目，但"发现和支持新公益的领袖，打造社会创新的生态"的使命一直未变。

第二，勇于探索和创新。友成基金会或许是公益行业中少有的几家强调和关注社会创新的基金会之一，这样的认识和我们对社会及未来的判断是一致的，工业文明发展至今300余年，认知上已经严重固化，产生的诸多社会问题也必须用创新的方式才能解决。

第三，任何时候都不要忽视公益组织的团队建设和文化建设，只有团队中的每个成员都有高度的价值认同，公益才不会异化，才会产生好的影响力。

马广志：最后请你分享一下，你下一个10年的个人规划。谢谢！

王平：可以肯定的是，到那时候我已经不是基金会的理事长了。事实上，第三届理事长这个角色也是在理事们一再要求下担任的。大家说，友成基金会虽然十年来取得了很多成果，但还需要一段时间才能把那些成功的因素变成基因。

就我本人而言，早就希望能退出第一线，如我前面所说的，身边人的成长也是公益的一部分。但无论我是否在一线，公益都是我选择的一种活法，我会继续关注社会议题、关注公益领域和我们公益人。

TU MENG

涂猛：我是一个"事本主义"者

涂猛，湖北人，1962年生，1979年读华中师范大学中文系，1983年分配至团中央青农部工作。1992年加入中国青少年发展基金会，2004—2016年任中国青少年发展基金会秘书长。2016年—2017年6月，任中国光华科技基金会副秘书长。2017年—2020年，任浙江传化慈善基金会秘书长。现为中国篮球协会秘书长。

采访时间：2018 年 4 月 2 日

采访地点：传化慈善基金会（杭州市萧山区民和路 945 号）

"我要为农民做一点点事儿"

马广志：你是 1992 年到中国青少年发展基金会（下称"青基会"）的，请谈谈你此前的经历。

涂猛：我的履历比较简单。1983 年大学毕业，分配到团中央青农部工作。这个部门主要负责全国县以下农村的团组织和团员工作，大部分的工作时间都是往农村跑。跟农民打交道，这是我早年就经历过的。

我是在湖北的一个乡镇长大的，从小学到高中，同学大都是农村的孩子。初中时，学校买了 500 亩地，让我们勤工俭学。四年时间，从犁田、耙田、育秧、田间管理到最后卖稻子，我都干得很像样了。

马广志：这样的一段经历对你有什么影响？

涂猛：最直接的，就是让我对农业、农村和农民有了感情。当时年纪还小，认识还没那么深刻。在青农部工作的几年，则让我的这种感情升华为一种理性的深刻认知：中国问题的核心是三农问题，农民不富裕、农业、农村不现代化，就没有中国的富裕，就没有中国的现代化。

马广志：当时刚改革开放不久，能有这样的认识很不容易。

涂猛：当时刚实行联产承包责任制不久，农村涌现出各类专业户、科技示范户，不同类型的乡镇企业也开始兴起。我见证了这个过程。但是，农村还很贫穷，需要做的事还很多。

马广志：徐永光当时应该也在团中央工作。

涂猛：永光是在团中央组织部工作。1989 年他开始筹办青基会做希望工程，救助失学孩子。书记处就说，青基会负责筹钱，青农部负责花钱。

因为青农部有"腿"，县乡村都有团组织。我在青农部后来主要负责配合青基会的希望工程工作。

马广志：等于是青基会刚一成立，你就参与了青基会的工作。

涂猛：我算是最早加入的志愿者。包括希望工程的试点选择，第一次希望工程工作会上团中央书记的讲话起草、渭南模式、保定模式和成飞模式的经验总结等，我参与干了不少事。期间，永光让我过去（青基会），我也想过去，但当时部里不放人，一直拖到 1992 年。

因为不放我，1992 年年初我就辞职下海去了中关村的四通集团，干了半年后才去的青基会，等于是"曲线救国"了。

马广志：为什么一定要去青基会？

涂猛：青基会承载着我的一个凤愿吧，就是这辈子能够为农民做一点点力所能及的事。而基金会真的能让我看到为农民带来的一点点利益，而且这种利益是可以直接作用于农民身上的，一座希望小学建起来，孩子们就告别危房了；一笔助学金拨下去，孩子们就不用辍学了。当时 200 元就能解决一个孩子一年的学习费用，效果非常明显。

还有就是，这份工作也为我带来独一无二的精神体验。当你到大山深处，看到一个住得没你好、吃得没你好，但是幸福指数并不比你低的人时，就会让你重新思考，作为一个"人"的存在价值。这种互助的过程，我感觉是在获得一处很强大很积极的能量。这跟在机关工作的感觉是完全不一样的。

马广志：初创时青基会什么状况？

涂猛：很艰难。我记得很清楚，团中央办公楼的电梯里，带有青基会 LOGO 的标识贴上去不久就会被撕掉，很多人不理解。筹款也很困难，青农部当时有个乡镇企业家协会名录，我把名录偷给青基会，然后他们按照名录写劝募信。但效果也不好。因为当时公众的思维还很传统，凡事都要靠政府，一下子出来一个非政府组织来筹钱，大家就很不习惯。关键问题在于（青基会）还没有公信力。

从这个意义上说，整个中国公益市场的培育是从希望工程开始的。它开启了中国现代社会公益事业的启蒙运动。现代公益的基础是普通人的公益热情，希望工程第一次激发了全民井喷式的公益参与。虽然当时有几个基金会早就成立了，但它们只是机构成立，没什么行动，没有品牌。

马广志：你是 2004 年开始任秘书长的。

涂猛：当时青基会有四个部门，基金部、海外部、宣传部和办公室，我先是做基金部负责人，后来这个部门改名为希望工程管理办公室，我任主任，同时兼宣传部部长。1999 年任副秘书长，之后是常务副秘书长，2004 年我被任命为秘书长。

马广志：从 1989 年到 2018 年，近三十的时间了，你认为中国现代社会公益的启蒙运动的使命完成了吗？

涂猛：尚未完成。我们可以参照欧洲的启蒙运动，启蒙运动首先要有一种共识，不仅是社会，还包括政府，上上下下一起行动，一起向往美好的明天。其次，我们发展得很快，但不够。虽然党的十八届三中全会提出要"改进社会治理方式，激发社会组织活力"，"社会管理"也转变为"社会治理"，但在现实中，当前中国社会组织参与社会治理的整体能力和机会空间还很有限。当然，这也与社会组织参与社会建设的公共意识，以及社会的自我组织、自我服务、自我管理的实际能力还比较弱有关。

"我是一个'事本主义'者"

马广志：在 2014 年的一次发布会上，给你做的形象设计是"行者"，我觉得这很贴切，你每年都要多次亲临一线调研，累不累？你如何看待自己的工作？

涂猛：那是在 21 世纪饭店举行的希望工程 25 周年大会上。当时公关公司问我平时什么形象，我说我是"行者"风格。一是我平时不太穿西装，都是一身休闲，很随意。二是职业要求，做职业公益人，有个专业性要求，要与受益人感同身受。希望工程聚焦的都是贫困地区的孩子，我要经常去跟那里的学生、家长和老师们互动，我是常年奔波于两个地方的，一个是发达地区，另一个是落后地区；一个是东部，另一个是中西部，就是这样一直行走。

累是很累的。比如我做"传化·安心驿站"公益项目，和卡车司机跟车有时要跨好几个省，一直在车上，很辛苦。公益是以服务群体需求为导向设计项目的，你不跟车就不了解他们，不知道他们的需求。

马广志：这样就没更多的时间照顾家庭，陪伴家人。你觉得做公益对家庭有影响吗？

涂猛：因为经常出差嘛，肯定没更多时间照顾陪伴家人。但从另一层面来讲，我会把出差的感受回来分享给家里人。这算是一种精神上的补偿吧。儿子出国留学回来，他没急着去工作，而是去农村做了半年的支教老师，他感觉很有收获。我相信这种经历对他一生都会有积极的影响。

马广志：这一代城市的年轻人享受着前所未有的物质富裕，但因为很少到农村和底层去，大都缺乏对社会问题的认知。

涂猛：我觉得这个问题要从哲学上寻找答案。中国古人讲中庸之道，讲的就是要人们从不平衡、震荡中感受平衡的可贵。其核心就是心态的平衡。

我就读中欧商学院时，班上60多位同学大都是企业家，只有我和另外一位公务员是享受奖学金名额的。那些企业家同学经常问我们：你们心态怎么要比我们好？我这样回答他们：我经常跑农村，看到了社会的不平衡，比如说城乡不平衡、人和人的不平衡。你们处于跷跷板的一端，而我却处于跷跷板的两端。这种角色会影响心态，容易有平衡感。

当年摩托罗拉的"希望行"活动，每年都组织公司最好的员工到他们捐建的希望小学考察。时任总裁的陈永正告诉我，考察回京后，员工们至少三个月内都工作更踏实，也不提升职、加薪；而且，这些员工还会自发地想办法帮助解决所看到的问题。有次看到内蒙古一所希望小学的学生在吃长绿毛的馒头，员工在回来的火车上就想办法要给孩子们每天加一个鸡蛋。青基会的"希望厨房"项目，就是这样不断地跑出来的。只有感同深受发现需求，才能设计出符合受捐赠人的公益项目。

马广志：其实，这是一个多赢的状态。

涂猛：没错。就是在这样一种互动中，社会会越来越趋于平衡。你来帮我，我虽然没有物质反馈回报，但我的向上、努力、拼搏能感染你。

马广志：就是在这些不断的行走和互动中，你获得了包括政府、公益行业及社会的认可和尊崇，你认为自己成功的因素有哪些？

涂猛：我从来不认为自己成功，也从来没把成功往我身上放。这些年，也不是刻意，而是自然养成或者说自然被环境所孕育的性格，就是用心做事，而不是用钱去做事。

我经常跟我的团队讲，我首先是一个"事本主义者"，以事为本，它有两个含义：第一，受价值观驱使，个人和团队都是如此，一定要有核心的使命感和价值观。比如在鲁甸地震后，我们根据当时公益环境的变化给希望工程定义了新的历史使命，"恪尽天职，共创希望"，"天职"就是考虑也不用考虑就要去做的事，这个"天职"就是通过公益跟政府、捐赠人、受益人等所有利益相关方创造一个希望，共同认定明天要比今天好。

第二，要不断地让自己和机构处于一个运动的上升姿态，就是要不断地做事。

"项目做得如何，取决于学生当得怎么样"

马广志：这其中也能看出一个秘书长对于基金会的作用。你认为一个合格的秘书长应该是怎样的？

涂猛：一个团队和机构的建设，文化是最重要的，跟秘书长密切相关。有什么样的秘书长就有什么样的组织，一般三种形态：一是原始型的，家长式管理；二是传统型的，军事化管理，洗脑式文化；三是现代化的，智慧型或学习型组织。

在青基会时，我把最后一种组织形态提炼为六个维度：一是价值观驱使，这是基础和灵魂，也是核心竞争力，不可复制。二是要不断地创新。三是要不断地学习。四是基于流程的，要对规则、法律和伦理有敬畏之心。五是合作。六是绩效。这个绩效是指由于我们的帮助，受益人的命运发生了积极改变。

马广志：等于你把德鲁克的那句话给扩展了，他说："非营利组织是为其使命存在的，它们的存在是为了改善社会和我们每个人的生活。"

涂猛：德鲁克《非营利组织的管理》一书中开门第一篇就是说使命，也就是价值观，可见其重要性。然后是创新、学习、流程、合作和绩效，每年我就从这六个方面对员工进行考核，大家来评分。

马广志：团队建设和管理是秘书长必备的技能之一，而且还要与不同的利益相关方打交道，尤其是基金会的"业务"范围比较杂，这也给秘书长的能力带来了挑战。

涂猛：秘书长需要学习的东西太多了。比如我现在做"传化·爱心驿站"项目，就要研究信息平台怎么搭建，社区运营怎么做。卡车司机的互助组织是一种自组织，我还要学习自组织理论，而且要深入了解，真正搞懂。

马广志：秘书长既要是专家，又要是杂家，需要一专多能，是个多面手。但与全国6400多家基金会的规模相比，这样的秘书长显然还很不够。所以，现在有一种声音，呼吁公益职业经理人快点流动起来。

涂猛：前一段有媒体问我"公益职业经理人"一事。我的看法是，中国公益行业真正能称得上职业经理人的并不多，还没有形成一个形态。

流动当然是需要的，但流动过快，尤其是秘书长过快流动，则是机构发展大忌。一般而言，中国的机构文化就是领导者的文化，秘书长换了，理念和文化必然要变动，这对组织很不利。中层可以适当流动，他（她）可以到其他公益机构任秘书长，这会促进整个行业的发展。

马广志：现在，越来越多的年轻人走上秘书长岗位，作为老一代秘书长，如果给他们一些忠告和建议的话，你最想说的是什么？

涂猛：需要积累。做公益讲工匠精神，核心有两点：一是价值观，是从业者的一种职业价值取向和行为表现；二是积累，如《卖油翁》所说"我亦无他，惟手熟尔"。有些经验无法言传，就是靠长期的积累。

积累最好的办法还是要多跑，多向受益人那里跑。我们做"传化·安心驿站"项目，我跟同事们说，我们要当学生，卡车司机是我们的老师。这个项目以后干得怎么样，取决于我们这个学生当得怎么样。

马广志：不能是那种高高在上的怜悯与施舍。

涂猛：那是犯大忌的。公益的本质是互助，不是单向的。这种积累还需要向同行业开放，多听、多记、多学，也要当学生。

"公益要遵循'市场的逻辑'"

马广志：今年，距四川汶川大地震已过去整整十年。十年前，全国数亿人民的爱心开启了中国慈善事业的公益元年。你怎么评价这件事对中国公益事业的影响？

涂猛：我并不认为2008年是中国公益元年。中国现代公益发展有四股力量，我称之为"四个方面军"，第一方面军是以青基会这类机构为代表的，从政府体制里生长出来、官办民养或官办官养，是自上而下的。中国现代公益的启蒙运动就是这拨人做起来的。

第二方面军是非公募基金会，是从市场、经济领域里长出来的，又延伸至社会领域。

第三方面军是社工。它们的发展推动了中国公益组织的专业化、组织化和社会化，2017年社工总量已突破百万大关。

第四方面军是土生土长的，我们叫它草根组织，是从2008年开始大批量地活跃在中国社会的各个领域，现在还在急剧地成长发展。如果说2008

年是公益元年的话，应该是指这一块，公益市场开始迅速细分。

马广志：草根组织的崛起已经成为公益事业的一大生力军，当地的资源解决当地的问题，效果更明显。

涂猛：对。草根组织就是基于本土的、社区的。他们对社会资源的配置更多的不是基于资金，而是志愿精神和志愿行为。

秦晖在《政府与企业以外的现代化》里说，中国现代社会公益应该是自下而上和自上而下的一次拥抱。前面我们讲中国现代公益的启蒙运动尚未完成，抛开政府不谈，什么时候这四个方面军达到一种相融合竞合的状态了，启蒙运动就基本结束，进入到一个新的时代了。

马广志：目前从草根组织的现状来看，草根组织的能力建设还很弱。

涂猛：主要是供给不足。因为是草根组织，它的资源不足。有些地方能力不足，有时候我们概括为文化不足。中国现代公益发展，离不开自下而上的，离不开社区的，离不开小型化的，离不开这些草根组织。但现在基本都是靠政府赎买服务来解决他们的问题。

马广志：这 10 年间，中国公益事业发生了巨大的变化。作为一位历史见证者和参与者，你能不能总结一下，中国公益这 10 年发生的最大的变化是什么？

涂猛：一是规模，中国公益组织的体量之大已远非 10 年前可比。二是专业，随着公益市场的不断细分，公益专业化程度也越来越高。三是学习，就是工作和学习是融为一体的，公益圈的学习氛围比较浓。四是创新，公益组织本身需要创新，很重要的一个方面是公益产品需要创新，另一个方面是各种形式的创新，比如说影响力投资、公益创投、社会企业等各种业态都出来了，充满了活力。

马广志：推动这种变化的原因是什么？

涂猛：一方面，是政策、法律的环境推动。另一方面，随着经济的全球化，社会领域也在全球化，中国公益需要适应这种全球化。我曾专门到英国考察社会企业，发现在政府购买服务和社会捐赠大幅减少的情况下，英国的公益组织通过提供收费服务来渡过难关。这跟中国的背景不太一样，但这个方向是可以探讨的。

马广志：那现在很多草根组织在供给不足的情况下，是否也可以通过收费来服务，进而转型成为社会企业模式？

涂猛：中国的草根组织走这条路可能更困难。当它的公信力还没达到一定高度的时候，收费肯定会很困难，怎么让人相信你掏钱买你的服务？

马广志：刚才我们谈了这十年变化向好的一面，那你认为这10年中哪个问题是基金会在下一个10年需要解决的？

涂猛：去行政化，这是最大的问题。这不仅是指从体制里长出来的基金会，还包括一些企业基金会，整个组织的思维、方法及架构都要从内而外地改变。党的十八届三中全会提出公益类社会组织去行政化的大方向，这是极其精准的，指出了第三部门的软肋。

我在青基会时，就提出要"去行政化，取市场化"，这个市场化并非是指以营利为目的，而要学会通过市场来解决我们遇到的问题，随时根据受益人的需求变化来设计公益产品，不能用行政的思维和逻辑做事。什么是市场化？我非常认可张维迎教授讲的"市场的逻辑"概念，他说，市场的逻辑就是：在市场中，一个人要自己活得幸福，首先要使别人幸福；如果你不能让别人幸福，自己也不可能活得幸福。

马广志：其实，这种"市场的逻辑"适用于商业，也适用于公益，还有个人。

涂猛：对。我比较认同对市场化的以下定义：市场是作为解决社会、政治、经济问题等基础手段的一种状态。它告诉我们，市场化是手段，市场化不专属经济，还用于解决社会和政治的问题。有市场就要有竞争，通过什么竞争？就是公益产品和服务。就像小平同志讲的"猫论"，不管白猫黑猫，重要的是抓住老鼠，解决问题。

马广志：公益要不要市场化，至今还是一个争论的话题，去年还发生了"两光"之争，还成为2017年度的一个热点事件。

涂猛：关键是大家没能静下来讨论一下概念。明确定义是讨论的起点，否则大家概念不统一，最终导致讨论的焦点或许就会转嫁到这些概念上去。

另外，很多人容易把市场和公益对立起来看，这是不对的。公益是目的，商业只是过程。关键是要看最后的结果，受益人是否发生了积极改变。有人习惯于非黑即白的二元思维，你把它一元化地看，问题就迎刃而解了。

"要把捐赠人市场和受益人市场兼顾起来"

马广志：中国公益这十年，有两个重要的事件都应该是公益史上转折点，一个是"郭美美事件"，一个是《慈善法》出台。你如何评价"郭美美事件"对中国公益的影响？

涂猛：在中国公益发展历程中，"郭美美事件"是具有标志性的事件。它让公益机构看到了网络舆论的巨大力量，也激发了公益机构开始借助互联网新媒体，主动公开信息，中国公益进入透明时代。

对公益机构而言，既需要他律，核心是法律界定，还包括媒体和公众的监督；也需要自律，要有自我约束。你不自律，他律会倒逼你自律，身正才不怕影子歪。

马广志："郭美美事件"之后，中国带官方背景的基金会都被民众打入另册。当时你的压力是否挺大？

涂猛：这个是有的。虽然同为官办，但青基会属于自收自支的"官办民养"基金会，自诞生之初就要靠自身的能力在市场上求生存。和"官办官养"的基金会有本质区别。但民众不会去细分，导致出现了"一人打喷嚏，大家都吃药"的状况。

在互联网时代尤其是移动互联网时代，舆论对社会公益组织的诉求更加聚焦于"公开、透明和有效"，一不小心就会给机构公信力造成不可挽回的损失，只有如履薄冰、如临深渊的感觉是不够的。第三部门很脆弱，既不如政府有权，也不如企业有钱，安身立命之本就是公信力，必须把身子坐正。

马广志：怎么评价 2016 年《慈善法》的出台对中国公益的影响？

涂猛：这是一个好事。为推动公益行业标准的制定和实施、建立健全的行业规范、加强行业自律提供了准则和行为指南，能够推动慈善事业规范运行和健康可持续发展。与之前的《公益事业捐赠法》相比，内容更完备了，还规定了慈善事业领域的其他重要法律制度。这体现了政府对慈善事业发展的高度重视。

马广志：但也有声音说，《慈善法》还有很多缺憾，比如说，税收优惠"含金量不足"、年度管理费用比例的限定等。

涂猛：法律规定不宜过细。同时，要看相关的实施细则或配套措施，譬如有关慈善组织的登记管理、投资及税收优惠等方面的具体规定。比如，从 2017 年起，企业发生的公益性捐赠支出超过年度应纳税总额 12% 的部分，准予结转以后三年内扣除。股权捐赠股权价值的确定是以企业就股权取得时的历史成本确定。10% 的管理费也在变化，10% 是指行政管理费用，项目人员的一些费用可以放到业务活动成本里。这些配套的规章，这些变化，很解决问题。

马广志：现在公益圈有一个现象，就是"唯筹资论"，认为筹资是重中之重，因此忽略了公益伦理，比如此前出现的"同一天生日"事件，你怎么看？

涂猛：我在青基会多年，经常讲我们要做好两个市场：一个是受益人的市场；另一个是捐赠人的市场，捐赠人市场就是筹资。"唯筹资论"的逻辑可能是有钱才能做事，没有更多的钱就做不了事。等于是把起点放到了捐赠人市场。

我们不一样，起点是放在受益人市场的，我认为德鲁克的一句话很正确，"受益人是你的唯一的主要客户，捐赠人是你的支持客户"，这个支持客户里面捐赠人就不是唯一的，还包括政府、媒体、企业等各个方面。我们的实践表明，只有比较好地占领了受益人市场，你才有可能比较好地去占领捐赠人的市场。动员捐赠人市场的目的是为了服务于项目的受益人，捐赠人是重要的支持客户。也就是说，对这两类人要有一个价值上的判断，要考虑清楚你到底为谁服务。一旦真正地按照公益的逻辑去做，尽量去感同身受，根据受益人的需要设计产品，做好服务，才有可能在捐赠人市场更受欢迎。

"运营公益产品，要尽可能延长价值链"

马广志：你原来在"国字头"基金会工作，现在到了企业基金会。感受有什么不同？

涂猛：第一，在公募基金会，要做两个市场，像挑担子一样，把两个箩筐平衡住。在企业基金会就没有太大的筹资压力。第二，传化集团做公益不功利，放手让我们按照公益的逻辑、公益的规律做事，很从容。第三个不同，是对受益人而言。"传化·安心驿站"项目的链条可以充分延伸，不再是过往短平快的公益产品。那些今天搞仪式捐款进账，明天就拨钱出去的公益，捐赠人和受益人不见面，公益链条很短，价值就很小。

运营公益产品，要尽可能延长价值链，价值链越长，公益效应就越大。公益价值链就是尽其所能，在受益人需求的层面上扩大覆盖的广度和服务的深度，实现更多的人与人之间的心灵交互。社会公益事业不仅要见钱、见物，还要见人，更要见人心。好的公益项目应该是把人心当中向上的那种情愫激发出来，相关方都来共享。公益的核心价值观应该是"公民互助"。

马广志：对于企业基金会秘书长而言，一个重要的工作就是处理好老板或理事会的关系。你在传化基金会很快就打开了局面，怎么做到的？

涂猛：这个要碰运气。企业基金会怎么运作有老板的意愿在里面，我是 2017 年 6 月正式担任传化慈善基金会秘书长的。当时传化集团董事长的一句话打动了我，他说："我们（中国）有三千多万长途客车司机，他们生活艰辛，该怎样帮帮他们。"它不是基于功利的，而是有大格局大情怀的。

与一般的企业基金会不同，传化慈善基金会保持了较强的独立性。其基金会治理结构比较开放，理事会成员近一半来自企业外部，捐赠人对基金会的日常管理也不过多干预。项目怎么做，完全是按照公益的逻辑来做。

马广志：2015 年接受采访时你曾说，当时的公益市场是"万马奔腾"，现在是否还是这样判断？

涂猛：现在格局有点变化。第一方面军的去行政化，还没见有动静。非公募基金会的核心竞争力在快速增强，很多公益人才都加入了进来。社工发展也很迅速，很多省市都呈燎原之势。草根组织这一方面军相对复杂，贫困地区还是很弱，一些发达地区，像浙江的草根组织就比较稳定，专业化程度也在提升。

马广志：其实，这四个方面军的发展，都涉及一个问题：人才。人才缺乏一直制约中国公益更好发展的瓶颈之一。很多人呼吁要建设公益人才生态。你怎么看？

涂猛：高质量的人才队伍还没有完全形成，这是我的一个总体判断。公益人才不是课堂上教出来的，是干出来的。主要是积累还不够，现在的一些年轻人成熟度不够，时间成本也没到位。这可能更需要跨界的流动，与政府、商业之间流动起来。

马广志：现在国内基金会大都还是操作型基金会，相对草根组织供给不足而言，在中国现在进入"新时代"的背景下，基金会的角色是否应该更多地向资助型基金会转型？

涂猛：我个人很少用操作型、资助型说法，因为一讨论两个"型"，就容易陷入主观价值判断的逻辑。很多人希望基金会转型去做行业支持，但这个不是轻易能转的。比如，捐赠人捐赠 50 万元或 100 万元建希望小学，怎么去给草根组织做购买、做支持？讨论跟现实是有区别的。

对整个行业而言，就是要想办法增强核心竞争力。个体基金会也是如此，要从 6 个维度来提升自己，就是我们前面提到的价值观、创新、学习、流程、合作和绩效。然后进一步专业化，在营销中做好差异化，在市场细分中提升产品的开发能力、创新能力、服务能力。现在公益品牌的数量有所提升，但同质化现象不容忽视。

马广志：目前公益项目同质化确实很严重，扶贫、教育、健康、环保等领域的项目相差无几，难以脱颖而出。

涂猛：随着基金会的数量规模越来越大，竞争也更激烈。最重要的是要做好差异化，各个机构包括品牌，通过市场的细分，形成的竞争是一种差异化的竞争。有了差异化，才有可能有竞争力。

1989 年我们做希望工程时，那个时候"希望工程"类似于"垄断"，或者说叫作"寡头垄断"。当时也不是说没有其他项目，但是真正大规模地动员、塑造品牌，就只有中国青基会。

马广志：现在全国的社会组织近 70 万个，各种形态的各个领域的都有，有人称公益行业正在逐渐成为一个多元化的立体生态。你理想中的中国公益生态是怎样的？

涂猛：从一个层面来讲，公益生态正在形成，这个"正在形成"是指公益的多样化并未成熟。就好比是一个森林生态系统，应该是乔木、灌木、草本植物、苔藓、藤本植物和各种附生寄生植物等的多样性的成长空间。公益行业的四个方面军虽然都有，但有的还很弱，发展很不平衡。

从另一个层面来讲，讲生态就要讲秩序，讲秩序就要讲守法，讲行业自律。我们现在有行业自律吗？没有。行业自律要有标准？我们的标准在哪儿？也没有。还要有行业组织。这些虽然从政府到民间都在做，但都还不成气候。所以，现在行业还不成型，很多功能还没发育出来。

马广志：最后，请谈谈你的下一个 10 年规划。

涂猛：如果有机会的话，还有可能再去其他企业基金会走走。这些年我在公益行业比较努力，也有些积累，我不敢说自己是师傅，但自己的一些经验和心得对他人和这个行业应该是有帮助的。

马广志：更主要还是做行业的建设和推动。

涂猛：这的确也是我个人的想法，还是从行业的角度来考虑。中国公益事业的发展太需要这样的人了，比如帮助行业达成共识，推动行业自律及其标准的形成等。

PENG YAN NI

彭艳妮：要重视行业基础设施建设

　　彭艳妮，曾任佳通集团 UID 公益基金主任，将麻省理工学院的
"U 型理论"课程成功地中国。在英国文化协会工作期间，主持设计
和实施了"社会企业家技能"项目，将社会企业的概念引入中国并推动
了社会企业在中国的发展。此前，在民政部工作了 6 年。现任南都公
益基金会秘书长。

采访时间：2018年2月6日

采访地点：南都公益基金会（北京市万通中心C座1505室）

"我听从内心的召唤"

马广志：你是中国人民大学企业管理专业毕业的，什么机缘进入民政部工作的？

彭艳妮：1996年我大学毕业，本来是想找一份公司管理方面的工作，但很多公司没有进京指标，当时我是有留京指标的。就只好考公务员了，恰好民政部当时招人，我就考上了。可以说，这完全是一个意外，进民政部是为了解决户口问题。

马广志：在民政部哪个部门工作？

彭艳妮：不是自己想去哪个部门就能去的，完全靠部里分配。我去的是社会福利司，主要工作领域是社会福利、孤儿和残疾儿童的保护。

马广志：后来这个司好像是跟社会事务司合并了。

彭艳妮：是的。1998年《国务院机构改革方案》通过后，民政部精简了一半人员，社会福利司就跟社会事务司合并了，社会事务司主要负责婚姻、殡葬、流浪儿童等方面的工作。合并后的社会福利和社会事务司司长是窦玉沛。现在闻名公益行业的中国公益研究院院长王振耀当时还在美国哈佛大学肯尼迪政府学院学习。2001年，我有机会就去英国读了一年研究生。

马广志：什么机会？

彭艳妮：当时英国外交部和联邦事务部（FCO）出资设立了一个志奋领奖学金（Chevening Scholarship），奖学金很丰厚，也是英国政府最具代表性的旗舰奖学金项目。经过民政部筛选后，又通过英国大使馆的面试，我拿到了这个奖学金，后来就读于伦敦政治经济学院（LSE），取得"发展中国家的社会政策与发展"专业硕士学位。2002 年回来后我就辞职了。

马广志：为什么？在民政部工作可是很多人梦寐以求的机会。

彭艳妮：感觉在机关工作思想还是受束缚，我更喜欢自由一些的工作。

马广志：放弃民政部工作，甘心重新定位自己，这很难得。

彭艳妮：其实没什么，我还是愿意从事跟我学习背景相关的工作。在家待了大概半年左右，2003 年 8 月我就去了英国文化协会（BC）工作，主要负责公民社会领域的项目和社会创新项目、社会企业项目，在那里工作了 8 年多。

马广志：这期间，你主持设计和实施了"社会企业家技能"项目。现在，"社会企业"在中国的发展已是如火如荼了。

彭艳妮：我去之前，BC 有很多项目，包括跟民政部合作民非年检制度改革项目、和商玉生老师的恩玖合作 NGO 培训项目等，但这些项目规模都不大，影响力也小。2006 年，BC 进行项目管理改革，要做一个大型的有影响力的项目。

2006 年，BC 就和中央编译局及英国的合作伙伴杨氏基金会（Young Foundation）合作举办了一个专门讨论社会创新的国际论坛，国内外嘉宾各占一半，编译局副局长俞可平亲自参加。

社会企业的概念在会议上一经提出，就很受大家欢迎，也引发了热烈讨论。2007 年，便开始专门设计社企项目，当年我还带团去英国看社会企业的发展，回来后就做了一系列课程设计，开始做相关培训。

马广志：但在"社会企业家技能"项目的规模越做越大时，你却从 BC 辞职了。

彭艳妮：BC 对我的成长有很大的帮助，可以接触到很多国外资源。我从社会与发展项目官员、社会政策顾问一直做到社会和发展部社会发展助理主任。

但 BC 毕竟是一个英国机构，它总要问你，这个项目给英国能带来什么好处？而且有一个天花板，三四年时间就会换一个领导，我就想找一个更好的平台。从 BC 出来后，我没有了这方面的束缚，也不会因为外国机构的身份，做事情总是隔一层。

马广志：于是你就去了佳通集团并担任 UID 公益基金主任。

彭艳妮：为什么去 UID ？因为这个机构的使命是要促进政府、企业和民间三大部门的互相理解和跨界交流合作，以更好地解决社会问题。这也确实是未来的发展方向，我就去了。

我在 UID 工作了一年，其实就是做一个项目，把美国麻省理工学院的一个"创新型领导力行动学习项目（IDEAS）"引入到中国落地实施，合作伙伴是清华大学公共管理学院院长。院长薛澜和王名老师都是那一期的学员。

这个项目每期是 30 人，政府、企业和 NGO 分别占 1/3，但到最后，真正的来自草根组织人却基本看不到。这不是我想要的结果，我还是想为民间 NGO 及公民社会的发展做点事情。但老板还是愿意跟政府合作，我就决定离开了。

马广志：做自己不想做的事情，心情肯定很郁闷。

彭艳妮：是的。那段时间挺苦闷的，期间我找过永光一次，他当时是南都公益基金会（以下称"南都"）的理事长。因为南都是 BC 的合作伙伴，所以我们 2009 年就认识了。我是非常钦佩永光的，他对我说，你还是应该干你自己想干的事，不喜欢干就下决心离开。

于是我就辞职了，老板特别不希望我离开，她妈妈都出来挽留我。但我还是听从内心的召唤，就从 UID 离开了，时间是 2012 年 10 月。

马广志：三次辞职，都是你主动的选择。有没有动摇和后悔过？

彭艳妮：前后两次我都是裸辞，我不甘心生命耗费在自己不喜欢的事情上。现在再回头看当时的辞职，我还是很庆幸自己当时的选择。

"秘书长的综合素质一定要高"

马广志：你是什么时间进入南都公益基金会的？

彭艳妮：离开 UID 后，我去南都做了一个月的志愿者，当时基金会要在广州办非公募基金会论坛的一个分论坛，缺人手，我就去帮忙了。

马广志：当时的秘书长应该是刘洲鸿，他们可能都希望你能留下来。

彭艳妮：对。当时洲鸿是秘书长，林红是高级项目总监（现银杏基金会的秘书长），后来永光和程玉（时任南都公益基金会副理事长）都跟我聊过，2013 年 4 月我就正式加入南都了，任副秘书长。

这之前，BC 那边又让我做了几个月顾问，继续推动社会企业在中国及亚洲的发展。后来做了一个报告提交给英国总部并得到认可，确定在 BC 全球的社会发展领域，把社会企业作为一个战略重点。

马广志：到基金会工作后，感觉与在民政部及 BC 等单位有什么不同？

彭艳妮：最大的感受是文化的冲撞。BC 是成立于 1937 年的英国慈善组织，规模庞大，体系完整，做什么都有一套规范可遵。但当时的南都，连岗位职责说明都没有，也没有完备的入职培训，只有一些简单的行政方面的培训。毕竟南都刚刚成立才几年，可以理解。

另外，就是觉得会议特别多，每次都要开好久，觉得效率低。这样适应了大概有一年左右的时间。

马广志：你最终还是决定留了下来，是什么打动了你？

彭艳妮：最吸引我的是南都的价值观，它"以支持民间公益为使命，助推第三部门发展"的理念与我个人的理想是完全一致的，而且我也感受到创始人和理事会都是在发自内心地做这件事。其实，我的工资收入比之前少了一半。

马广志：不忘初心，方得始终。成立十年来，南都基金会这一使命从未更改，一直保持着完全投入公益基层的姿态，已经成为业内资助型基金会的标杆。

彭艳妮：南都的这个定位是与两位核心创始人周庆治和徐永光的经历分不开的。永光以前在体制内，后来到中国青少年发展基金会；周庆治是恢复高考后的首批大学生，先在政府工作，后来下海，非常有社会情怀。两位都希望尝试引领中国新潮流，助力中国第三部门真正地发育起来。所以说，这是一个很好的平台，能够让我实现我的理想。永光强大的人格魅力也是让我留下来的另一个原因。

马广志：徐永光在公益界有"公益教父"之誉，在他手下工作，是不是压力很大？

彭艳妮：要说压力，就是我作为秘书长怎么才能做得更好。我跟永光在工作上配合得很好，他是一个非常有战略眼光和创新精神的人。比如，互联网公益，永光在20世纪90年代就看到了这个方向。他担任组委会主任，连续举办了三届"中国互联网大赛"，在1999年的第二届大赛上还给马云颁奖。

但永光是需要有执行能力很强的人跟他配合的，他的好多想法需要有人帮他落地。而且，永光没有什么架子，跟他打交道很舒服。

马广志：近些年来，南都对公益生态的影响有目共睹。你也获得了包括政府、行业及社会的认可，你认为自己成功的因素是什么？

彭艳妮：我也不觉得自己是成功的，关键是要遵从内心投身所爱的事业吧。人生是很难规划的，大学毕业时我绝不会想到今天做与公益相关的工作。还是在民政部工作期间，去北京市儿童福利院的一次参观。当时对我的触动很大，孩子们那种渴望爱的眼神让我想为他们做点什么。再到后来，我做BC的NGO项目的培训，那些创始人对社会责任感的执着和坚持特别打动我。我就觉得我可能不会去创办一个公益机构，但可以做一个支持他们的人。恰好南都就是这样一个平台。

马广志：对基金会而言，秘书长的重要性不言而喻。你认为一个秘书长怎样才能带领一个基金会走得更好？

彭艳妮：基金会对秘书长的要求挺高的，一是要具备综合素质。这也是公益这个行业的特点所决定的，业务范围往往涉及社会各个领域，这需要秘书长对每个领域的社会问题要有自己的认知。

二是要有很强的沟通能力。基金会的利益相关方很多，接触面很广，需要能跟不同背景的人打交道，进而达成合作，既是活动家，也是谈判专家。

三是要会带团队。如果这个头不懂怎么带领团队，那么团队就会出现这样或那样的问题。

秘书长还要掌握一些财务知识。比如，大的基金会的本金多，需要做保值增值，如果不懂的话，很难跟专业的人士对话。

除了上面这些，秘书长还需要有很强的学习力。互联网时代的知识更新速度超乎想象，而且各种新鲜事物层出不穷，若想走得久远跟上节奏，必须不断学习。

马广志：近年来，基金会秘书长的岗位上出现了一些新的面孔，如果给他们一些忠告的话，你想说的是什么？

彭艳妮：就是心要正。要成就大事业，要走得远，需要"正"。

马广志：公益是一个更讲究付出与奉献的行业。你的工作对家庭有什么影响吗？

彭艳妮：肯定是有的。因为工作忙，家务活儿基本上都是我爱人做，当然，他对我的工作也特别支持，是我的坚强后盾。没有他，我的人生就可能不是现在这个样子。

"公益逐渐在走向一个多维的立体生态"

马广志：2008 年的汶川大地震，激发了全国人民的数亿爱心，也开启了中国公益元年。你怎么看这件事对中国公益事业的影响？

彭艳妮：当时我还在 BC 工作，一个明显的感觉是，2008 年之前的合作伙伴多是政府及其研究机构和一些大学，几乎没跟NGO合作过。但在2008年后，友成企业家扶贫基金会、南都公益基金会和上海增爱公益基金会等逐渐成为我们的合作伙伴，当时的感觉就是国内基金会发展特别迅速，它们有资金也想做事，很令人振奋。

马广志：有人说，经过2008年，中国公益事业至少推进了10年。

彭艳妮：这话也不是夸张。2008年前的公益机构更多的是受国际社会NGO的影响，做的多是一些权利类的事情，比如宋庆华的社区参与行动服务中心（SSCA）等机构。

2008年之后，越来越多的社会组织开始做服务类的公益项目，服务对象遍及老年人、残疾人、贫困群体、困境儿童及青少年等各类人群。而这类组织是政府大力鼓励和支持的，因为要发挥社会组织在社会治理现代化中的特殊作用。

马广志：你感觉中国公益这10年最根本的变化是什么？

彭艳妮：就是公益逐渐在走向一个多维的立体生态。社会组织的数量和种类都达到了一定规模。第三方服务组织的增多也是一个很明显的指标，因为有市场这些机构才能生存。就像北京师范大学社会发展与公共政策学院教授陶传进说的，这个公益生态一旦形成，就等于是企业有了市场，市场让企业成为企业。同理，众多的基金会需要有一个社会化运作体系来均衡基金会的发展。在这个体系中的捐赠人、志愿者、公众、服务对象、竞争者等，都将促使基金会提升专业能力和公信力。

马广志：这种体系的构建需要基础设施的建设和完善。我发现你不止一次提到过，要加强公益行业基础设施建设，为什么？

彭艳妮：公益行业基础设施是支撑行业有效运作的基础性环境，这种环境有助于公益行业中所有公益组织开展工作并最终达成其使命。没有基础设施，或基础设施不完善，一个行业就很难有效地开展工作并达成使命。

　　一份来自美国的报告分析了国际非营利行业的基础设施机构，认为它们有问责和自律、政策倡导和政府关系、财务中介、为资源方提供咨询顾问、网络及协会、人力资源发展和配置、教育、能力建设和技术支持、研究和知识管理以及交流、传播和信息扩散十大基本功能。对比之后你会发现，我国的非营利行业基础设施在很多方面特别弱。

　　其实，南都一直在做这样的事情，这是由其定位决定的。南都的使命是支持民间公益，价值观里有一条是行业发展为先。包括开展银杏伙伴计划、景行计划项目，支持中国基金会发展论坛、社会企业与社会投资联盟（论坛）、基金会中心网、筹款人联盟、资助者圆桌论坛等平台建设，都是在做行业的基础设施建设。后来觉得这个词可能不好懂，就改为用"行业建设"了。

　　马广志：这种基础设施建设得越多，力度越大，就越能促进这个行业的生态系统形成。

　　彭艳妮：对。通过支持基础设施建设，可以有效地促进更多新组织的成长，对行业有巨大的价值，但往往被低估。为什么？因为它们往往在幕后，不在行动第一线，别人看不到，直到失去时才意识到有多么重要。

　　这种建设的过程是缓慢的，其成效不是马上能够被看见的，这需要资助方一定要耐得住寂寞，坚定地做下去。

　　马广志：与一些很浮躁的基金会相比，南都基金会的做法确实称得上是业界标杆。不为锦上添花，只为行业发展。

　　彭艳妮：用永光的话说，南都最大的价值就在于一个治理能力强大的理事会：高度一致的价值观和使命感、着眼行业发展的格局和战略眼光、特别注重资金投入的杠杆作用和效率。支持行业发展是最大的诉求，所以能沉下心来将大量资金用于基础设施建设。

　　但是，随着公益生态环境的变化，竞争的日趋激烈，以及利益相关方的需求等因素越来越复杂，理事会可能也会有压力，会考虑到南都的影响力。

"要有去中心化的互联网思维"

马广志："公益市场化"是近年来公益领域争论最多的焦点之一，南都的第三次战略调整也开始支持规模化公益产品，你怎么理解"公益市场化"？

彭艳妮："公益市场化"是永光近年来所极力倡导的。但很多人对这个观点有误解，只是捕捉其只言片语便展开质疑，甚至攻击。我理解的公益市场化：一是相对行政化而言的，是说中国公益应该从政府垄断里解放出来。二是指公益要以需求为导向来配置资源，而这种配置必然要引导竞争机制，无竞争不发展，永光认为这个行业起码要淘汰掉1/3才有希望。

永光有时候写文章，会用一个很抓人眼球的标题，有点"标题党"的感觉。他说，只有这样才能刺激这个行业，引发大家的关注和讨论。比如，他的"公益创新只做'小而美'，不求规模化，就会成为自我陶醉的花拳绣腿"。言论一出，就在公益圈引起了轩然大波。

马广志：公益市场化的另一个理解维度，我认为应该做公益需要商业的思维，比如要讲效率，要讲成果，要讲投入产出比。

彭艳妮：是的。所以永光说"公益行业不好干，好混"也是这个道理。

马广志：《慈善法》的出台是中国公益这十年的一件大事，也标志着中国步入了依法治善时代。你怎么看《慈善法》对公益事业发展的影响？

彭艳妮：《慈善法》的施行既是将慈善这一行为提升到法治这一层面上，也是将"法"的精神融会贯通到生活的举手之劳中，切实推动了慈善事业健康发展，这从2017年末发布的"中国慈善政策进步指数（2017）"可以看出来。

当然，任何一部法律的出台都是博弈的结果。《慈善法》仍有一些有待完善的地方，比如互联网募捐平台的认定，应该是市场选择的结果，用户自然会选择那些公信力高、用户体验好、募捐信息真实的平台进行捐赠，而不是靠政府来指定。

马广志：而且《慈善法》还规定，具有公募资格的基金会的年度管理费用比例仍被确定为"不得超过当年总支出的10%"，这让诸多从业者心生悲凉。作为制约公益事业发展的瓶颈问题，公益人才短缺问题也是南都一直关注和支持的方向。

彭艳妮：南都的银杏伙伴成长计划针对的就是公益界面临的人才瓶颈问题，景行机构伙伴计划资助的是公益机构，但在实际资助中也有很多资助款是解决人员工资、团队建设等问题。

中国公益组织的薪酬标准是比较低的，这是一个不正常的现象。除了社会认知度低、薪酬缺乏竞争力外，专业成长及能力成长的支持体系不完善、职业前景和发展路径缺乏是很多人员不敢进入、无法将其作为长期职业的要因。2017年发布的《基金会工作人员素质能力库1.0》显示，全职人员数量少，招聘、保留、培养难，是行业长期面临的共同难题。其直接后果就是很难吸引到优秀人才，影响公益事业未来的发展。

需要注意的一个现象是，很多大学毕业生并不知道公益还是个可以就业的行业，说明这个行业的影响力还很小。而且一些职业化的培训和支持体系也很不完善，非常弱。比如，当年我在南都有一年的适应期，平时我也看到很多跨界来公益的人才都流失掉了，他们对这个行业表示失望。当然，现在情况好多了，随着社会的发展，很多年轻人把公益作为自己人生的发展方向。

马广志：回顾中国公益这10年的发展，"郭美美事件"是绕不过去的一个点。你如何评价该事件对公益行业的影响？

彭艳妮："郭美美事件"让整个公益行业陷入信誉危机，不仅是国字头的公益基金会，民间NGO也受到牵连。公益不同于其他行业，一荣不一定俱荣，但一损肯定俱损。这需要公益机构对透明有一个更高的要求，公信力是公益机构的生命线。

马广志：但从某个角度来讲，"郭美美事件"也让国人对于有官方背景的慈善体制进行反思，而且公益机构也开始关注自身的透明问题。

彭艳妮：是的。现在，行业外的人们了解某家基金会，往往会看一下基金会的透明指数排名及评分状况，这个指数和评价体系有利于构建整个行业的公信力。

马广志：近年来，互联网科技对于公益事业的推动能量越来越大。对基金会而言，如何更好地抓住机会，利用互联网科技来发展呢？

彭艳妮：现在募捐和传播都越来越离不开互联网了。对基金会来说，第一，要重视，要睁大双眼紧跟形势，看有无一些新的玩法出来。第二，是要有互联网思维，其核心就是去中心化。公益机构的使命是解决社会问题，这需要走到一线去挖掘需求，然后做决策，而不是由最上面那个人发号施令，大家去执行。

比如在南都，我就特别强调要尊重项目官员的意见和建议，即使有疑问，也只能提出问题跟他们交流，而不能武断地说"不行"，因为他们在一线更了解情况。

马广志：其实这也正是你刚才提到的"公益市场化"中的应有之义。募捐也要不是市场化？现在很多机构在筹款时，存在"唯筹款论"现象。

彭艳妮：随着互联网的发展，网络技术和新媒体越来越多地被应用于公益活动和慈善筹款，很多公益机构也得其利是。

但"唯筹款论"现象是值得警惕的。有些机构的筹款就是为了拿些管理费，全不在意项目的有效性，这哪行呢。关键还是要看项目设计的好坏，能否真正地解决某一方面的社会问题，项目执行不好最终会影响筹款效果，还有可能导致整个机构毁掉。因为，捐款人是会用脚投票的。《慈善法》放开了公募权，成立两年以上运作规范的慈善组织都可以申请公募资格。这是对公募基金会的一大挑战。竞争必然促进更规范和有效的运作。

马广志：在南都公益基金会这些年，到现在为止，你觉得有没有一些遗憾，在哪些方面做得不够好？

彭艳妮：肯定很多。最大的教训还是团队能力的提升不够。这也是我接下来工作的重点，没有一个好的团队，不但做不了更多的事儿，也做不好事儿。

马广志：但你的学习力还是比较强的，南都先后进行过三次大的战略调整，你在其中都起了很大的作用。

彭艳妮：处于这样一个转型期的历史背景下，基金会需要不断地调整适应这种经济和社会的变化。战略不能是一成不变的，理事会也要求秘书处根据实际工作情况及时作出调整。但不管战略怎么调整和变化，我们的价值观是不变的：公共利益为上、行业发展为先、民间立场为本、杠杆作用为佳。

马广志：你认为南都的核心竞争力是什么？

彭艳妮：是一个有社会使命感和决策力的理事会，以及我们的价值观和文化。南都之所以是南都，就是因为我们的价值观和文化。坚守我们的价值观是落实和执行战略的保障。永光说过一句话，有了这种文化，即便人全散了我们都不怕，可以靠这种文化重建。

马广志：公益行业需要"跨界"才能有更好的发展，也一直是你近年来呼吁的。公益机构需要做出哪些努力？

彭艳妮：非营利组织掌握的资源少，跨界能够建立一个友好的界面，不但能汇聚更多资源，还能产生创新。南都新的战略目标就是"建设公益生态系统，促进跨界合作创新"正如一个人不能自己把自己举起来，要靠别人。公益也一样，需要互动与创新。

马广志：社会企业其实就是一种创新。未来，你还会在社会企业在中国的发展上投入更多的时间和精力吗？

彭艳妮：一定会的。我现在还是社会企业与社会投资论坛的理事。我现在做的工作更多是一个幕后的角色，在后面把整个架构搭建好，做好支持。

推动社会企业在中国的发展好像为我的人生打开了更大一扇门，开始就觉得自己可能做不到像那些社会企业家一样在一线工作，但特别想去支持他们，所以就想做些让这些人受益的事儿，一直在做这方面的努力。

马广志：从最早你引入社会企业概念到现在已经十几年了，对社会企业在中国的发展还满意吗？

彭艳妮：满意的是社会企业在公益行业的传播及效果都很不错，也带动了一批机构来推动社会企业的落地和发展。但在其他领域，还有很长的路要走，人们的认知还很不够，所以主战场要转移，向主流企业和投资界介绍社会企业和影响力投资，向年轻人和大学生们介绍社会企业的理念。年轻人不受学科背景的限制，多是因为了解某个社会企业的案例或社会创业家的故事，产生了一些触动，进而研究、认可。

"公益也需要供给侧改革"

马广志：你觉得中国公益这 10 年存在的最大问题是什么？而这个问题是需要中国公益在下一个 10 年着力加强的。

彭艳妮：软性的基础设施还很不够，特别是其中的一些规则、标准和系统等这些东西特别缺乏。当然，这些东西都会随着行业的发展逐渐地完善起来。

再有就是，虽然近年来在教育、环保、养老、残障、社区发展、文化等多个领域出现了一批优秀的公益项目。但和需要解决的社会问题的广度和深度比起来，公益项目的供给还是严重不足的，比如全国只有 2% 的心智障碍人士可以得到康复服务。这也是需要下一步推进的。政府即使想花钱，也找不到好的公益项目进行支持。"小而美"的项目可能没有雄心去服务更多的人；而有想法解决更多的社会问题的人却缺乏相应的资助支持。

马广志：这也是南都进行战略调整，把资金和精力都投入到中国好公益平台的重要原因。

彭艳妮：是的，尤其是党的十九大指出的"中国社会主要矛盾已经转化为人民日益增长的美好生活需要和不平衡不充分的发展之间的矛盾"下，只有积极推动社会问题解决方案的大规模应用，才能通过开源、复制等途径在更大范围解决社会问题。南都在今后几年工作的重点就是推动优质公益项目的规模化，惠及更多的老百姓。

党的十九大报告对公益行业是个特别大的利好，公益事业不就是要解决发展的"不平衡不充分"吗，公益机构大可以腰杆更硬一些。

马广志：公益也需要供给侧改革。这种供给从哪里来？

彭艳妮：是的。公益的供给侧改革应该包括两个层面，一是去"过剩"库存，优化结构，使有限的公益资源向优质的公益组织和项目集中；二是使好的公益项目规模化发展，带动更多县一级公益组织的发展，满足更大的社会需求。既要做好存量，也要做好增量，增量包括打通资源流通的界面，让更多的机构参与公益。从资源的角度来说，还需要政府增加采购力度，激发公众捐赠，撬动企业的资源。单靠基金会的力量，是远远不够的。

马广志：未来中国公益的发展，政府需要扮演什么样的角色？

彭艳妮：最重要的是要形成一个更加友好开放的、有利于行业发展的法律和政策环境，这是政府是最主要的责任。另外，政府需要更多地跟民间公益机构合作，也就是前边说要加大购买力度。

马广志：最后一个问题，你的下一个10年规划是什么？

彭艳妮：公益已经成为我的一个理想，我会一直做下去。我之前换过三份工作，我希望南都是我的最后一份工作，持续地为中国公益做更多的事情。

DOU RUI GANG

窦瑞刚：
公益最大的社会价值是连接信任

　　窦瑞刚，本科毕业于中国人民大学商学院，长江商学院
EMBA。有 23 年 IT 及互联网企业管理经验，15 年基金会管理经
验。2006 年起负责腾讯基金会的筹备及运作，致力于新公益慈善
运作模式及通过互联网技术推动公益慈善事业发展的探索和实践。
现任腾讯公益慈善基金会执行秘书长、深圳市老龄事业发展基金会
理事长。

采访时间：2018 年 3 月 20 日

采访地点：北京万达文化酒店（万达广场 C 座）

"公众参与才是公益最重要的"

马广志：你是 2005 年进入腾讯的，能否谈一下在这之前的经历？

窦瑞刚：我的履历比较简单。1998 年人民大学毕业就去了深圳市中兴通讯股份有限公司工作，先在总裁办北京分部做政府关系，后来回到深圳，在总裁办企业管理室，主要做企业流程再造和变革管理。我从中兴离职后就到了腾讯，2005 年 7 月，担任行政部总经理。

马广志：大学是什么专业？

窦瑞刚：我一直学的商业和管理，大学在人大商学院，专业是市场营销，最近刚从长江商学院 EMBA 毕业。

马广志：行政部怎么会与基金会扯上关系？

窦瑞刚：2006 年，腾讯创始人和管理层在香港召开 2005 年的年报发布会，马化腾等创始人意识到企业越大，责任就越大，所以他们推动公司董事会决策，从每年的利润中拿出一定比例来做公益回馈社会，每年不少于 2000 万元。但到底以什么形式及什么载体来使用这笔捐款，就交给了我所在的行政部去调查研究。

马广志：当时并没决定要成立一家基金会？

窦瑞刚：没有。当时我们对公益和基金会都没什么系统的认知。所以，我们就做了一些咨询，时任民政部民间组织管理局孙伟林局长建议我们成立基金会。他说 2004 年《基金会管理条例》颁布，鼓励企业和个人发起成立非公募基金会。这样，腾讯于 2006 年 9 月正式决定申请设立腾讯公益慈善基金会（"腾讯基金会"），到 2007 年 6 月腾讯基金会经民政部批复成立。这是中国互联网行业第一家企业设立的公益基金会，也是中国首批企业成立的全国性基金会。

那时候基金会的注册登记流程比现在要长一些，从递交申请注册、将原始基金 2000 万元打到民政部指定的验资账户，到批复后申请刻公章，再开设银行账号，申请原始基金打回到我们开立的银行账户时，差不多到 2007 年 10 月了。

马广志：从申请到正式成立，用了一年左右的时间。

窦瑞刚：对，相当于我们有一年的时间在筹备中，我们成立了一个基金会筹备组，腾讯基金会现任的理事长郭凯天先生当时是筹备组组长，我是副组长。

马广志：腾讯基金会成立后，这 10 多年来，感觉一直聚焦在用腾讯的核心资源和能力来推动公益事业的发展，并强调用户、员工和合作伙伴的公益参与，能讲一下这个战略确定的背景吗？

窦瑞刚：我们在一年左右的筹备期间，筹备小组重点进行了四个方面的深度访谈和调研。我也建议计划成立基金会或刚成立基金会的，可以借鉴一下我们开展的这四个方面的调研。

一是走访了知名跨国公司，以学习和了解它们的企业社会责任理念和实践。像 IBM、诺基亚、思科、惠普等，走访这些企业给我一个很深的印象就是，这些企业很少简单地讲它捐了多少钱，更多的是讲如何利用企业的独特优势和核心资源来设计一些公益项目，并且重点选择与自己产品、服务及员工和合作伙伴便于参与的领域，以带动他们的参与。

马广志：这与国内很多企业的思维和做法是不一样的，不是简单的现金捐赠而是将公司的战略和企业的社会责任进行紧密结合。

窦瑞刚：中国有句话说，能用钱解决的事都不是事儿。企业作为一种组织形式，其对社会最大的贡献，不是简单地说它捐了多少钱，而是它能把自己独一无二的资源、技术和能力贡献出来，推动社会变得更好。

二是走访和调研了当时中国公益慈善界，主要是走访了基金会。筹备组原计划走访比我们更早成立的企业发起的基金会，比如南航"十分"关爱基金会、香江社会救助基金会等，遗憾的是当时都没联系上。

后来重点走访了中国儿童少年基金会、中国妇女发展基金会、中国青少年发展基金会、中国扶贫基金会等公募基金会，分别和基金会的高层进行了深入的交流，了解公益慈善的行业现状，以及他们对腾讯成立基金会的期望和建议。一个有意思的事情是，它们当初都建议我们不要成立基金会，而是在它们那里设一个专项基金，说成立基金会很麻烦。

马广志：这句话倒是中肯，毕竟你们用了一年的时间才注册下来。

窦瑞刚：从后来看，他们的建议有一定的道理，我们确实低估了设立一个基金会后续需要办理的各种资质和手续的难度。比如，我们当时想当然地以为基金会的税前扣除资格、免税资格等资质是一批复就自动产生的，结果基金会批复之后，我们用了一年多时间也没有搞清楚如何申请税前扣除资格。

我们尝试把申请报告递交到民政部，民政部说这个资格是税务总局和财政部管，你们应该向它们申请；我们把申请报告递交给税务总局和财政部，它们不收又让递交给民政部。一直到国家颁布《企业所得税法》以后，2008年年底，《财政部　国家税务总局　民政部关于公益性捐赠税前扣除有关问题的通知》（财税〔2008〕160号）出台，才理顺了税前扣除的申请和批复流程。非营利组织免税资格则要到2009年年底，财政部、国家税务总局出台《关于非营利组织免税资格认定管理有关问题的通知》（财税〔2009〕123号）才正式理顺。

但对于像腾讯基金会这样在民政部登记注册，税务登记地点却在深圳的全国性基金会，免税资格如何在地方申请，材料递交到哪里又经历了一些波折。我记得在文件过渡期，还出现国家税务总局发函给中国青少年发展基金会等5家基金会要求把捐赠收入并入应税所得计缴2008年度企业所得税的情况，引起了广泛争议。

马广志：也就是基金会2007年成立，基金会的税前扣除资格和免税资格的批复已经到2009年以后了。

窦瑞刚：对，2009年8月左右民政部颁布了《2008年度第一批获得公益性捐赠税前扣除资格的公益性社会团体名单》，我们获得税前扣除资格；2010年9月广东省颁布第二批非营利组织获得免税资格的名单，腾讯基金会获得免税资格，两个资格的生效时间都是从2008年开始。

马广志：现在基金会的税前扣除资格和免税资格的申请比较容易了。

窦瑞刚：对，我觉得这是10年来中国公益慈善领域最大的进步之一。这几年基金会的税前扣除资格和免税资格的申请越来越简化，基本上成立的当年即可申请获得，最晚第二年即可获得。

这个话题说的有点远了。

在与这些知名基金会的交流中，我有一个深切的体会，就是当时中国公益慈善的土壤还比较贫瘠，我当时的感觉就像是一个荒漠，腾讯基金会这2000万元捐赠就像一滴水倒进荒漠，可能连个泡也冒不了。这个感觉主要是因为当时这些国字头大的基金会，每年的收入都不高，且收入的主要来源来自国外，包括跨国企业或它们在国内的分支机构及海外华人华侨，来自国内企业的捐赠非常少，来自国内普通民众的捐款就更少。所以，我们觉得如果没有国内企业和企业家，以及公众的广泛参与，中国的公益事业就像无源之水、无本之木，是没有未来的。

第三，就是针对腾讯公司创始人和管理层进行了深度的调研和访谈。大家认为基金会有两点是必须要做的：一是能真正地帮助到一些需要帮助的人；二是利用腾讯的互联网资源、平台和技术，搭建一个网友参与的公益平台，动员腾讯身后数亿网友来参与公益。

第四，我们去了贵州黔东南贫困山区走访。在走访中，筹备组意识到中国是一个贫富两极分化非常大的国家，企业承担社会责任的过程中，也需要关注中国的地区差异和贫富分化，需要从事一些扶贫济困，救灾恤孤等工作。这也坚定了我们要帮助到一些需要帮助的人，如扶贫、救灾、弱势儿童救助、教育发展等。

通过以上四个方面的深度走访，我们基本形成一个共识，对于中国公益慈善事业来讲，普通民众的参与不足成为制约发展的瓶颈，和欧美发达国家来自普通大众的捐赠接近 80% 相比，中国普通大众的捐赠一直低于 10%。公益慈善的透明度及参与的便捷度成为影响大众参与的核心原因，普通大众没有较好的参与机制和途径。腾讯承担社会责任的最重要的是利用腾讯的互联网核心资源、互联网技术来推动公益事业的发展，捐钱可能是一方面的问题，但如何推动公众的参与才是最重要的、最迫切的问题。

马广志：所以腾讯基金会提出了一个公益的 2.0 模式，开发了腾讯公益网络平台。

窦瑞刚：是的。我们提出了"公益 2.0"，强调人人可公益、大众齐参与的理念。"公益 2.0"的概念来自网络 2.0，网络 2.0 的本质就是互动，就是分享、参与。我们尝试用腾讯公益网络平台来联结亿万网友的爱心，让公益离老百姓近一点，让大众都成为公益的主角；用技术让公益更简单便捷一点，并让公益和民众互动起来，强调人人参与的模式，逐步让公益慈善成为他们生活的一部分。

马广志：腾讯基金会到现在成立 11 年了，其实一直是沿这个脉络走的。

窦瑞刚：是的。经过一年的深度调研，腾讯基金会确定了一直延续至今的战略目标。即选择适合腾讯价值观的战略性重点领域。一方面，在线下开展扶贫济困、教育发展等公益慈善事业，以帮助一些需要帮助的人；另一方面，利用腾讯的核心资源和核心能力，即腾讯的网络技术和腾讯对亿万网友的影响力，搭建互联网公益平台，以影响和改变网友对公益的态度，建立公益捐赠的习惯，以互联网核心能力来推动中国公益事业的发展。

当初提出"互联网 + 公益"的时候，其实应者寥寥。记得 2009 年，我演示"爱心果"和爱心积分体系，把当时流行的"摘菜"游戏和公益结合起来的时候，当时很多基金会的负责人都还不理解，很惊讶公益还能这样玩，还能这样筹款。所以早年，我们不断地在各种论坛和会议上给基金会秘书长们讲"互联网 + 公益"的现状和未来，分享我们的想法和做法。从这方面说，腾讯基金会是当之无愧的"互联网 + 公益"的启蒙者。

马广志：就是在这样的一次次分享当中，很多基金会都把这种理念纳入了发展战略中。

窦瑞刚："互联网＋公益"的本质，就是用移动互联网、用科技去连接、激发亿万网友的爱心和信任。截至 2018 年 5 月，超过 6000 多家公益组织或公益项目先后入驻腾讯公益平台，发起并上线超过 4 万多个公益项目，汇聚超过 1.63 亿人次网友的爱心捐款，累计为公益组织募集资金超过 36 亿元。这些数字的背后说明"互联网＋公益"目前已经成了时代的一个潮流。潮流是什么？就是很多时候你没得选择，是被席卷进来的。浪潮卷过来，重要的是要保持能站在潮头上，脚要永远踩在冲浪板上，但同时不能忘了初心。

我自己的体会是，腾讯基金会 11 年来坚守住了最初的初心，并激荡起一股"互联网＋公益"的潮流，靠的是坚持最初的愿景和使命，并且努力做得更专业、更聚焦。11 年来，我们很少做加法，都是在不断做减法。

"公益慈善的基石应该是财富观和生活方式"

马广志：你说过，"公益慈善背后是财富观，是生活方式"，为什么这么说？

窦瑞刚：我们需要思考捐赠的意义是什么。传统上我们认为捐赠就是做好事，道德高尚。但我觉得捐赠的背后其实是捐赠人一种财富观的体现。我们为什么要把自己的一部分合法财富捐赠给陌生人？从使用我们合法财富的角度来说，捐赠 10 元与用 10 元来购买一个雪糕，其实是没有本质区别的，都是一种花钱方式。但哪种花钱方式才是对我们真正有价值和意义的？能提高我们的愉悦度或者说幸福指数的？

经济学中有一个边际效益递减的理论，我们如果把钱只是花在满足自己的生理或者物质需要上，收获的边际效益也将会越来越低。记得加拿大哥伦比亚大学和美国哈佛大学曾做过一个实验，发现把钱花在别人身上的比花在自己身上的更容易感到幸福，不论是请别人吃饭还是捐赠出去，都会有更高的幸福指数。

我一直在想对于中国公益慈善最重要的症结是什么？其实是老百姓不关心，不关注，经常是公益界的负面被大规模地关注到了，最后老百姓留下深刻印象就是公益组织都不值得信任。经常有观点说，公众之所以不捐款给公益组织，是因为他们不够透明，于是公益组织争相"裸晒"账单。但我认为这可能是乱开药方乱吃药。

公众不捐赠是因为缺乏信任，但如何建立信任？首先公益组织要和公众建立连接。如果没有建立连接，晒账单也不会有人关注。所以，我认为建立信任关系的核心是让公众参与进来，只有参与才能最终改变他们对公益慈善的看法，而不是仅仅去做一份专业的财务报告。其次，公益组织要考虑的是如何利用社会化媒体和公众互动，让它真正能够关注你在做什么，参与到你的行动中去，最终才能带来他们对公益认识的改变，才能完成社会信任的重建，以及我们财富观和生活方式的重建。

马广志：即使"裸晒"，也没挡住公众质疑 NGO 披露出来的薪酬和管理费，很多人因此还呼吁公益零成本。

窦瑞刚：如果没有连接和参与，公益组织再怎么讲如何透明其实作用都不大，因为公益一直以来是缺乏关注，几乎没有人去看你的报表，听到你的声音。

我曾经问夏威夷联合劝募的负责人，你们是如何给捐赠人反馈的？他说，上我们的网站看我们的财务报告。我说那普通公众为啥要给你们捐钱？我印象中他被这个问题问住了，停顿了好一会，然后回答说，如果捐赠人自己去找那些公益组织，他们没有那么多时间，也要付出更高的成本。我们是一个专业的公益筹款机构，他们把钱交给我们，我们会最有效率地找到最符合他们捐赠期望的公益组织。当然，他们也可以选择不把钱捐给我们，可以捐给其他的组织，但我相信我们的效率是最高的，我们的服务是最好的。

在他的回答中，我认为隐含一个假设，即他们认为，大家捐钱出来做公益是当然之意，需要考虑的只是要捐给哪个公益组织。我们也了解到美国很多家庭在做财务支出计划的时候会做公益捐赠支出计划。这就好比你总要吃饭，不来我的饭店，就会去别的饭店，但不管在哪儿吃饭，你总要付费的，这是天经地义的。公益组织和饭店一样，是为捐赠人（顾客）服务的，从这个道理来说，公益组织收取服务费或者管理费也是理所应当的，正如饭店满足了我们吃饭的需求，公益组织满足了我们捐赠的需求，因此收取合理的费用就很正当。

所以，我认为，捐赠的背后本质上是一种财富观，是一种生活方式，如果我们没有建立正确的财富观，认为财富就是用于满足个人的生理为核心的需求，没有学会如何用我们可以支配的有限的财富去做我们觉得更有价值和意义的事，我们就会觉得捐赠和花钱吃饭、买衣服不一样，会把捐赠者树立为道德多么高尚、多么无私的人。这样，某种意义上实际提升了捐赠者的门槛，把捐赠者绑上了道德的枷锁，其实不利于公益慈善事业的发展。

马广志：你认为这 10 年，民众的慈善观是否发生了改变？

窦瑞刚：我认为，随着互联网和电子商务的发展及"互联网＋公益"的出现，以网友为核心的民众的慈善观正在发生改变。随手捐，睡前捐、月捐甚至日捐对于很多网友已经成为生活的常态。据我们统计，"80 后"捐赠资金占腾讯公益平台捐赠额的 45% 左右，而"90 后"的捐赠频率比"80 后"更高。

随着中国社会经济的发展，财富的不断积累，我相信会有越来越多的人认同。公益慈善背后其实就是一种财富观，体现的是一种生活方式，或者通俗地说，是一种花钱方式。这种财富观、生活方式建立起来之后，关于公益慈善组织是否应该零成本等中国特色的争论自然就会消失。

"社会企业容易沦为商业资本的道德外衣"

马广志：你如何看待"公益市场化"？我认为公益市场化最初是针对行政化而言的。

窦瑞刚：什么叫作市场化？市场化的核心是基于价格基础上的交换，改革开放 40 年，中国市场化改革的核心是承不承认商品的等价交换作为资源的配置方式，以及这种资源配置方式是从属地位还是主体地位。

对于中国来说，市场化确实最初是针对行政化的。因为在一元政府的情况下，资源配置完全是由政府主导完成的，所以中国改革开放，通过市场化承认市场在资源配置中的作用，完成了从一元政府到企业（市场）和政府的二元转化。

但公益市场化这个概念就非常值得推敲，因为市场的主体从来都是企业，政府不是，社会组织也不是。改革开放以来，一直强调的是市场的去行政化，即政府不能成为市场竞争的主体，不能既当裁判员又当运动员。从财富的三次分配来说，第一次分配的主体是企业，在市场中，通过竞争来实现，其关注的核心是效率；第二次分配的主体是政府，通过税收及财政的转移支付来实现，其关注的是公平；第三次分配的主体是社会组织，通过公益捐赠来实现，其关注的核心是在政府和市场失效的领域推动社会问题的解决。

马广志：是否从另一个维度来看，慈善作为财富的第三种分配形式的社会氛围可能还没有形成？

窦瑞刚：是的。当年邓小平同志曾多次提出："要让一部分人先富起来，先富带动后富，最终实现共同富裕。"现在来看，第一句话已经实现了，但"先富带动后富"如何实现？公益慈善应该发挥一种主体作用，即先富起来的人自愿地把财富捐赠出来给到社会组织，成为前两次财富分配——市场竞争和税收——的有效补充。

按国际惯例，第三次分配的主体是由专业的 NPO 以透明、高效的管理形式管理好企业和个人的捐款，政府作为慈善事业的规则制定者和监管者来推动。未来政府也需要进一步转变政府职能，通过政府购买服务的形式，将政府的部分职能转交给 NPO 来完成。让先富起来的人带动后富起来的人，离不开社会组织的充分发展。

马广志：第三次分配能够推动资源分配更趋公平，社会组织扮演着主体作用。那你怎么看社会组织在社会治理中的作用？

窦瑞刚：首先，我们需要思考的是，社会组织在中国当下承担的使命是什么，其存在到底有没有独特的价值？这个独特价值我想一定与政府、企业的价值是有区别的，否则社会组织就没有存在的意义了。换句话说就是，目前的社会组织是否真的成了一个可以与政府、企业相提并论的组织形态，并在创新型社会治理中发挥着独特的作用，或将会发挥独特的作用。我觉得这是我们回顾这 10 年公益慈善事业的根本性问题，也是展望未来公益慈善事业发展的根本性问题。

其次，改革开放 40 年来，我们面临的最大的社会挑战，就是伴随着迅速的工业化和城镇化，几千年形成的以血缘和地域为核心的农耕文化的人际关系和信任机制被彻底打破，人和人之间原有的纽带被市场化的洪流冲散，导致人与人之间越来越隔膜，彼此缺乏信任。重塑人与人之间的连接和信任，我认为正是当下各种社会组织在中国最独特的价值和意义。

近年来，一些公益慈善界的意见领袖，压根就没想清楚中国目前的社会问题的核心是什么，公益组织在中国当下最重要的价值和使命是什么。一味地把公益引向商业、引向市场，这可能会对公益慈善事业产生毁灭性的打击。商业和市场的本质都是基于价值交换和自利导向的，而公益慈善的本质是建立在人与人的连接基础上，基于分享、互助和利他精神的，其内在价值观和动力机制是和企业有本质不同的。

社会组织发展的驱动力是愿景、使命和价值观，德鲁克说过："非营利组织的产品和服务是人的改变。"人的改变，或者说人的改变和成长，怎么通过市场来完成？社会组织关注的市场失灵领域，怎么通过市场竞争来配置资源？过去几十年的经验也告诉我们，教育、医疗等关系生命及其质量和成长的领域，盲目推行市场化是会出问题的。

马广志：你是否觉得公益应该借鉴商业，提升公益组织解决社会问题的效率？

窦瑞刚：我从来都不反对公益组织向企业学习。我是商学院毕业的，

20年一直在商业企业，有一段时间，我致力于企业的变革管理研究。我一直认为，从人类近一百多年的历史来看，商业组织创造了很多奇迹，在推动社会改变中发挥了无与伦比的作用。

商业组织在组织的"工具体系"方面，一方面通过问题导向进行实验设计，以假设检验的方式来探索问题的相对最优解决方案等方面有许多值得社会组织学习的地方。所以，社会组织可以向企业学习把人有效组织起来的工具和方法，以及解决问题的思维方式。

另一方面，德鲁克晚年的时候，也提出企业应该向非营利组织学习管理。学习什么？学习公益组织的使命优先、价值观导向的管理方式。他提出对于知识工作者的管理，更重要的是文化管理，即用愿景、价值观和使命来管人。

马广志：但是我们也不能否认，很多公益组织做的是无效公益，只有产出而没有成果，看不到"人的改变和成长"。

窦瑞刚：一个社会组织，如果建立了人与人之间的连接和信任，那就是它最大的社会效益，因为它创造了企业可能无法创造的社会资本，所以我们不能从商业资本的角度去看公益组织的效益，要从社会资本的角度去衡量社会组织的效益。

比如北京仁爱慈善基金会的"仁爱心栈"奉粥项目。这个项目，选择在早晨，为城市中行色匆匆的市民奉上一杯爱心粥。很多人不理解，认为这些人并不贫穷，也不缺购买这杯粥的钱，为什么要给他们免费奉粥？这个项目由志愿者主导、熬粥奉粥均是由志愿者进行，十年来，从一个心栈发展到全国29个城市，50多个心栈，有10万的志愿者参与，奉出了800多万杯粥。它最大的社会价值是什么？当城市的街头，我们面对的永远是商业促销和推广，有一群人用30度的鞠躬和一句"请喝一杯爱心粥，仁爱祝你一天好心情"的问候，加上一杯热腾腾的粥，传递出的是这个城市的温暖和爱。

如果按企业思维，如何计算这个项目产生的效益？它的产品是那杯爱心粥吗？奉出800万杯粥的价值和意义是多少？

我想更重要的是，10万仁爱志愿者用自己的行动、自己的身体力行，实践着给予别人就是成就自己的公益精神，在城市的街头，用生命影响生命，灵魂激荡灵魂，所传递出爱和温暖的涟漪，带来的人际关系的重建。

在剧烈的市场化、城市化大潮下，在拜金主义、利己主义下，一些人都被迫戴着面具生活，人与人之间变得越来越难以沟通，无法连接，更没有信任。社会组织的意义就在于通过公益项目来打破坚冰，重构人与人之间的连接和信任。如果社会组织做到了这一点，哪怕小到只有三五个人，也是非常有意义的。社会组织天生就是这个社会的微生物，没必要规模化。规模化的核心是追求规模效益，即规模化带来的边际成本递减，那是市场的思维和逻辑。

马广志：你如何看待社会企业？

窦瑞刚：现在很多人在鼓吹"社会企业"，认为它才是社会组织的未来。但社会企业本质上就是企业。现代企业界都认为通过解决社会问题以创造社会价值，满足客户的需要，并在市场中通过等价交换获得收入和利润是一个企业的立足之本。所以，对于一个企业来说，都是有社会性的。从国际的共识来看，社会企业其实很难进行准确的定义。

目前，我认为大多数社会企业往往是商业资本为自己披上的一层道德外衣，和社会组织没有啥关系，是企业的一个分支，是企业实现品牌差异化、社会化营销的一种手段。

社会组织要寻找自身在创新型社会治理中的独特价值和意义。走社会企业这条路，不是社会组织的正路，那是资本的道路、企业的道路。资本是无孔不入的，只要某个社会领域，资本的进入创造的社会价值能通过等价交换获得足够的利润，资本自会进入，不需要社会组织操心。社会组织自身重点应该要考虑的是，如何在市场失效的领域，即等价交换失灵、市场机制失灵的领域发挥作用，关注社会资本的积累而不是商业资本的积累。

社会企业这个概念最早进入中国，记得是英国文化协会推动的，腾讯公益是它的合作伙伴，我也曾经在最初的几届培训班上进行过分享。相比社会企业这个模糊的概念，我更倾向于"社会企业家精神"。我觉得应该在当下的中国提倡社会企业家精神，即用创新型的方法整合社会资源，以推动社会问题解决的一种精神。拥有社会企业家精神的，可能是商界领袖、或者社会组织负责人，甚至是政府官员。

马广志：社会企业兴起的一个原因就是公益组织想摆脱捐赠依赖。它们不同于腾讯基金会每年都有稳定的资金来源。

窦瑞刚：中国的企业寿命都很短，社会企业的寿命可能会更短。我的判断是，如果一个公益组织筹不到款，创办一个社会企业更难以经营成功。鼓励公益组织去做社会企业，本质上和鼓励不会游泳的孩子去波涛汹涌的大海中弄潮的结果类似。

对于公益组织来说，不能仅仅将注意力放在筹款上，筹款不是公益组织的终极目的。钱作为一般等价物，是用来在市场中交换资源的，而资源往往附着在人身上。Facebook 曾说过，商品交换在人类历史长河中出现的时间很短，漫长的人类历史中，人与人之间的主流关系是馈赠关系，即分享和给予才是长期以来人与人之间关系的核心纽带。

公益组织的核心是通过分享和给予，创造人与人之间的连接和信任，有了这种连接和信任，才能有组织长期发展所需要的各种资源。

马广志：近年来，"创新"和"跨界"成为公益行业的两个热词，很多相关的论坛和会议也是把"创新""跨界"作为必备话题之一。

窦瑞刚：这两个词都在讲一个内容：变！这个时代唯一不变的就是变化。但公益的初心是不能变的，脱离"初心"谈创新就是噱头，就是伪创新。而且，创新要围绕着核心资源和核心能力来做，否则注定会失败。

跨界先要有"界"可跨。也就是说，要先知道自己的界在哪里，就是搞清楚自己的立足之本是什么，独特的价值和意义在哪里。中国传统文化讲"体用"，对公益而言，什么是"体"？什么又是"用"？还是那句话，公益组织如果不明确自己的"体"是什么，自己的独特价值和意义在哪里，谈跨界就没有意义，跨界更多是被别人牵着鼻子走，迷失在一群概念中，以为自己在搞创新。

马广志：基金会领袖既要知道政府哪里失效，又要了解企业哪里出了问题。

窦瑞刚：是这样的。只有这样，才能找到自己的独特价值和意义所在。如果听不懂政府在说什么，也不了解商业规律，谈什么跨界，不过是自娱自乐而已。

马广志：你怎么看基金会的保值增值现状？

窦瑞刚：目前因为投资环境和政策环境，大部分基金会都不敢轻易涉足投资领域，因此保值增值现状不容乐观。对于基金会来讲，保值增值是最核心、最重要的职能。西方的基金会这个概念起源于基金，即通常说的基金会本身就是一笔有意志的钱。这笔钱主要有两种属性：一是投资，让这笔钱不断增值，这是基金的属性；二是把钱花出去，进行资助，以实现钱的意志，即体现捐赠人和组织的价值观。从这个角度来看，中国现在实际上很少有欧美主流意义上的基金会，要么是公众筹款机构，许多也是社会服务机构。

近几年，伴随着现在越来越多的企业家和富人捐赠设立基金会，才开始出现类似于欧美的私人基金会，有一些基金会开始有了西方主流基金会的样子。如果中国的基金会不解决投资问题，我们不可能出现西方长期存在的持续百年以上的基金会，许多基金会一旦没有捐赠，你会很快死掉。西方这些长期存续的基金会，往往被称为"老钱"，是一股推动社会创新的稳定力量。

"分享爱、传递爱逐步成为年轻人的一种生活方式"

马广志：2008 年被称为中国公益元年，你认为当年的汶川大地震对中国公益有怎样的影响？

窦瑞刚：我对"公益元年"的说法，并不太认可。不可否认，这场灾难极大激发了全社会的慈善热情，包括基金会在内的很多公益机构雨后春笋般成立，目前最有影响力的一批基金会就是在那前后成立的。但"公益元年"的说法更多的一种媒体表述，我个人感觉，自 2008 年之后，公众对公益的关注和参与并没有什么本质的改观，反而是爆发出来的一些负面新闻直接影响了公众对公益的信心和参与度。

如果从腾讯公益的数据来看，以网友为代表的公众参与的角度来看，我倒觉得 2013 年是中国公益发展的一个重大转折点。2013 年之前，腾讯公益平台的筹款额很平均，每年大约在 1500 万元到 2000 万元，但 2013 年之后就进入了一个高速发展期。2013 年 1 月筹款额第一次突破 1 亿元，2014年 8 月达到 2 亿元，2015 年年初捐款额已达到 2.6 亿元。2016 年一年的捐款额超过 8.2 亿元，超过了 2016 年以前所有年度的总和，而 2017 年的捐款额超过 16 亿元，也超过了 2017 年之前年度筹款额的总和。自 2013 年以来，无论捐赠金额还是参与人数都发生了巨大的变化，公益真正地走进了以网友为代表的普通百姓的生活。这背后和微信和微信支付的崛起及普及有密切的关系。

马广志：作为一位历史见证者和参与者，你能不能总结一下：中国公益这 10 发生的最大变化是什么？推动这种变化的原因又是什么？

窦瑞刚：从我的角度来看，我认为最大的变化就是中国进入了一个移动社交公益时代，越来越多的普通民众参与到公益中来，他们的财富观开始逐渐发生变化，捐赠和分享正在成为他们生活的一个组成部分。推动这种变化的最重要的原因就是移动互联网时代的到来。

腾讯公益平台的 11 年探索，证明分享财富正逐步成为新的趋势。尤其是伴随着互联网成长的"85 后""90 后"，他们的消费观和购物观不同于老一辈人，是更乐意分享、更乐意捐赠的一代。越来越多的公募基金会和公益组织利用腾讯基金会搭建的平台，与公众进行连接和交流，分享爱、传递爱和温暖。

马广志：腾讯"99 公益日"的发起让这种连接和交流达到了一个高峰，但感觉许多公益组织更关注筹款额。

窦瑞刚：资源约束是所有组织都面临的问题，钱永远是不够的。筹款也一定会是公益组织的重心，钱多了确实能办更多的事儿，但更关键的是不要忘记我们的使命和价值观，我们为什么出发的初心。

我想，腾讯"99公益日"的意义是腾讯用"创益"的形式，通过这样一个特殊的网络公益狂欢节，让公益组织去连接网友、动员网友一起传递爱、分享爱和温暖。很多人认为中国人缺少爱心，但是我们越来越深刻地意识到，其实中国人并不缺少爱心和善良，更多的时候，缺少一个表达爱心和善良的机会。腾讯"99公益日"给公益组织及亿万网友创造了这样一个场景和机会，我们看到它正把中国人内在的爱心和善良激发出来，并通过线上和线下的互动，形成与社会的良心互动，让爱的涟漪层层传递出去，最终温暖你我。

腾讯"99公益日"参与人次和捐赠额不断增长的背后，我想也体现了"互联网＋公益"让每一个网友都有可能成为一个项目的发起者、捐款者、志愿者、义务筹款员和传播官这样一个多元参与的角色，实现了公益和公众的良心互动，带来人们对公益信任的重构。

马广志：人才缺乏一直是制约中国公益发展的瓶颈之一。很多人呼吁要建设公益人才生态。你认为解决公益人才缺乏的出路何在？

窦瑞刚：前面说了，资源约束是所有组织都面临的问题，人才是核心资源。就是在美国，公益组织也面临着人才缺乏问题。我记得我访问夏威夷时，曾经问过副州长一个问题，你们做公益面临的最大的挑战是什么？他说是人才缺乏！他说公益从业者既要懂得政府是如何运作的，又要了解商业运作的规律，所以他们去从事商业会成为企业家，去政府会成为一个优秀的官员，这样的人才肯定很缺乏。从薪酬角度来看，欧美国公益组织的薪酬竞争力也是低于政府和企业的，"打折"的那部分来源于公益组织从业人员内心的满足感，即会认为比在政府和商业企业工作，能为社会提供更多的价值和意义。

公益行业人才的长远发展要考虑的是如何推动人才合理有序、双向流动，而现在从商业、政府流入公益行业的很少，反之就更少。这些年中国公益行业一批有影响力的公益人大都是从政府或企业流动来的。随着社会和经济的发展，我相信会有越来越多的人在重新思考生命的价值和意义过程中选择从事公益行业。

马广志：现在人们越来越强调秘书长对基金会的作用，你认为一个合格的基金会秘书长应该是怎样的？

窦瑞刚：一方面，要一只脚踩在泥地里，深入所关注的领域，找准社会需求和自身能力的契合点。另一方面，要适当地抽身出来站在行业的角度来看公益的发展。既要埋头拉车，也要抬头看路。

马广志：如今，越来越多的年轻人走上秘书长岗位，作为老一代的基金会秘书长，如果给年轻人一些忠告和建议的话，你最想说的是什么？

窦瑞刚：不要人云亦云，要多思考，保持独立思辨能力；要保持好奇心，不断地学习；要记得"人生而自由"这句名言还有后半句——"但无往不在枷锁中"，所以要学会在资源及各种外部环境的约束、限制下，努力去解决问题，推动改变。就是要学会戴着镣铐跳舞，一方面要推动镣铐尽可能松一些，另一方面自己要努力在镣铐中把舞跳得更美。

马广志：对于企业基金会秘书长来说，一个重要工作是处理好与理事会或老板的关系。你在这方面有什么经验给年轻一代的秘书长以启迪？

窦瑞刚：我个人认为，无论中外，企业基金会都是企业承担社会责任的一个重要载体和工具。企业基金会要发展，很重要的一点就是整合和利用好企业资源，和发起企业建立一种良性的互动关系。很多人认为，企业基金会应该与企业完全独立，但举的那些案例都不是企业基金会，而是家族或个人基金。往往企业基金会的单一捐赠人就是企业，如何能够和企业完全切割开？企业基金会作为一个独立的非营利法人，按照慈善法及相关的法律法规独立运作，但和发起单位一定是良性的互动关系。企业是皮，基金会是毛，皮之不存毛将焉附？企业基金会如果片面地追求独立，很可能最后的结果就是死掉！万通公益基金会最后被迫去万通化，进行社会化重组就是一个值得思考的案例。

马广志：现在全国的社会组织近 70 万个，各种形态的各个领域的都有，有人称公益行业正在逐渐成为一个多元化的立体生态。你理想中的中国公益生态是怎样的？

窦瑞刚：我判断即使有，这个生态可能也还很低级、脆弱。当然，与 10 年前相比，确实有越来越多的公益组织出现在不同的领域，在摸索着前行。

值得注意的是，在中国很多社会组织，可能是假的社会组织，是在"公益搭台，经济唱戏"。比如说，许多教育机构、养老机构、民办医院法律上都是以民办非注册的，是非营利的社会组织，但最后他们或者公然上市，或者以各种方式变相分配利润。这会让公众怎么看社会组织、怎么看公益慈善？

现在甚至有一些公益领袖开出了一剂药方，叫"公益铺路、商业跟进，产业化扩展"，这让我想起了改革开放初期，许多地方政府提出"宗教搭台，经济唱戏"的路子，最终产生了佛教、道教等中国本土宗教的过分商业化，摧毁了民众对它们的信仰。

经济学中，有"劣币驱逐良币"的理论，如果不能正本清源，让恺撒的归恺撒，上帝的归上帝，最终毁掉的是公众对公益那点残存的信心和希望。

我想再次强调，中国当下最大的社会问题，是迅速的城市化摧毁了几千年形成的以血缘和地域为纽带的人际关系和信任机制。在市场大潮和商品交换横扫一切的情况下，在人际关系越来越沦为商品交换关系的当下，如何完成人与人关系的连接，信任的重建，才是公益相比商业及政府更有力量、更有价值和意义的地方。公益的力量在于用相对纯粹的爱、给予等人际情感，在彼此温暖，守望相助中，重建人与人之间的连接和信任！

相信未来的中国的公益生态，一定会逐步形成一个多元化的、扎根于社区、底层的，成为创新型社会治理中不可或缺的人际连接器和信任催化剂。但我想这个未来的公益愿景，就像毛泽东在中国革命处于低潮、许多人丧失信心的时候所说的，"立于高山之巅远看东方已见光芒四射喷薄欲出的一轮红日"，对于公益人，重要的不是看到了，而是保持初心，坚定前行的信心。

马广志：对于 2016 年《慈善法》的出台，你怎么看？很多人认为公益事业的春天来了。

窦瑞刚：立法肯定会推动公益事业的发展，虽然其中也有一些条款考虑的不够深入，但有总比没有好，没有一部法律一出台就是完善的。

这个"春天"可能更多的还是在人心中。春天是要播种要孕育的，在《慈善法》出台，以及新时代的"新矛盾"的需求下，公益组织尤其需要的是找准方向和定位，明确安身立命之处在哪儿，在当前这个大的历史变局中找到独特的价值和意义。否则，中国公益可能很难看到夏的灿烂和秋的丰硕。

马广志：你下一个 10 年的个人规划是怎样的？

窦瑞刚：还真没想过。我也没料到已经在公益圈待了 11 年之久。我毕业后所在的 IT 和互联网行业，都有一个特点，就是很难去预测未来，因为变化太快。我倾向于认为未来可能不是规划出来的。我们远远地眺望到一个若隐若现的未来，坚守初心，适应这个时代的变化，提升自己、尽力地去向这个未来迈进才是关键。

最近几年，我更关注社会组织和社会力量如何推动事业单位的改革，特别是在教育、养老等领域。事业单位是中国的独特组织，从其设立的目标来说是公益性的，提供公共服务和社会组织类似，但发展过程中，逐渐变成了更接近政府的官僚机构。

5 年前，我牵头主导推动了腾讯基金会对深圳福田区一所公立学校的教育改革的资助项目，创造了义务教育阶段公立学校改革的第三条道路——明德模式，在教育界引起了极大反响。这两年，我更关注中国及全球面临的老龄化挑战，我认为这是一个巨大的社会问题，但关注的社会组织还比较少。所以，我推动了深圳市老龄事业发展基金会的社会化重组，并以这个基金会为平台，去推动深圳市养老护理院这样一个新设立的公立养老机构的改革。

去年 10 月，深圳市养老护理院的事业单位改革方案已经被深圳市人民政府办公厅批复，目前正在筹备开业中，未来我们也会探索如何用互联网及科技的力量去应对老龄化挑战。

LIU ZHOU HONG

刘洲鸿：
整个社会的公益文化还远未形成

刘洲鸿，1993年就读于北京林业大学，1999年毕业于森林培育专业，获硕士学位。之后入中国青少年发展基金会工作，任助理总干事。2003年入香港中文大学攻读社会福利专业，获博士学位。2007年进入南都公益基金会，先后任项目经理、副秘书长、秘书长。2014—2016年，任浙江敦和慈善基金会秘书长。2016年7月开始担任林文镜慈善基金会秘书长。

采访时间：2018 年 1 月 13 日

采访地点：北京市华联万柳商场 costa coffee 店

"我被感动到了"

马广志：这 10 年间，你先后做过三家基金会的秘书长。

刘洲鸿：对。在南都公益基金会（下称"南都基金会"）工作的时间长一些，从帮着筹建到担任秘书长，前后工作近 8 年。2014 年去了浙江敦和慈善基金会（下称"敦和基金会"）任秘书长。2016 年又到了现在的林文镜慈善基金会（下称"林文镜基金会"）。

马广志：在很多人看来，北京资源多，发展空间更大，你却越走越远。这让我想起古代那些被贬的官员。

刘洲鸿：哈哈，我这是"自我放逐"。南都基金会定位为资助型基金会，项目面向全国，但我总觉得自己不太接地气，对草根组织及其面对的社会问题缺乏更加深入、更加深刻的理解。敦和基金会主要做文化项目，与公益所要承担的解决社会问题的使命也有点远。

马广志：这应该是公益行业的一个现象，不少人习惯了做管理者，但缺乏对于社会根本现实的关注、思考和参与。

刘洲鸿：其实我也没想那么多。感觉有这样一个机会到地方上去，我觉得应该抓住。再说，现在交通很方便，微信微博沟通也很容易。不是说到了地方，就"与世隔绝"了。

当然，之所以选择林文镜基金会，还是林文镜先生的事迹及其理念让我深受启发。我被感动到了。

马广志：你是什么时候接触到林文镜先生的？

刘洲鸿：2016 年 7 月，我刚离开敦和基金会，就有猎头找到我，让我任职林文镜基金会秘书长，那时距 6 月 17 日基金会成立还不到一个月。一般来说，这样的家族企业基金会，都会安排一个企业高管来做秘书长。但现在他们要找一个专职秘书长，这还是很难得的。

那时我正好在福州参加海峡公益慈善论坛，就抽时间去他们集团看了看。他们送给我两本书《他改变了家乡》和《他发现了江阴港》。读完这两本书，我马上做出了决定，上任林文镜基金会秘书长。

马广志：是什么打动了你？

刘洲鸿：林先生今年 90 岁，7 岁就跟家人下南洋，经过几十年的奋斗，成立了林氏集团，被称为"面粉大王""水泥大王"。中国改革开放前，他寄了超过 1 亿元回家乡支持经济发展，可 80 年代他回到老家福清，发现家乡的经济依然很落后，在福建 60 个县排 50 多名，随即改变思路，变"输血"为"造血"，开始投资办企业，引进人才，用林先生的话说就是，"要给家乡一部造血机器"。

林先生此举得到时任福州市委书记的习近平的大力支持。双方还签订了一个帮助家乡脱贫致富的五年计划，这恐怕是有史以来第一份个人与政府的签约。现在，福清的经济在福建 60 多个县已经排名前三位。

马广志：本地人带资金、资源解决本地的问题，林先生探索出了一条很好的公益扶贫模式。那种浓浓的家乡情怀是最大的动力。

刘洲鸿：说到这种家乡情怀，还有两个小故事。一是当年时任上海市委书记的江泽民，表示愿意拿出浦东 1 平方公里的土地给林文镜，请他在那里创办一个工业区，林先生谢绝了。

还有就是，时任国务院副总理的朱镕基，曾以每年给 500 万吨订单且持续递增的优惠，让林先生在长江沿岸建一个世界级的水泥厂，林先生又婉拒了，林先生说："福建老家更需要他。"朱镕基为此评价他为"福清主义者"。

我非常认同林文镜先生这种情系家乡的思想和做法，也是我选择林文镜慈善基金会最大的一个原因。

马广志：敦和基金会和林文镜基金会都属地方基金会，原来很寂寂无闻，直到你去了以后，才开始声名鹊起。除了你个人的影响力外，最关键的因素是什么？

刘洲鸿：我觉得还是基金会本身有这个实力吧，更重要的是，这两家基金会都定位为资助型基金会，所以会受到很多公益机构的"青睐"。这些草根组织生存不易，很需要资金和资源的支持。

"最头疼的是钱怎么花"

马广志：你毕业于北京林业大学，研究生读的也是森林培育专业。怎么会进入公益领域来？

刘洲鸿：1999 年我研究生毕业，本来是要去北京市朝阳区园林绿化局，派遣证都发了。结果上班时，却发现被改派到了中国青少年发展基金会（下称"青基会"）。

马广志：为什么？

刘洲鸿：那几年国内环境问题恶化得厉害，1998 年的大洪水，1997—1999 年连续三年黄河断流。于是，在团中央指导下，中国青少年发展基金会设立了"保护母亲河——绿色希望工程"项目，我是作为植树造林方面的专业学生被引进去的。

在青基会，我任助理总干事，并协助总干事全面负责保护母亲河行动的运作与管理，还参与希望工程资源的动员工作。一待就是四年，直到2003 年我到香港中文大学攻读社会福利专业博士。

马广志：其实当时就抱定以后就要在公益领域有所作为的决心了。

刘洲鸿：基本是这样的。因为，我觉得既然已经在这个行业做了四年，也积累了一定的经验和资源。而且当时我还年轻，如果不出去学习提升的话，以后就更不会有动力和时间了。

马广志：毕业后就到了南都基金会？

刘洲鸿：2006年9月我回国探望徐永光老师，那时毕业论文还没写完。永光是我的老领导，我在青基会那几年他是秘书长，著名的希望工程就是他发起的，当时在业内已是赫赫有名了。

永光说他正在筹备南都基金会，还"忽悠"我说，非公募基金会代表第三部门的希望，因为资金有保障，相对独立自由。我就帮着去筹建，从基金会申请、制定制度到项目开发等工作，都需要专业人士去办。2007年5月，南都基金会批准成立，我就留下来工作了。当然，跟着永光我也很有信心，他很有思想，视野开阔。

马广志：当时你对非公募基金会是怎么认识的？

刘洲鸿：我很认同永光的判断。他是从体制内走出来的，知道公募基金会的局限。公募基金会要看政府的脸色，靠公众筹款生存的基金会则要受公众的影响。非公募基金会就不同了，独立性强，只要与出资人达成共识，不但能承担风险，也能做很多创新。

当然，非公募基金会最后能否发挥它的独特优势，真正地解决社会问题，那是另外一回事了。

马广志：但是，非公募基金会毕竟还是要受出资人理念的影响。南都基金会是如何保持这种独立性的？

刘洲鸿：基金会的发起人主要是徐永光和南都集团总裁周庆治，在筹建基金会之前他们就达成了高度共识。尤其是永光，他从中华慈善总会（离开青基会后，徐永光去了中华慈善总会当副会长）出来就是想做一个有资金、有项目，支持民间公益发展的基金会。周庆治完全同意。基金会一开始的价值观和文化已经是这样了。

马广志：在南都基金会遇到的最大挑战是什么？

刘洲鸿：最头疼的是钱怎么花，把钱投到什么地方，才能发挥它最大的价值，符合基金会的使命。2009年理事会成立战略规划小组，对基金会工作进行回顾，战略规划小组有一句话让我印象很深："有心栽花花不开，无心插柳柳成荫。"说的是我们此前大力资助的很多项目，效果不是很好，不能很好地支撑基金会的使命，而有些我们不是很重视的项目，效果却很好。后来理事会为基金会发展制定了很好的战略，秘书处根据战略规划开发和实施了银杏计划、景行计划等品牌项目，让基金会走上了更加清晰的发展道路。

"公益人才生态还没有形成"

马广志：你是 2012 年接任南都基金会秘书长的，当时启动了两个影响公益行业发展的项目：一个是"银杏伙伴计划"；另一个是"机构伙伴计划"。

刘洲鸿：是的。公益行业的发展问题归根结底是人的问题，人才进不来，机构能力就不够，项目就做的一般。比如说，现在全国有 6000 多家，从哪里找 6000 多个专业的基金会秘书长？这是很大的问题，没有专业的人，项目怎么开发？基金会怎么治理？

但这个行业又不同于企业，不是靠钱就能找来人，还得靠培育。银杏伙伴计划是支持人的发展，景行计划就是通过资助、支持行业内的支持性、引领性机构，使这些机构能够上一个台阶，帮助它们在行业和领域内做出影响力。

马广志：你还非常关注公益从业者的待遇问题。当年还发过一条"公益行业薪酬太低"的微博引发热议。

刘洲鸿：永光说过一句话，要让"正常人"来做公益。他的意思是说，做公益的都还不是"正常人"，一类是凭着公益理想和热情的社会精英，另一类是能力相对较低，无法进入政府、企业，不得已来做公益的人。

我理解他这样说是希望这个问题引起大家的关注，但人才问题确实是公益行业发展的首要问题，而人才缺乏最关键的还是钱的问题，有了钱不一定能招来人，但没有钱肯定招不来人。

马广志：你发微博的时间是在 2011 年，后来不管是在敦和基金会，还是林文镜基金会，你都在做这方面的努力。

刘洲鸿：人才跟资源关系是很大的，有资金才能请来人才，有了人才就能提升能力，有了能力就能获得资金。对于大多数公益组织而言，这个"环"现在是恶性的，而要让其变成良性的，就必须有资源介入，先要有钱。

南都公益基金会的"银杏伙伴计划"，敦和基金会的"种子基金"活水计划和公益优才计划，还有现在林文镜基金会的"榕树伙伴计划""束脩计划"，着力点都是在这方面。

马广志："榕树伙伴计划""束脩计划"也是着眼于公益人才的培养和成长。

刘洲鸿：榕树伙伴计划是"银杏伙伴计划"的福建版，也是定位在支持民间公益组织创始人，为福建培养未来的公益领袖。去年我们开展的《福建公益人才现状报告》显示，薪酬水平普遍偏低、运营管理能力不足、资源平台匮乏等是公益从业过程中遇到的主要问题。

我们还看到，很多公益组织从业者有参加学习、培训的需要，但是机构没有能力支持学习的费用，公众也不愿意捐这种费用。针对这种现状，我们发起了"束脩计划"。"束脩"出自《论语·述而篇》中的一句话："自行束脩以上，吾未尝无海焉。"意思是孔子开民间办学先河，有教无类，但要求学生初次见面时拿十条肉干作为学费。"束脩"本意是肉干，后来引申为学费。

顾名思义，"束脩计划"就是为福建公益从业者外出参与培训、会议、考察、参访等活动提供资金支持，助力公益人成长，推动福建公益事业发展。

马广志：过去一年里，"大地之子计划""榕树伙伴计划"等支持乡村带头人和公益领袖的人才培养计划陆续启动，成为林文镜基金会在福建的重要项目。

刘洲鸿：但是，培养、留住这些人才还需要包括政府、企业、高校和科研机构、媒体的广泛支持，为他们工作和生活提供更多方位、更宽领域的协助。

马广志：2015年我采访你时，你提到公益行业重要的是培养"公益人才生态"，现在来看，这个生态形成了吗？

刘洲鸿：北上广等城市要好一些，公益机构之前的人才流动要相对容易。但在二三线城市，情况还很糟糕，至少在福建现在还是一个很严重的问题，一方面，很多公益机构的薪酬待遇、专业能力、团队建设等各方面都相差很远，很难招到专业的人；另一方面，如果对一家机构不满意，想再找一个同类的工作很难，生态远未形成。这也是我之所以要发起"榕树伙伴计划""束脩计划"的原因。

其实，公益和所有专业领域一样，也需要职业化，通过市场的手段来吸引优秀人才，选用育留，才能更好地服务社会。当然，人才缺乏最关键的还是钱的问题，有了钱不一定能招来人，但没有钱肯定招不来人。

"一个没有方向的机构，怎么走都是错的"

马广志：依你的工作经验来看，怎么才能做一个合格的秘书长？

刘洲鸿：最重要的是要明确基金会的使命和愿景，当然前提是要清楚出资人的诉求，并达成共识。否则，做的效果再好，出资人不认同，也难以为继。做正确的事比正确地做事更重要。当然，秘书长也要有底线，不能沦为出资人的工具，进行钱权交易或以权谋私。

比如说，林文镜基金会是林先生后人创立的，他们一是想传承林文镜先生的爱国爱家乡的思想和精神。二是认为通过基金会可以把钱花得更有价值，同时对企业的品牌提升也更有帮助。在明白了这种诉求之后，我就知道怎么做了，包括制定使命愿景、组建团队和开展什么项目等，都要围绕着来做。

马广志：明确使命是基金会发展和壮大的根本。这让我想起德鲁克所说的那句话：在整个组织里建立起共同的愿景和理解，统一的方向，一致的步调，取决于对使命的界定，取决于明确使命究竟是什么。

刘洲鸿：是的。原来敦和基金会每年只花几百万，主要原因就在于机构的使命和方向没有明确，大家就会有点束手束脚。当时，敦和基金会的一些理事开玩笑地说，使命和愿景再不确定，就不捐款了。一个没有方向的机构，它就不知道往哪里走。后来基金会请中国人民大学康晓光教授进行了战略规划，通过战略规划解决了使命和愿景两个问题，敦和基金会的出资人很有情怀，很注重中华文化，基金会就把使命定位为"弘扬中华文化，促进人类和谐"。基金会的愿景同时确定了下来：宗法东方社会，聚焦文化领域。因为，大家觉得以中国传统文化为代表的东方智慧未来对人类的发展，可能比西方强调的竞争能更好地发挥作用。使命明确后，通过组建工作团队，基金会工作进展很快，支出也大幅增长至上亿元。

马广志：近几年，基金会秘书长多了一些年轻的面孔，且有英美留学背景。

刘洲鸿：这是好事，但秘书长还是太少了，现在全国有6000多家基金会，很多基金会都招不到合格的秘书长。而且还有个不好的现象，一些企业基金会随便找一位高管来管理，因为不专业很难做出成效来。毕竟，专业的事还得专业的人来做，公益与商业是两套不同的逻辑体系。

马广志：与此现象相对应的是，公益行业近两年的秘书长培训，甚至出国考察等现象也很普遍。

刘洲鸿：既然这些班都能办起来，就说明需求在那儿。很多秘书长也确实需要参加培训，提高自己的专业能力和水平，但关键是培训的质量要保证，能够学有所成，学有所用。

我自己的感觉是，更多的内容还需要在实践中去感悟。实践永远是锻炼才干最有效的途径，想通过培训班学习就能成为一个合格的秘书长，是行不通的。

马广志：如何避免成为走秀、做表面功夫的培训，出现形式主义？

刘洲鸿：一是以"束脩计划"为例，基金会只支持一半费用，每次上限5000元，其他需要机构配比或向社会众筹。二是学完之后要写心得体会，在群里跟大家分享。

做资助型基金会，一个很重要的能发挥价值的做法就是搭建平台，想办法带动更多资助方和资源方。"束脩计划"项目由五家基金会一起出资50万元，实际上能撬动100万元以上资金，可以支持几百人出去学习。

马广志：2014年在南都基金会时，你就认为，职业秘书长是可以流动的。还说："不仅可以流动，而且应该流动。"

刘洲鸿：哈哈，我说过吗？我觉得中国这样职业化的秘书长还是太少了，因为职业化才谈得上专业化。但关键是把公益当作一件事业去做。

表面看我步入公益是误打误撞，但现在想来也是历史使然。生态环境不恶化，不会有"保护母亲河"项目，我现在可能只是一个公务员。还有不少公益机构创始人进入公益都是"被动"的，比如四川"爱有戏"刘飞，也是因为在汶川大地震救援中做志愿者发现了自己的价值所在。

"公益生态要细分"

马广志：站在中国公益十年这个节点上，你如何看汶川大地震对中国公益的意义？

刘洲鸿：对国家民族而言，汶川地震是个大灾难；但对于公益行业来说，汶川地震又是一个机遇，起到了前所未有的促进作用。历史的这种两面性总是让人无奈。

当然，如果没有汶川地震，也会有其他类似的灾难来开启中国公益元年。现在公益行业的不少人，都是因为这场灾难而选择把公益作为一生的事业。

马广志：也催生了很多公益机构，一些基金会的业务甚至开始转型，比如南都基金会。

刘洲鸿：南都基金会的业务领域：一是关注中国转型期的重大社会问题，比如针对农民工子女做新公民计划；二是关注行业支持民间公益，比如推动成立非公募发展论坛。本来是没有救灾的。

地震发生后，永光看了一晚上的新闻，一直在思考一个问题，面对这样的天灾，民间组织应该作出什么样的反应才最有效？与著名节目主持人方宏进的沟通让他明确了自己的想法。第二天就确立了行动的方向：联合国内民间慈善组织，整合各民间组织参与抗震救灾行动的具体行动，让公众可以便捷地一览所有选择参与方式。然后发了一个《中国民间组织抗震救灾行动联合声明》，得到了168家民间组织的响应，是我跟赵冠军（现任《公益时报》总编辑）拟定的。

后来，理事会又决定拿出1000万元，用于资助民间公益组织利用其自身的专业技能开展救灾和灾后重建的公益服务项目。后来我们又牵头成立了"南都公益基金会5·12灾后重建资助项目办公室"。

马广志：几个举措下来，南都基金会在行业内声名大噪，"一举成名天下知"。

刘洲鸿：对南都基金会的知名度和影响力确实很有帮助。而且，从这个时候开始基金会视角也转换了，就是不把钱用到救援、盖房子、修路上，而是用来支持NGO人力和行政成本，因为救灾需要教育、环保、心理、志愿服务等各种组织，涉及面很广，南都基金会因此"一举成名天下知"。

马广志：今年是中国公益元年的10周年，回头来看，你认为这10年中国公益最根本的变化是什么？

刘洲鸿：有四个变化吧。一是进入公益领域的资源越来越多，比如仅非公募基金会就增长了近10倍，2008年年底仅有643家。而且，大额捐赠也呈几何级增长，比如曹德旺先生捐了价值38亿元股票，马化腾也捐了约140亿元，马云、蔡崇信的捐赠则高达245亿元。

二是资助型基金会越来越多。比例可能变化不大，但数量上有了很大改观。与操作型基金会相比，资助型慈善基金会效率更高，更加透明、公正、可持续，对公益行业的推动作用更大。

三是捐赠资源分布的变化。一方面，2008年年后的那几年，资源问题一直是影响草根组织发展的主要因素，随着中国经济的发展和政府境外组织的限制，"洋奶"逐年减少；另一方面，本就有限的公益捐款绝大部分被政府拿走，导致"母乳"供给不足，民间公益组织生存困难。依据2010年的数据来看，中国各类捐款共871亿元，到草根组织的不到1%，政府、红会和基金会接受了其中的95%。

"郭美美事件"后，随着科技公益的发展，再加上公募资格的放开，草根组织获得的资源已今非昔比。这应该是一个非常明显的变化。

四是相关政策为公益事业发展释放了很大的发展空间。包括创新社会治理、精准扶贫的提出，到《慈善法》出台，公益的政策环境大大改善了。

马广志：这些变化的背后，其实也是我国三十多年经济的高速发展。毕竟，公益是市场经济走到一定程度的时候才形成的。

刘洲鸿：从长远来看，我国公益事业会取得更大的发展。但是具体到草根组织，现实还是很"骨感"的。首先，虽然政府购买服务的项目和费用越来越多，但草根组织能拿到手的还很少。其次，在对社会组织免税的具体操作中，有偏重官办社会组织的倾向，民间草根组织很难获得相关免税，《慈善法》要求的慈善组织认定及获取公募资格更是很难落实。我在福州这一年是深有体会。

马广志：看来要构建健康公益产业链，还有很长的路要走，包括政策环境、基金会转型及草根组织能力提升等方方面面的问题。

刘洲鸿：所以，我们要进一步呼吁，公益生态要细分，不同类型的公益机构要分工。我在不久前的一次发言中就提到，基金会是发动机，社会服务机构是转化器，基金会的资金最终要服务到社会，还要靠社会服务机构来转化。只有草根组织这类贴近基层、深入一线执行项目、直接向受益人提供服务的慈善发展起来了，捐赠者的爱心才能更好地"落地"，我国公益事业才能取得更大的发展。

"核心竞争力是基金会稳定发展的可持续性优势"

马广志：你说过，捐钱的人不少，真正把公益作为职业的人很少。大家都是一种做志愿者的心态，缺乏专业的机构。为什么会这样？

刘洲鸿：主要原因我觉得还是社会对公益的误解，认为做公益的人不能领工资，没有工资就很难专职了，所以很多人就只好作为志愿者参与公益。公益事业要发展，必须要有更多的专业的、职业的公益人，因此我在做基金会资金预算时，会安排一部分资金用来支持行业的发展，包括人才的培养、政策的推动、支持机构、机构发展的经费、管理的经费。

另外，我也想对捐赠人说，大家希望把钱都花在孩子、老人等受益人身上的同时，也要考虑公益人的生存和发展，因为只有有了这些公益人，才能把捐款花好，受助者才能得到更好的帮助。

马广志：其实，我国并不缺乏民间捐款，而是公众在这个问题上还存在很大的认识偏差，总认为做公益就必须要无偿的。令人不解的是，一些公益机构的负责人也在谈什么"零成本"。

刘洲鸿：人们应该认识到，公益组织其实是捐款人的代理人，其使命是为捐款人实现他们的公益目标。既然是这样，那么就应该给代理人一定的劳动报偿。假如认识不到这一点，那么人们捐助再多的金钱、物资也无法真正实现捐赠者的目的，无法达到他们的主观愿望想达到的目标。做公益远不是拉上几个捐款人为项目埋单那么简单的事情。

马广志：为了破解这个问题，在敦和基金会时你曾发起"敦和种子基金计划"。

刘洲鸿：是的。捐赠人的这种认知既不利于基金会把项目做得更好，也限制了它们的可持续发展。"敦和种子基金计划"就是要给一些优秀的、高速发展的中小型基金会一个不动本金基金作为种子，通过投资理财、钱生钱的方式，使它们获得一笔稳定的资金来源。

种子基金的目标是每年8%的投资理财收益，这些收益可以被用来弥补基金会管理经费的不足、人员工资的不足，甚至有一些可以用来激励员工。这样基金会就可以更有效地解决社会问题并实现可持续发展。

其实，我们最主要的还是希望引起社会对这个问题的关注，要让基金会能够吸引人才、留住人才、做得更好，而不是存活不下去或者无法做大。进一步说，基金会究竟列支多少成本合适，应该实事求是，让捐赠人用脚来投票，而不是人为地规定管理经费的比例。

马广志：你如何评价一家基金会的发展战略？南都基金会、敦和基金会和林文镜基金会三家基金会都有什么不同？

刘洲鸿：南都基金会的理事会很强，成员都很有思想和社会情怀，他们认为只有政府、企业和NPO三条腿都很强壮，社会才会稳定。他们对通过NPO推动社会发展有高度共识。思想上有共识，行动上才能有共振。这批人对社会问题的洞见和方向把握是其他基金会所不具备的，有钱也不一定能做到。

敦和基金会的最大核心竞争力是它的投资理财能力，让基金会在整个资源财力方面有了可持续的保障。据此我们设计了"敦和种子基金计划"这个项目，为每家基金会捐赠300万元的种子基金，种子基金为不动本基金会，通过投资理财，目标收入为8%，相当于每家基金会每年有24万元的资金收入，这些资金主要用于机构人员工资、管理费用，这样基金会就可以更有效地解决社会问题并实现可持续发展。这个项目对敦和基金会的品牌贡献非常大。

林文镜基金会的核心竞争力，应该是背靠融侨集团，有6000多名员工，在全国十几个城市还有100多个小区，几十万业主。怎样发挥这个优势，把这些资源跟公益嫁接起来，是我正在努力做的。主要是让"大地之子计划"和"理想社区计划"两个项目结合起来，让员工和业主通过购买

"大地之子"的农产品，购买即公益，实现城乡互助，达到双赢。

林先生的影响力是基金会另一个核心竞争力，这是我们需要进一步挖掘的。

马广志：这种核心竞争力是其他基金会无法模仿的，也是确保基金会稳定发展的可持续性优势。但关键还是要确定具体公益项目并对此项目进行有效管理。你在一次演讲中提到，不能停留在捐款捐物的传统慈善，而要讲究科学慈善，要看到捐钱的效果，而不是只看到捐钱的支票。

刘洲鸿：所谓科学慈善：一是从经济的角度来看，公益也要讲社会投资回报率，也应该关注自身创造价值的能力，关注自己的工作效率，关注自己的投入产出比。

二是从专业来讲，对慈善的成效进行科学评估，采取更加有效的方法。比如说扶贫，给钱是一种方式，通过产业扶贫赋能是另一种方式；前者可能造成他等、靠、要的思想，而后者可以让他主动地富裕起来。洛克菲勒说，如果给人的帮助是不能助人自立的话，那这个钱是有毒的。他很主张慈善的方式，就是这个意思。

"整个社会的公益文化还远未形成"

马广志：梳理中国公益这 10 年的发展，一个不可回避的事件就是"郭美美事件"，你如何看其对中国公益事业的影响？

刘洲鸿："郭美美事件"对公益事业的破坏是很大的，引发了红十字会的信任危机，红十字会系统社会捐款额急剧减少，影响可能到现在还未消除。都说"一荣俱荣，一损俱损"，对公益机构而言，一荣可能没法荣，但一损则整个行业都会受连累。

这次事件也给整个公益慈善行业的公信力建设敲响了警钟，公众原本逐渐提升的公益参与热情因此而一度降低到"冰"点。但是，"郭美美事件"在某种程度上也有促进作用，迫使红十字会和各公益组织重视信息公开和透明度建设，反思并改变监管缺位、信息缺乏、法律缺失的现状。

马广志：2016 年《慈善法》的出台，不少乐观人士称中国公益进入"依法治善"时代。

刘洲鸿：《慈善法》在一定程度上促进了社会对于慈善事业的关注：一是慈善信托具有更加明确的落地办法，推动了慈善信托的发展；二是管理费用概念的明确，解决了困扰慈善组织管理费用比例的问题。

然而，有关社会组织配套制度滞后，影响了社会组织登记注册；慈善组织的税收优惠政策没有得到很好的落实；慈善信托没有税收优惠；慈善行业能力建设没有受到重视。期望政府尽快出台促进社会组织发展的登记、注册、税收优惠、能力建设等相关政策。

马广志：目前，公益行业已不满足于"自说自话"，"跨界"于是成为公益热词。你怎么看跨界在公益事业发展进程中的意义？

刘洲鸿：跨界是一个趋势，不可阻挡。比如，林文镜基金会的"大地之子"项目，就是立足于跨界融合支持，全方位提升入选者推动乡村发展的能力、知识和技能。它在传播、营销、融资、农业技术等方面就需要媒体、商界、金融及农业专家的支持。基金会作为一家公益机构，只是搭建平台，能够融合各方面的资源。单靠基金会本身，是做不了这个项目的。

马广志：在最近的一次演讲中，你提到，面对公益行业的机遇与挑战，公益机构不能只做资金的搬运工，应该有智慧。但我国更多的公益机构好像还是在做"二传手"的工作。

刘洲鸿：是的。很多草根组织在专业性、透明度、治理及创新性方面能力偏弱，专业性不足，所以还停留在浅层传统慈善。如何专业地真正地帮助到受益者，这些机构还需要成长。

马广志：这种浅层传统慈善还表现出这样一个现象，越是悲情公益和眼泪公益，捐款的人越多，很多人还停留在感性捐赠阶段。

刘洲鸿：这可能是一个社会整体进步的问题。公众公益理念的培养，不是一朝一夕能完成的，需要持久的引导。我在一些场合分享时，很多人都不相信公益机构，不认为通过公益组织能够更好地发挥资金的效果；而且，很多人也不理解公益也需要管理费，需要发工资，需要吃喝，觉得做公益就得"奉献"。

这也足以说明，我们整个社会的公益文化还远未形成。2016年盖洛普市场调查公司在全球140个国家和地区做公众慈善参与程度的调查，就三个问题：你上一个礼拜是否捐过款、是否做过志愿者、是否帮助过陌生人，最后得出来的指数，中国排在倒数第一。互联网公益日的捐款大多也是在朋友圈里捐来捐去的，没有更多地扩展到外部。这对公益事业的发展是一个很大的挑战。

所以，对公益行业来说，传播一定要走出去，不能只在业内传播，还要考虑怎样去影响公众，转变他们的公益理念。

马广志：对中国公益的未来走向你怎么看？

刘洲鸿：长期来看是比较乐观的。第一，经济社会转型期的社会问题和社会需求很多，这是机遇。第二，随着经济越来越发达，越来越多的资源将会进入到公益领域。第三，政府也在逐年加大购买服务。

最重要的是，中国公益通过10年的发展和积淀，无论是公益组织还是社会公众，对公益的认知已经发生了很大的变化，专业化和理念都今非昔比，这都让中国公益在未来或者说下一个十年的跨越式发展成为可能。

马广志：下一个10年，你个人有什么规划？

刘洲鸿：还没有，现在想的就是怎样把林文镜基金会做好，在既定的战略规划和使命愿景下，把"大地之子计划""榕树伙伴计划""理想社区计划"打造成有影响力的品牌项目。

PENG XIANG

彭翔:
基金会秘书长应该是个"杂家"

彭翔,安利(中国)企业社会责任总监和安利公益基金会理事长兼秘书长。曾就职于中华环境保护基金会等多家公益组织,在企业社会责任及公益领域有丰富的经验。曾当选第一届中国公益年会"年度公益人物",并荣获 2018 年度中国臻善责任官。

采访时间：2018 年 1 月 5 日

采访地点：安利公益基金会会议室（北京市东方广场 E1 座）

"'中华绿色版图工程'开启我的公益人生"

马广志：你原来在国内贸易部（现在商务部前身）工作，是什么机缘使得你的兴趣转移到了公益领域？

彭翔：可能是我本人的性格使然，喜欢一个不确定、有挑战的事情。在政府机构工作了接近 5 年后，我选择离开，去尝试一些新机会。做什么呢？离开的时候没想好，但是很快，一个创意，用现在时髦的话来说，让我开始了我的一段"公益创业"的旅程。1999 年，加入中华环境保护基金会，共同开展一个公益项目——中华绿色版图工程。

马广志：为什么会去中华环境保护基金会？当时对公益是怎样一种认识？

彭翔：1999 年，我国北方的很多地方沙尘暴特别严重。当时我就想，能不能做一张"中华绿色版图"，把沙漠化地区、森林覆盖区等都标注在这张地图上，直观地告诉大家绿化及环保的重要性。

其实，我不太知道公益是什么，只是觉得沙尘暴那么厉害，总要做点什么。因为个人做事不太容易，需要与合适的机构或组织进行合作。之后我就带着策划和设计的"中华绿色版图工程"项目进入中华环境保护基金会工作，做了大约 5 年。

马广志：这个活动是在人民大会堂启动的，规格很高，很多媒体都做了报道。当时人民网上的一篇报道称，"这是 21 世纪中华民族的一件大事，也是发动全国人民积极投入环境保护活动的重大举措"。评价甚高。

彭翔：是的。全国人大环境与资源保护委员会主任曲格平、国家环境保护总局副局长王玉庆等都参加了启动仪式。在中华环境保护基金会的办公楼里，就挂着一幅"中华绿色版图"，是曲格平亲手制作的。后来，这个项目还被环保部带到了联合国气候大会，在中国展区最中间位置展示。这也是首张反映我国生态现状的环保教育地图，通过环保系统下发到全国一万多个中小学开展环保教育。

马广志：活动过程中有困难吗？

彭翔：当然有。1999 年启动"中华绿色版图工程"项目时，去找资助企业谈的时候，大家基本上不太明白你想做什么，也就很难支持到你。那段时间项目运作很困难。后来是三菱汽车给了 200 万元资助，相对而言，当时外资企业的环保理念还是比较超前的。

马广志：那时人们的环保意识和公益理念还很差。后来的情况好些吗？

彭翔：情况逐步好转。2003 年年后，公众的环保意识就开始有了很大的提升。很多老百姓开始关注环境问题，一些企业也开始倡导履行企业社会责任。在这种情况下，"中华绿色版图工程"项目开始得到更多公众和企业的支持和参与。项目很顺利地就做起来了。

马广志：你是这个项目的直接策划设计者。当时睁眼关注环保关注公益的人还不多，这个项目对你一定很有震动吧？

彭翔：可以说，它开启了我投身公益的人生历程，直到 2008 年加入安利到现在。

马广志：听得出来，在你的心里，做公益是快乐的，收获很多。

彭翔：做公益真的是让人很开心的事儿。一些企业家朋友与我聊天，说我比较简单、直接。我告诉他们，这就是我们公益人的特色，没有商业或职场中的利益纷争，每天接触到的都是正能量的充满阳光的人和事，大部分时间都处于被别人感激和感谢的氛围中，在得到了那么多的感激和感谢时，一个人的心里怎么会不快乐呢？

马广志：从事公益对你个人及家庭的生活有什么影响？你是否支持孩

子以后也从事公益事业？

彭翔：我女儿已经上大学了，她特别喜欢做公益，参加过很多公益活动。可能是受我的影响吧，她不是特别追求所谓传统意义上的成功，而是希望多一点人生体验。她经常跟我说："妈妈，你的工作太有意思了！每天都是在接触不同的人，做不同的事，很有趣。"

我有一个观点，就是不要把自己的意志强加给别人。如果你想让孩子成为什么，那你自己就成为什么。什么样的教育理念，也不如"言传身教"。

"公众对于企业社会责任技术含量不够尊重"

马广志：进入安利公司后主要做什么？

彭翔：正好那一年安利重新组建企业社会责任部门，我们一批人就进来了。2008 年以前被称为公益组，还是比较传统的慈善模式。CSR 部门组建后，我开始带领团队作出第一本安利的企业社会责任报告，并开始搭建 CSR 的体系与架构。当然，其中我主要负责的项目方向还是怎样通过公益活动树立企业的环保形象，包括设计与管理公益项目，以及项目怎样为品牌服务等。

马广志：之前在中华环境保护基金会的积累就学有所得了。

彭翔：在中华环境保护基金会的 5 年时间，我学到了很多东西，对我影响至深，包括知道了什么是基金会、如何管理基金会、怎样做一个项目，以及怎样筹资等概念。

2011 年，安利公益基金会成立后，我学到的知识就都有用武之地了。而且，因为我在企业待的时间比较长，明白企业的诉求，很多管理企业的方法也能用到基金会建设上。

马广志：汶川大地震发生时，你在做什么？

彭翔：地震发生时，我跟同事们正在这里开会。等反应过来，大家就都跑到楼下了，当时我国还没有地震灾害应急响应机制，直到2012年国务院才发布了《国家地震应急预案》。

马广志：地震发生后，企业社会责任部门第一时间采取了哪些措施？

彭翔：我是4月1日加入安利公司的。5·12地震也是我面临的第一个需要应对的大事件。

在确定是四川汶川发生了7.8级大地震后，我们第一时间就召开了闭门会。然后决定由安利中国总裁向美国总部汇报地震情况，请总部给予一个特批。安利全球为及时有效救助严重自然灾害，特别制定了一个"红皮书灾害响应计划"，根据灾区所急所需，及时调整援助方式，并提供财力、物力、人力等全方位支援。

很快，1000万元人民币就到账了，我们捐到了中国红十字会。后来加上员工及营销人员的捐款，达2000多万元。玉树地震和雅安地震发生后，安利公司都进行了相应捐赠。

马广志：举国悲痛的危难时刻，正是有了像安利这样的慷慨解囊、雪中送炭的众多企业，汶川的新生才多了一份新生的希望。

彭翔：捐款后，我们就开始做一些监测，每天都做一份抗震救灾简报，包括各个企业捐款、当地分公司介入、媒体报道等各个方面的情况，一直持续到6月中旬。

马广志：汶川大地震给我们带来的好处就是唤醒、激发了包括企业、社会组织在内的无数人的公益热情。

彭翔：这从每天汇总的抗震救灾简报中就可以看出来，每次的捐款人和机构的名单特别长，感觉各种抗震救灾的力量都汇聚起来了，"有人出人，有力出力，有钱出钱，有车出车，有物资出物资"，真正让人感觉到了"一方有难，八方支援"的热烈氛围。

马广志：汶川地震成为中国慈善捐赠的一次"总动员"。但当时也出现了一场名为"铁公鸡排行榜"的纷争，一些没有及时捐款的外企遭到网络舆论的强烈抨击，它们的产品也遭到了消费者的抵制。

彭翔：实际上，所有在华捐赠项目都需要一级一级地向总部报批，程序比较多，数目达到一定额度，还需要董事会开会决定。而且，很多跨国公司在慈善捐赠时更注重企业战略的执行。

"铁公鸡排行榜"其实彰显的是儒家文化中重义轻利的价值观念。但与此同时，中国公益领域的专家学者开始思考公众的慈善观念和价值取向，社会上开始出现"公益不能靠逼捐"的声音。这算是一个进步。

马广志：在这场企业的形象危机上，万科王石也成为公众炮轰焦点，被称为"王十""王十块"，一是因为企业只捐了200万元；二是企业规定，每次募捐普通员工的捐款以10元为限。后来，王石通过媒体向网民道歉。

彭翔：无论捐10元，还是捐1亿，其背后表达的善意是一致的，不应该被道德舆论所绑架。这种质疑其实也是中国人个体意识的一种觉醒，需要多元化的表达。

再者，企业慈善捐赠更多的是一个文化、制度积淀的结果，需要时间去引导和促进。我个人认为，企业社会责任的排名标准不应是你捐了多少钱，而是你的贡献让某个社会问题有了什么程度的改观。就是到现在，公众对于企业社会责任技术含量的尊重还是不够的。

"中国公益元年"不是偶然

马广志：中国公益事业的蓬勃发展正是发轫于2008年这场巨大的灾难，因此被称为"中国公益元年"。回头来看，你认为这是一个偶然还是必然？

彭翔：这决不是偶然的。这是个人觉醒、政府政策推动及传媒力量共同作用的结果。在这之前，整个社会其实已经将慈善视为一种风尚，公众也接受了社会组织服务社会的功能，从政策推动到互联网发展，都奠定了一种基础。

所以，2008年只是一个爆发点而已，中国公益元年即使不在那一年，也会在未来的两三年内出现。

马广志：这之后就是2011年成立安利公益基金会，当时也是外企首家在民政部注册的非公募基金会，受人瞩目。

彭翔：安利公益基金会成立有一定的偶然因素。在2010年的一个公益活动上，时任民政部副部长的姜力建议我们说，安利这么大一个公司，应该有一个自己的基金会。一是相对于企业CSR来讲，成立企业基金会会比单纯的捐款行为更有技术含量，更能解决社会问题。并且，从整个行业角度来看，企业基金会数量的增多，对提升整个行业工作效率和管理水平都有非常积极的意义。当时，企业基金会这种形态还没有引起公益从业者的重视。

马广志：当时从申请到注册登记还顺利吗？

彭翔：从2010年开始筹备，到第二年2月底拿到执照，前后经历了差不多5个月的时间。因为有姜力部长的支持，加之提前解决了注册过程中可能遇到的问题，材料准备得比较充分，所以并未用多长时间。

马广志：你是首任秘书长？

彭翔：匡冀南是首任秘书长，我是第二年8月开始任秘书长。基金会成立后，我负责项目部，做各方面的协调工作。

马广志：安利公益基金会今天已成为企业基金会里的佼佼者。在你的带领下，安利公益基金会屡获殊荣，包括荣获"中华慈善奖"及民政部4A级基金会认证等。从个人角度来讲，你成功的核心因素是什么？

彭翔：学习，持续的学习。我是比较有危机感的，一直奉行的准则也是"人无远虑，必有近忧"。就像下象棋一样，当你看不到第二步和第三步的时候，第一步一定做不好。做眼前的事情，真的不是考验功力，考验功力的是能否看到第二步，甚至是第三步。看不清的时候，就会很迷茫。

马广志：安利公益基金会可以看作中国企业基金会成长和发展的一个历史缩影，同时可作为其他企业基金会成长的一个标杆。如果说安利公益基金会也有其他基金会成长所需要的优秀基因的话，你认为这个基因应该有哪些因素？

彭翔：第一，要先找到最想做的事，即使命和目标要明确。不能说谁给我钱，我就做什么。

第二，要找到区别于他人的特色。大家只有记得住你，你才会有第二次跟别人合作的机会。比如，安利公益基金会成立以来，一直专注于儿童营养公益领域，当有人想去做儿童健康教育或儿童营养知识项目的时候，就可能会想到与安利公益基金会合作。

第三，是要制定长期发展规划。钱从哪儿来，这些钱又怎么能帮助项目更好地可持续性地发展。

第四，项目管理要有效，管理和监督好资金。当然，还包括信息公开、品牌建设、公信力建设等。

"透明度不是核心竞争力"

马广志：核心竞争力是针对营利性企业提出的观点，但从这一概念本身所具有的哲学基础及其对普遍规律的体现，应该也同样适用于基金会这一形式。安利公益基金会的核心竞争力是什么？

彭翔：最重要的首先是基金会资金来源有保证。安利集团承诺集团全年销售额千分之一固定捐赠给安利基金会，这么多年无论生意好坏一直在坚持，这一点特别不容易。我们还有 20 多万的营销人员，对基金会也是不遗余力地支持。每年光这部分捐款就达几百万元到一千万元不等。这些源源不断的资金保证了我们能够按照自己的意愿去做事。

其次，我们是以管理企业的方式来管理基金会的。基金会成立不久，就确定了这样的一个理念：经营基金会就像经营一个公司，实施一个项目就像推广一个产品，要考虑这个产品怎样才能让公众买单，让他们成为回头客。公益也需要商业的思维和理念。

所以，基金会一定要关心"效率"这个问题，就是钱是否真的花的有价值，一元钱的投入能产生多少元的产出，并且这个价值能很好地呈现出来，给捐赠人一个交代。

马广志：其实，最核心的还是在清晰的使命下，制订出一套以成果为导向的战略计划。如此，基金会才能真正把有限的资源用到产生成果的地方。

彭翔：所以，我在安利基金会这些年，最痛苦的一件事就是每年都要做一份三年战略规划，包括计划要开展的项目及资金需求，划分清晰的任务分工，确定完成任务和目标的时间范围，要设定评估效果的标准，等等。

但这样的战略规划对基金会的成长来说，是很有价值的，它指导整个实施的过程，是管理的有效工具。

马广志：在这方面，"现代管理学之父"彼得·德鲁克也说过，"必须对非营利基金会的行动做出规划。行动是根据使命进行规划的，如果不从使命出发来计划行动，非营利基金会将无法取得成功"。

彭翔：是的。根据战略规划，我们会设置相应的 KPI 指标，筹款指标，项目影响力指标，还有成本控制指标，awareness 指标，等等。

马广志：有效公益的核心，就是受助人的改变，以及提高资金的使用率。达成这些目标，做好项目的评估很重要。

彭翔：对每个项目，我们都制定了三级评估体系，直接评估、间接评估和投入产出比。以"春苗营养计划"为例。直接评估包括学校、老师和家长的满意度，以及厨房使用率等；间接评估是学生在吃了一年的营养午餐后的身体指标变化，包括身高、体重、血红蛋白、患病率、消瘦率及智商优良比率 6 个纬度；投入产出比是一个经济学概念，就是看投入一元钱所产生的价值，是效率评估。

"春苗营养计划"项目从实施第二年就量身定制了这套评估模型，评估涵盖项目运转、各方满意度、营养教育开展情况及学生营养改善等多个维度。

运用专业化的评估工具，项目组对春苗项目的社会成效进行了货币化测算，估算出春苗项目公益投资回报率为79%，这也意味着安利公益基金会在这个项目中每1元的投入，至少产生了相当于1.79元的社会价值。

通过三年的实践，这个项目探索出一条改善农村贫困地区儿童营养状况的有效路径，得到政府和行业认可，被业界称为"春苗模式"。

马广志：没有评估就没有效率。徐永光说过一句话，说"慈善资源的无效使用是最不道德的"，这样的机构并不少见。

彭翔：是的，看见人家付出爱心拿出来的钱被无效地使用，感觉特别心疼。

还有一点，就是我们捐方服务系统做得相当好，类似于商业企业里的消费者管理中心，这套系统可以高效及时地向捐赠人反馈资金使用情况和项目进展情况。

安利公益基金会的微信服务号设有数字化管理平台，爱心人士在平台捐款的那一刻起，捐款人就知道钱到哪儿了，同时还会收到项目实施的相关照片和动态。捐赠人生日时，这个平台还会推送一个由受助孩子唱歌、跳舞的生日祝福小视频。而且，一旦捐赠人的捐款达到以整数，平台还会自动生成一封电子版的表扬信，推送给捐赠人。这都是很好的公益体验。

捐赠只是一次公益行为的开始，如何让捐赠人一同见证每一份善款带来的美好改变，才是我们尤为 care 的事。

马广志：有句话说得好，"任何不筹人的筹款都是费工夫"。若想建立深一层的好感，激发多次捐赠与大额捐赠，就需多一点体贴与心思，创造不一样的公益体验。也就是说，只有用心把"人"维护住，才有足够的可持续性。

彭翔：这也证明了一点，专业的事情需要用专业的态度来做。我不觉得公益是一个人人皆可为的事儿，它是一门技术活儿，仅靠一腔热情是完全不够的。

所以，我们一路走到今天能小有所成，而且不被大家诟病，原因就在于我们专业度的不断完善吧。

马广志：透明度不是核心竞争力吗？安利公益基金会曾三度荣获"慈善透明卓越组织"。

彭翔：透明度可能在中国这种公益组织还处于比较萌芽的初级阶段能成为核心竞争力，在国际上，透明度如果有问题，直接 pass 掉了。换句话说，透明度不是核心竞争力，而是基金会生存的起码要求。

"基金会秘书长应该是'杂家'"

马广志：包括你在内的第一代基金秘书长有很多人做的很成功，他们身上有很多优秀品质值得新一代秘书长去学习借鉴。如果给新生代秘书长一些忠告和建议的话，你最想对他们说什么？

彭翔：保持广泛的兴趣。基金会秘书长应该是个"杂家"，既要了解经济社会的发展情况，也要洞悉人性的善恶，还要了解最新的科技手段，等等。既需要有专业的真才实学，也要有较为渊博的学识。只有足够多的认知才有可能推动一个社会问题解决方案的诞生。

新生代的基金会秘书长要感性和理性兼备，公益事业起于感性，成于理性。除了要保有一腔热情外，更要不断地培养自己的综合能力，保持一颗好奇心，做一个"学习型秘书长"。

马广志：这确实是个挑战，毕竟现在有些人连专业都做不到。

彭翔：我给公益的角色定位是 consultant（顾问）。一个社会问题就是一个客户需求，要解决这个需求，没有多方面的知识储备，是给不出一个好的解决方案的。一个明显的例子就是，商业上一些已经很成熟的做法，还被公益人认为是"新事物"。公益行业只能说还很初级。

我个人一直觉得，公益行业急需跨界，向外发展，让更多的人知道公益是怎么回事。另外，公益行业也需要外部的一些优秀人才，其实，在公益行业做得好的人，在任何行业都不会差。但公益行业要做出成就，需要很多的专业知识做支撑。

马广志：公益行业除了跨界不足外，不专业也是很大的一个问题，专业又需要人才的进入。所以，现在有一种声音，说是公益圈急需职业经理人。

彭翔：我不太想做职业经理人，一些职业经理人不停地在"转会"，有可能是用自己的经验来帮助新的基金会成长。但我认为要有新的发展和突破，还是要做深。什么叫创新，不是拍脑袋想出来的创意，而是在积累到一定程度后的爆发。所以，在其位应该真正花时间想一想，未来到底应该怎么办。

马广志：这需要很多有情怀的商业精英进来，你本身就是从商业转身而来的。

彭翔：对。但进来的商业精英也要面临很大的挑战，公益行业工作一段时间后，工资待遇和个人发展都会很快达到"天花板"。更重要的是，公益行业不像在商业企业那样，有很多的东西可以复制。而公益行业要想走得快一点，只能"摸着石头过河"。所以，突破圈子，让大家能够沟通、流动起来，应该是一个能够努力的方向。

马广志：你和安利公益基金会其实也在做这种努力。你如何看待自己在中国公益这十年中所扮演的角色？

彭翔：充其量我算是个陪伴者吧。安利公益基金会则有一种推动者的角色在里面，比如说我们曾联合中民慈善捐助信息中心发起"中国公益慈善人才培养计划"，为公益行业培养了一批中坚力量，被誉为公益慈善行业的"创新工厂"。遗憾的是，这个项目后来没有坚持下去。

"公益改良者的角色还不到位"

马广志：这十年，中国慈善事业发生了巨大的变化，作为一位历史的见证者和参与者，你认为这 10 年中国公益最大的或者最根本的变化是什么？

彭翔：公益原来是一个奢侈品，现在是必需品了。1999 年，我刚进入公益圈时，跟别人谈公益，基本上大家不知道你在说什么。但是在今天，你若不谈点公益，不做点公益，都不好意思出门见人了。这是一个巨大的飞跃。

马广志：我记得经济学家朱锡庆在谈到中国 30 年经济发展时说，这个社会的真正变化，是知识总量的大幅增加和知识普及程度的大幅提高，是知识的巨大进步推动着财富增长和社会繁荣。其实公益也是如此，是公众对公益的认知发生了翻天覆地的变化。

彭翔：是的，互联网的发展更加速了这种认知，让每个人都更容易地参与公益。当然，这也与政府政策的推动，经济社会文化的发展有很大的关系。按马斯洛理论分析的人性，当社会财富积累到一定程度，自然会有一些溢出到公益领域。公益圈这个盘子肯定会越来越大。

马广志：但现在社会整个的公益氛围还很不够。

彭翔：肯定是不够，我一直说"公益很难上头条"，很多人不觉得公益是件大事儿。

马广志：公益还远未形成一个行业。

彭翔：我不觉得公益成为一个行业很重要。公益的最高境界应该就像空气和水一样无处不在，或者说是，没人把它当成生命中最主要的事情，但它永远是最重要的事情。

我的理想是什么呢？公益不是说要捐助一个项目，或帮助弱势人群，而是真正地融入生活，遇到一个即将跌倒的老人能扶一把，看见有违公德的行为上前制止。孟子说："今人乍见孺子将入于井，皆有怵惕恻隐之心。"公益就是要激发人的这种善念，让它在人性中不断地得到彰显，这是公益最终的价值。

马广志：那现在的公益生态，距你的理想应该还有很长的路要走。

彭翔：对安利公益基金会而言，如何可持续发展是我目前面临的最大困惑和挑战。我理想中，公益机构应该具备自我造血能力，而不能仅靠不断地筹款和募捐来生存。现在都在提慈善信托，但这不是一般基金会能玩得起的。社会企业也是一种不错的方式。

公益资源是有限的，如何让这些资源发挥最大效益，才是最根本的。公益组织如果仅是个"二传手"的话，其价值做不到最大化。我认为，钱筹集来后，能够通过某种方式实现倍增，从而持续地产出，尽可能多地帮助需要帮助的人。这才是一个公益组织最大价值的体现，也是未来需要发展和尝试的方向。

马广志：著名学者资中筠先生说过：公益对渐进改良有积极作用。您如何看待和评价公益对于中国改革乃至在现代化进程中的作用？

彭翔：就目前来看，公益在现代化进程中所起的作用还不是太大。在经济和社会的转型中，矛盾会比较多，我与很多人聊天，发现很多人心里都有一种怨气，对生活的满意度很低。尤其是社会阶层的固化，普通人缺少上升通道，好像精英永远是精英，草根永远是草根。没有社会阶层的流动性，人们会觉得生活没有希望。而公益机构的介入，就能够化解一些不公平，或者至少给大家一种温暖和希望。

现在中国还是大政府小社会，公益组织还不完全独立，有时候慈善资源的流动性效率不高，也不能流动到社会底层那些最需要帮助的人身上，公益应该发挥出温和改良者的角色，但这个作用现在还发挥得不是很大。

"公益绝不是立竿见影那么简单"

马广志：近年来，徐永光都是屡次谈及公益 GDP 被严重低估的问题。他认为公益对经济的贡献率没有现在数据反映的那么惨，所谓只占 GDP 的千分之一且逐年缩水，属于冤案，应该平反。

彭翔：就目前来看，公益的投入大多来自企业的捐赠，怎么会算进GDP呢？重复计算？即使可以衡量，我也不觉得公益对中国经济发展的贡献已经大到可以衡量的地步，太小了。

但要说公益对未来经济的影响，这个是会有的。比如，安利公益基金会现在通过对乡村儿童实施营养补充和教育，等这批孩子成年以后，无疑会成为更高素质的劳动力服务社会，其所创造的价值会更高。

马广志：公益讲"授人以渔"而不是"授人以鱼"，说的也是需要坚持和长远的眼光。

彭翔：是这样的。公益绝不是立竿见影那么简单，其本身就是在不断的实践中完善和提升，因为它要造福和惠及的不是眼前，而是由于我们的付出，让子孙后代受益。

这跟政府和商业的诉求是完全不一样的，做商业谁能等得了20年后才有回报？公益要耐得住寂寞，一定要有更长远的发展眼光和持续的投入。

马广志：但仅就目前来看，很多公益机构普遍存在把活动当项目，把产出当成果的现象。因为正常来讲，一个规范性的公益项目要具备5个量化指标，包括受益人数要量化、实施时间和范围要量化、资金的投入和使用要量化、项目目标（成果）要量化、项目评估指标要量化。但很多机构都做得很不到位。

彭翔：一是与专业化程度有关，二是与中国社会大环境有关，你不觉得中国人都很浮躁吗？静下心来认认真真花时间去做一件事情的人越来越少了。公益行业自然不能免俗，投身公益的人有很多可能没有认真思考过未来想要什么。

去年我去德国访问，感触特别深。德国的基金会都在做很大的事儿，都是从文化和理念层面去推动社会甚至人类的发展和改变，是从根子上着力的。而我国绝大部分基金会还停留在救助层面。

马广志：这也正是想问的，中国公益10年间确实取得了很大的成就，但在很多方面，无论在医疗、健康，还是教育上，依然感觉不到有所改观。

我没有任何否定公益发展成就的意思，但这好像是一个问题。

我在《中国基金会的"新时代"使命》一文里也提出，一些基金会负责人需要做的是，绝不能再满足于只是扶危济困的社会救助，或者只是向一些机构简单地撒拨资金。而是需要从根本上思考如何推动全球的社会创新和社会变革而使社会更健康地运行。

彭翔：是的。从这个层面上讲，中国基金会离伟大还有一段距离。陶传进老师不止一次跟我说，"安利公益基金会有这么大的资金，应该做点更大的事儿"。我只能说，在现实面前，我现在只能这样做。

马广志：未来，安利公益基金会有无可能只是做资助型基金会？

彭翔：没必要把资助型基金会和运营型基金会分得那么清。基金会分为资助型和操作型是一个学术问题，作学术研究是有价值的，但对于我们这些做项目实操的人来讲，并不是最重要的。

安利公益基金会做不了纯资助型基金会，如安利现在有二十多万的营销人员，他们要参与公益项目，我们就不可能只做资助型项目。这是我面临的现实挑战。

"《慈善法》规定得太细了"

马广志：随着 2016 年《慈善法》的出台，很多人都说公益的春天来了。在公益未来的发展中，你觉得公益需要避免的问题是什么？

彭翔：不把公益行业特殊化吧。现在大家都在谈人才短缺，不就是两个原因：一是钱没给够；二是发展的平台和机会不多。

什么平均工资不能超过当地平均收入的两倍，公募慈善组织的管理费用不能超过 10%，甚至秘书长年薪超过百万也会因此"嘘"声一片。这是反人性的，也是违背市场规律的。这些"价格管制"都制约了公益组织和捐款人的自主权，显然会影响公益行业的发展壮大。

马广志：中国经济取得巨大的成就在于市场经济的建立，而市场经济的建立首要就在于打破了价格管制，促进了各生产要素的自由流动。公益也需要打破这种"价格管制"。

彭翔：《慈善法》规定得太细了。该管的要管，不该管的就不要管，否则大家就"用脚投票"了。

马广志：你觉得在中国下一个 10 年，这些情况会改观吗？

彭翔：不好说！一是法律已经出台了；二是公益行业的发声人还很少。发声少就不会有碰撞和撕裂，没有碰撞和撕裂，公益就不会前行。历史总是在争议中前行的，公益也一样。

马广志：这让我想起 2011 年的"郭美美事件"，受其影响，公众对慈善捐款机构的信任严重受损，但也让中国公益在阳光公益的轨道前行了一大步。

彭翔："郭美美事件"对公益行业的伤害蛮大的，但总体来看是利大于弊的。2008 年汶川大地震，突然唤醒了国人的公益热情，在那种天灾面前，个人要是不做点什么，都觉得对不起自己。"郭美美事件"的确有负面影响，但也是从那时候开始，大家才开始深度理解公益，开始关注公益是什么，慈善是什么，公益原来还要讲透明度和公信力。各种透明度排行榜出炉，公信力建设指标体系也都引进，整个行业的建设开始进步。

马广志：除了"郭美美事件"、《慈善法》出台，这十年中国公益史上还出现很多影响深远的事件，比如深圳罗尔事件、腾讯"99公益日"、"两光"之争、小朋友画廊等。你认为哪个事件对公益未来产生的影响会更大？

彭翔：这个不好断言。但更值得思考的是，这些事件为什么最后都走向了一个偏负面的结局？公益本是一个彰显人性美好的行业，但为什么影响中国慈善事业都是负面的内容呢？这值得大家深思。

从另一个角度讲，应该让公众认识到公益从业者也是普通的人，让公益行业回归到它正常的一个状态，用真正的有效率的职业素养标准要求公益从业者，而不是道德绑架他们。

马广志：近年来，中国公益出现了一群主张向西方学习先进公益慈善方法和经验的公益人，你怎么看？

彭翔：学习很有必要，中国公益还处于发展初期，西方一些成熟的经验和做法仍然值得借鉴。但也要认识到，对西方发展经验的生搬硬套会出现"橘生淮北则为枳"的问题。

马广志：在安利公益基金会这些年，你觉得有没有一些特别遗憾的地方？

彭翔：遗憾还是挺多的。最大的遗憾就是"千人培养计划"没有进行下去，对行业的推动没有延续。另外，就是我们走得还不够快，在公益领域发挥的价值还不够。

马广志：最后请你分享一下，你下一个 10 年的个人规划。

彭翔：安利公益基金会的使命之一就是汇聚多方力量，帮助贫困儿童获得更好的生活、教育和发展机会，为他们的未来创造无限可能。我想，我的未来 10 年还将与这个使命紧紧绑在一起，深耕儿童营养健康领域，给我们的孩子们一个获得全面健康成长的机会。

叶正猛：新湖公益的"左"与"右"

叶正猛，浙江温州人，生于 1958 年 12 月，本科学历，高级经济师。现为浙江新湖慈善基金会秘书长。曾任共青团温州市委书记，洞头县委副书记、县长、书记，温州市委副秘书长，温州市政府副秘书长、办公室主任，浙江新湖集团股份有限公司总裁、监事长。

访谈时间：2020 年 6 月 22 日

访谈地点：线上

"拿自己的钱给别人办事，并且把事情办好"

马广志：在近日发布的第十七届（2020）中国慈善榜上，新湖基金会荣获"年度慈善榜样"称号，对一家成立仅两年多的新基金会而言，这很令人瞩目。

叶正猛：新湖基金会虽然只有两年时间，但新湖公益持续的时间已经很长了。与其他企业做公益相比，新湖公益是有些不同的。我曾经说，有两条其他企业可能难以做到。

第一，新湖公司刚成立，就开始做公益，一般来说，企业刚成立还缺钱，而新湖集团成立时就相当有钱。在新湖基金会成立两周年之际，我们发了一篇《新湖公益，25 年足迹》文章，梳理了一下 25 年来新湖公益足迹，加上今年新湖公益抗疫，新湖公益足迹几乎遍及中国内地各省（直辖市、自治区），并延伸到了香港。浙商博物馆内新湖展示的主题是"首批参与公益事业的浙江民企"。

第二，新湖集团的"老板"、实际控制人黄伟，亲自担任新湖基金会理事长、法定代表人。这在别的企业很难，因为法律规定，基金会法定代表人不得同时担任其他组织的法定代表人。

所以说，基金会获得业内关注和表彰，也基于此前多年积累的经验。新湖基金会是很"新"，但新湖公益很"老"。而且，老板很看重公益，新湖方方面面就很容易形成"慈善共识"，做公益很顺手，力度很大，执行力也很强。

马广志：新湖基金会是 2018 年成立的，能否谈谈当时的背景。

叶正猛：2018 年，中国扶贫攻坚战进入关键阶段。2017 年 4 月，新湖集团旗下的上市公司新湖中宝发布公告，未来三年（2017—2019 年）为精准扶贫和慈善事业支出1亿元，与此同时，集团和旗下其他公司也都加大力度，参与扶贫。在这种情况下，集团"火速"成立了新湖基金会，要求整合资源做好扶贫公益项目，要站在扶贫攻坚的前沿。

马广志：基金会的发展战略是怎样的？新湖基金会的核心竞争力是什么？

叶正猛：在基金会领域，我们还是新兵，还有很大差距。新湖公益多年来已经做的事儿，有媒体概括为四个板块——赈灾济困的"新湖速度"、扶智助学的"新湖计划"、脱贫攻坚的"新湖实验"、公益创新的"新湖样本"，这些方面要接续做好，同时要不断开拓。

新湖集团发展势头很好，今后慈善公益投入会继续扩大，基金会要主要承担，目标是做一个有作为的、合作型的基金会，既不是纯资助型，也不是纯运作型。我们一定要力求高效，力求创新，不断打造基金会的活力。

马广志：您说过，创新是公益项目规划的"要诀"。创新对基金会来说，意味着什么？新湖基金会在创新方面有哪些探索？

叶正猛：新湖公益一是求高效；二是求创新。所谓求高效，就是追求效率、效能、效果。对于非公募慈善基金会来说，其使命就是"拿自己的钱给别人办事，并且把事情办好。""事情"就是公益慈善，"事情"之下的关键字是三个——"办""钱""好"。"办"，就是公益慈善要讲求效率，就是在同等时间完成更多工作，同等工作用更短时间；"钱"，就是求效能，在发挥作用的前提下节省有限的资金资源，用同样的钱做更多的事。"好"，就是求效果，就是要取得公益慈善的成果。而提高公益慈善的效率、效果、效能的最好办法就是创新。

但是，不是为"创新"而创新，而是为了切合实际，因应形势，把事做好，做出实效。可以说，创新是动力，创新是活力，创新推动我们去追求公益的高效。那次论坛（注：指2019年12月8日第五届全国品质公益论坛）我一口气讲了新湖公益创新有八个方面——公益新模式的助推、公益新理念的实操、公益新项目的争先、公益新工具的创制、公益新效能的再造、公益新方法的尝试、公益新关系的创建、公益新领域的涉足。呵，也算大胆尝试吧。好多是基金会成立之前已经在做的。

马广志：新湖基金会在资助型基金的角色上的发展有什么规划？

叶正猛：资助型基金会的价值是以资助促进公益生态发展。我们是间接地推动了中国基金会资助型运作模式的。中华儿慈会是业内公认的成熟的资助型基金会。2009 年，儿慈会成立时，第一笔也是他们迄今最大的单笔捐款 5 千万元就来自新湖。因为这笔捐款，新湖邀请徐永光一起参与儿慈会战略规划设计。一开始定位就十分鲜明——做一个民间性、资助型的基金会，便"开了全国性公募基金会先河"。为此，徐永光给予很高评论："新湖出资的创新杠杆作用，由此可见。"借此说明，我们非常认同资助型基金会。我们自己可能要做综合型的基金会，当然少不了"资助"，按照徐永光当年的策划不断探究。

"做公益要很平等、很平和、很平实"

马广志：看您的履历，先是从政，后来中断仕途下海，任企业高管，这对您现在从事公益工作什么影响和帮助？

叶正猛：公益工作的业务性很强，需要不断学习。但有道是"功夫在诗外"，我过去的每一个经历，对我现在从事公益事业都有影响和帮助。人的一生，经历过都是积累，努力过都是财富。

我是在恢复高考那一年考入大学的，之前做过代课老师。参加工作四十多年来，教书、治学、从政、经商，现在又专职做公益，经历还算丰富。我当过老师，后来又在师范学校就读，新湖公益的很大一块业务是与教育相关的，大学、中学、幼儿园及社会教育等都有涉及，这样做起来就相对熟悉、顺手；共青团工作（注：叶正猛曾于 1984—1988 年任共青团温州市委副书记、书记）是很基础的社会工作、群团工作，与基金会工作路数有相通之处；后来又走上党政岗位，那段经历应该说锻炼、培育了我的综合能力，也积累对做公益有用的经验。例如，公益界都在讲"授人以渔"，我当过渔业县的县长、县委书记，最有资格讲这话题，哈哈，虽然是一个比喻，但在扶贫、发展产业还是有实操意义，所以，我写了篇《慈善公益如何"授人以渔"——一个老渔业县长的思考》；企业的经历，其思维、方法、经验，都对公益的运作和创新有很好的借鉴作用，在企业我也一直兼管公益慈善。

过往的经历多可能都是"资本"，但由于年龄大了，一定要时刻提醒自己保持年轻的心态、活络的思维。

马广志：怎么看待您个人在新湖基金会发展中所发挥的作用？

叶正猛：对我个人来说，做公益有一个最大优势，就是我与中国公益的领军人物徐永光相识35年了，共青团改革（注：80年代，时任共青团中央组织部部长的徐永光曾提出一些非常超前的改革设想）我追随他，公益慈善我也追随他。徐永光为新湖公益出谋划策、操心操力。俗话所说的"三分靠天命，七分靠打拼"还不够，郭德纲说还有一分，靠贵人相助！后来李小云老师（中国农业大学文科讲席教授）、卢迈老师（中国发展研究基金会副理事长、中国发展高层论坛秘书长）对基金会的发展指导帮助都不少！

马广志：您既是新湖基金会的秘书长，同时还担任集团的副董事长，两个工作之间如何平衡？您更喜欢哪种角色？

叶正猛：不是，我原来是新湖集团总裁，后来是监事长，这几天也卸任了，基本算"退居二线"了。所以，新湖基金会秘书长一职对我来说，现在是专职工作了。套用《论语》"学而优则仕"，我是"'企'而优则'基'"——做企业有余力了做基金会（"学而优则仕"，好多人都理解错了，任何一本正规的《论语》注本解释都是——学习了还有余力，就去做官。优：同"悠"，有余力）。

如上所说，几十年来我还真是"干一行爱一行"，无论哪一种工作、职务，我都心怀敬畏，内心热爱，认真钻研，追求完美。在我的退休年龄到来时能转任基金会秘书长，真是令我欢喜，这将为我的职业生涯留下一段非常美好的时光。

马广志：公益是一个更讲奉献与付出的领域，您觉得做公益对一个人的价值观和人生观有什么影响？

叶正猛：首先，你要知道我是一个老人，呵，花甲老人。三观很早就形成，固定了。应该是反过来，我的价值观和人生观影响着我去做公益事业。做公益当然更要讲奉献、讲付出。我为公司为基金会做公益，我自己还不时地掺"私货"，自己再掏钱"搭边"做一些。这个三观是几十年形成的，我的党龄都40年了。

其次，我要表达的观点是，做公益要有情怀，如你所说，是一个奉献的领域，但不必太渲染情怀。新湖集团对慈善公益的认识是，"企业家做慈善是天然之事"。我最近随手翻了戴维·梭罗的《瓦尔登湖》，没想到这本书里边也讲慈善——"慈善事业差不多是备受人们推崇的唯一美德。不，他简直就是得到了过分的吹捧；而如此吹捧他的正是我们的自私。"做慈善公益，要保持一个好的心态，很平等、很平和、很平实，不然，自我拔高，动作会变形。

马广志：新湖基金会发展的这两年，您觉得有没有一些遗憾或者不满意的地方？

叶正猛："入行"了才知道，基金会的正规化、成熟化、透明化有不少"硬性"规定，我们做得很不够。今后，要不断规范，打实基础。

慈善公益资源配置影响行业发展

马广志：庚子之春，新型冠状病毒肺炎肆虐，极大地影响了社会的方方面面。新湖基金会在抗疫上有哪些举措？

叶正猛：我们在这次抗击疫情中，动作比较迅速，做了以下几个方面事儿：一是捐款捐物，主要是捐赠自己生产的提高免疫力的药物。二是较早提出提供我们的宾馆作隔离观察使用，媒体报道，这是我们"捐"出抗疫的思路。三是资助抗击新冠肺炎疫情的科研工作，把钱用在刀刃上，包括新湖投资的惠新医疗的团队争分夺秒研发体外循环光化学病毒灭活治疗设备；与中国医学科学院药物研究所达成合作，资助该研究所加快进行抗击新型冠状病毒肺炎药品研究开发；资助上海华山医院感染科主任张文宏团队抗击新型冠状病毒肺炎的科研；四是发起"看见春天　感谢有你"郁金香捐赠活动，向全国245个抗疫一线机构发起捐赠，送出70多万株郁金香。

我们做这些事儿，是经过考虑的。第一，根据我们企业的特色长处，力所能及地发挥点作用；第二，我们十分强调实效、到位，每一个行动都是事先联系好落实的渠道，决不做无用之功。

马广志：其实，不管是线下，还是线上，新冠肺炎疫情发生以来，各级各类慈善组织都做了大量工作。

叶正猛：这次抗击疫情，慈善公益组织发挥了很大的作用，我看到浙江这边许多基金会，在别人居家隔离时，他们仍在夜以继日地工作，可以说是"史无前例"地体现了公益组织的力量。当然，也出现了一些问题，武汉那边一些慈善组织还受到媒体和社会的诟病。

马广志：是的。这些慈善组织的服务能力和运作能力问题遭到质疑，民政部也说"有待改善和提高"。您觉得问题出在哪儿？怎么解决？

叶正猛：我认为，最基本的问题是慈善的需求和供给（包括资金、产品、服务）的衔接问题。我们搞经济，这属于资源的配置问题，这是经济学中最基本的问题，中国改革开放几十年主要也是解决这个问题。

现在看来，我们的慈善公益资源配置，既不是强大的"计划调节"，也没有灵活的"市场调节"，不管是供方、需方还是"中介"（借用市场经济的说法），都存在资源信息不对称、不匹配、不衔接、不流畅的情况，千变万化的慈善需求没有精准展现，千头万绪的慈善供给没有明确表达，千差万别的"中介"表现没有透明公示，千汇万状的对接渠道没有明白通达。

过去有过扶贫中一个山区小孩收到十来个爱心书包的案例，就是这个原因。这次，新冠肺炎疫情因为"突如其来"，情况可能更突出一些。新湖集团投资的趣链科技在抗疫中开发慈善捐赠溯源平台"善踪"，为此进行一番调研，存在的问题是"需求难发声、捐赠难到位、群众难相信"，我们称为慈善"三难"。

在国家经过几十年改革基本解决资源配置的根本途径问题、在互联网经济日新月异的今天，慈善公益的资源配置途径、方法、渠道需要加速探索、完善。我认为这个问题解决得好，你说的"一些慈善组织的服务能力和运作能力问题"，比较好解决一些，那时慈善组织若存在诸如此类问题，公益环节上各方可以"用脚投票"，但现在没有。

新湖公益的"左"与"右"

马广志：“公益市场化”是近些年公益圈一个持续争议的话题，社会企业模式得到了越来越多人的认可。公益事业的发展要不要借助市场的机制、市场的力量？

叶正猛：公益事业借助、运用市场的机制、手段，这是非常必要，也是非常可行的。公益运用市场机制也不只社会企业一种模式，还有社会影响力投资，等等。徐永光著作《公益向右商业向左》其副标题就是"社会企业与社会影响力投资"，他送给我的这书扉页写着："新湖是中国影响力投资的先驱。"他指的是书中提到的，新湖 2012 年与深德公益在天津共同创立"新湖·育公益创投基金"，这是中国第一支正式注册的影响力投资基金。这个基金也投资、资助了不少社会企业。

运用市场机制、手段，创新开展公益行动，还有很多文章可做。我举一个例子，"新湖期货"创新一种金融工具，叫"保险 + 期货"，参与扶贫帮扶。结合运用熟知的"保险"和专业的"期货"两种工具，打造出能服务一线农民的风险管理模式，化解农产品价格涨跌风险，帮助农民稳定收入。公司本身不花钱就把公益做了，而且很有成效。有诗赞曰："倾心公益金融创新，'保险＋期货'与精准扶贫牵手，魔术般实现农产品的'旱涝保收'"。

马广志：我们应该怎么理解和处理公益与市场的关系？

叶正猛：公益与市场关系是公益事业发展的一个重要关系，借用徐永光的话，是"左"与"右"的关系，更宏观的角度我也说不好，我阐述一下新湖公益的"左"与"右"。

我们做公益动机很纯，"财富共享才最有价值"，很"左"；方法很新，很敢于、善于运用市场手段，很"右"。2018年我们要出资7000万元，在云南实施新湖乡村幼儿园建设并怒江州幼儿园全覆盖计划，包括省领导在内的许多人都打了问号，新湖要在云南搞房地产还是图什么利益？没有，云南房地产不是我们的选项，现在7000万元快做完了，没有图任何企业的私利，掺企业的私货。

这里我想说，一方面，新湖公益非常纯洁，很"左"，当然这个"纯"，不是标榜自己崇高，而是指做公益不同企业生意挂钩，公益风帆下不搭载任何买卖，不借助慈善来做产品行销，不然，就俗了。公益同生意完全切割，企业是企业，公益是公益。另一方面，新湖公益非常求创新，很"右"，不断探索市场手段、市场机制推进公益计划、行动。这两个方面看似很矛盾，其实不矛盾，前者更纯洁，后者可以更大胆，更理直气壮。

马广志：善于用市场手段做公益，科技的角色很重要。公益发展如何依托区域链、5G、人工智能等高科技？

叶正猛：看来我们还是很赶"时髦"，你们这边去年年底，徐永光牵头启动了"公益链·时间银行"，我们投资的趣链科技公司（公司由给政治局上区块链课的陈纯教授担纲）在今年抗疫期间开发了"善踪"，已经开始运行。都是区块链，一个是"链"公益服务，一个是"链"公益资金、产品。我们的"善踪"期望为中国的慈善捐赠提供全链路可信、高效的解决方案。需求方拥有便捷的需求信息发布平台，捐赠方能够顺利完成物资精准捐赠，受捐方能及时收到捐赠物资，群众则能看见且相信捐赠的全流程，让每一笔捐赠都能落实，从而提升社会对慈善事业的信任度。

科技的发展运用能够促进中国公益生态的改善，公益人要做到"敏锐"，对科技发展要敏锐，对公益变化也要敏锐。及时关注、适应、投入。

非公募基金会慎提"去企业化"

马广志：与在企业相比，您认为基金会的工作有什么不同？

叶正猛：用不很严谨的通俗说法，一个挣钱，企业利润最大化是重要任务；一个是花钱。借你这个问题，我要说公益界不少人认为做公益很厉害，花钱比挣钱还难，这个不对。把公益做好，把公益的钱花好，花出成效，确实很不容易。但比起做企业，挣钱永远比花钱难。

当然，做过企业也不一定会做基金会的工作。我现在感觉，做基金会我还是新兵，第一要务，就是要抓紧学习，学习公益理论，学习别人的实务经验。

马广志：如您前边所说，新湖集团很早就开始在慈善公益上投入了。您认为企业做公益，与成立基金会做公益有什么区别？

叶正猛：我用两个词——"合作""运作"来概括。过去企业做公益主要是捐款，但多数也不是一捐了之，而是与其他公益组织合作。现在有了自己的基金会，自己要运作项目。过去合作同时有运作，现在运作同时有合作。成立基金会了，拉起组织了，就要把慈善公益做得更专心，做得更专业。

马广志：企业基金会与企业在法律上是两个截然不同的独立的法人机构，并不存在隶属关系。两者之间的"正确关系"如何处理？或者说，企业基金会如何做好"去企业化"？

叶正猛：不错，确实在法律上是两个截然不同的独立的法人机构。但也许我们基金会成熟度还不够高，我觉得不应该提"去企业化"。理由起码两条，第一，企业成立基金会的本意是为了承担起企业社会责任、慈善责任（通行的说法，企业社会责任有经济责任、法律责任、伦理责任和慈善责任，慈善责任是企业社会责任的最高形式），还是不能"去企业化"，也是不忘初心；第二，作为非公募基金会，其资金几乎都来自企业。而且，像新湖运行方法，不是完全企业捐出钱，基金会安排做项目。我们有的时候是基金会先筹划公益项目，再向企业"申请"资金，关系很密切。如果说"去企业化"，是指基金会运行同企业的生意分开、切割那是对的。

所以，两者关系，一是担当，基金会为主承担好企业慈善责任；二是依托，基金会背靠企业强大的资金支持；三是融合，基金会与新湖"财富共享"企业文化融会贯通；四是协调，为更好地推进慈善公益事业，两者有畅通的协调机制。要说明的是，新湖是实际控制人亲任基金会理事长，这可能是一种另类的模式，要继续探索研究。

马广志：秘书长对基金会的发展至关重要，您认为一个合格的基金会秘书长应该是怎样的？

叶正猛：我做公益确实时间不短，但秘书长一职，我还是新兵。给我几年时间，我一定以十倍的努力，做一个合格的基金会秘书长，并回答好这个问题。

马广志：对于新进入行业的年轻人，您有哪些忠告和建议？

叶正猛：哈，我不好为人师，如果一定提一个建议的话，我向做公益慈善的年轻朋友推荐一本书——《卢作孚箴言录》。第一，卢先生在兵荒马乱的年代竟然不可思议地创办了卓越一流的企业。第二，卢先生做了了不起的公益事业，特别是谱写了超越一般公益的中国版的敦刻尔克救亡曲。第三，有学者认为《卢作孚箴言录》是"中国人生的圣经"。我也作为公益人，在我心中，卢作孚先生可谓高山仰止！

马广志：最后，请分享一下您未来的个人规划。

叶正猛：想起陆游的一句诗："身为野老已无责，路有流民终动心。"我虽然已经过了退休年龄，十分乐意公司安排我从事专职的公益工作，我已不便做"未来"规划，但我在任期间，我一定会求高效，求创新，活力再续，倾心投入！

GUO LI

郭力：意识到自己有多渺小，才知道有多重要

郭力，2008 年留英期间开始研究和参与公益，回国后在中国残疾人联合会从事培训、就业、康复、减贫等工作，也发起和管理公募基金会、志愿者组织和社会企业；2015 年后在百度基金会任秘书长、理事长，管理资助项目，联动集团核心业务开展公益行动，兼任产品经理主持"百度公益"等互联网产品的设计开发和运营；2018 年赴广东省和的慈善基金会任战略顾问等职，负责社区、创投、艺术、健康与医院建设等领域业务开拓。

采访时间：2018 年 7 月 17 日

采访地点：线上

情怀需要"实战"，初心需要"变现"

马广志：你曾在剑桥大学商学院学习，没有去商业界发展，选择了从事公益，而且在体制内，这个跨度显得有点大，当时是怎样的考虑？

郭力：最初是发现有同学和邻居有残障不便，但有学业，有事业，也有生活。这与之前在国内的刻板印象相反，身边很少见得到他们。不过从人口来说中国有 8500 万残障人群，他们都去哪了？需要哪些帮助和服务？这是个很复杂并且很有意义的课题。

假如说一个人最宝贵的东西是时间，那么选择把时间花在有意义的事上最重要，那么角色、角度、单位、收入等相对来说就没那么重要。从小听这么个理儿，年轻迷茫时干脆这样试试。所以，我就从助残类的事情入了门，慢慢再学习拓宽一些。

而且，我看到的英国公益从业者都挺体面的，专业自信，成就感满满，专职帮助人竟然还能领不错的薪水，简直完美。想着国内经济发展飞快，公益慈善有天也会达到与大国崛起相称的水平。

这对个人而言会是个职业规划的好机会，一条很新的"赛道"。并且能做喜欢的事、能与一个行业一同成长已经足够幸运，所以就无所谓体制内外、商科理科，商业和公益也不对立，只要大方向有了，都殊途同归，过程都是攒"经验值"。

马广志：那前五年在残联主要做什么工作？

郭力：我是组织的一块砖，哪里需要哪里搬，做过文秘，做过人事，做过政策文件起草、公务人员的培训考试、社会机构的评估扶持，还到天津滨海新区做了两年社群社区的协调管理、残疾鉴定发证等，从教育就业和减贫救助的角度设计和执行一些项目是比较贯穿的内容。

马广志：锻炼挺全面的，重点培养的感觉，不过你还是把铁饭碗给砸了。

郭力：体制机制方面还是稍显活力不足吧，也不太符合职业规划，就果断变化。

马广志：很多公益人都喜欢谈情怀，谈初心，你却怎么总是谈职业规划？

郭力：也不矛盾。完全没点所谓的情怀可能我也坚持不下来。但我不觉得情怀还是现在职业化的公益从业人员的存在条件和话语体系，所以就没提。有一些大概更好，但也需要小心别被人或被自己用情怀"绑架"了。

另外老拿这事说事，没准还会耽误做事，倒不如有事说事，就事论事。尤其咱们行业还处在中国特色的初级阶段，现实层面可能更适合格外的务实点。

终究情怀是需要"实战"的，初心是需要"变现"的，想想说说恐怕还不够，干就完了。日常工作里我们先是一个个工程师、会计师、策划人、经理人等，先闷头把活干完，把工打好，化情怀为KPI，也许也能算一种不忘初心吧。

那么从打工做事的角度，就很值得把职业规划当一回事，成长多一些，职业上有进步，就有可能去做更多的事、协助更多的人。

多元化生态会让行业更具活力

马广志：你回国也近十年时间了，关注到国内公益行业哪些变化？

郭力：比如十年间民间机构在野蛮生长，个人也可既来之则安之，三教九流从四面八方汇合过来，大有作为的一番气势。

近两年更是越来越多人在谈规模、谈创新、谈资本、谈社企，想象维度在拓展，新的模式在奏效，各种理念激烈碰撞，黑猫白猫很多争吵，多元化的行业生态会吸引不一样的人和资源，能增加活力，促进行业主流化和所谓主体性的提高。

马广志：不过公益毕竟还是一个很小众的行业，一些公益人却往往把自己看得很高很重要，喜欢以自我为中心去思考行动。对于这种现象，你会怎么看？

郭力：常见但不正常吧。咱们确实挺容易掉进自我中心的，一开始我也挺想当然的。如果说我们是在帮助世界变得更好一点，那么就需要资源都来支持我们，大家也都会理解甚至夸奖我们？但细想下是好像哪里不对，因为不现实，不一定。

类似逻辑如果推到极端，就容易颠倒了起因和结果、目的和手段，恍惚了某件事上究竟是我们在提供协助和服务，还只是在索要人家的给予？甚至盲目为了做而做，还绑架别人来埋单。

稍微扯远点说，其实随手翻翻天文、历史之类的书本，就可以提醒到自己，一旦从时间空间的更大尺度看下来，很多事情都不再是原来的那件事情，有些问题也不再是大不了的问题。并且，人类文明本身就很短暂脆弱，公益慈善也从来没成为过人类文明的核心。所以，我们是解决一些问题的一个方式、一种尝试、一股力量，也仅此而已。

总之，能意识到自己有多渺小，才知道有多重要，也许有的事上真的挺重要，也许一点都不重要。

有这种感情基调，为的是去摸索我们的坐标和边界究竟在哪里，能力和局限在哪里，然后把眼前抓得住的、也许很简单的事尽力做好，就挺好了。当然承认了渺小，也不妨碍有人想要骄傲一下，比如还可以骄傲于我们的敏感或善意、勇敢或倔强，倒不是多么特殊或高尚吧。

马广志：那么中国公益的哪些发展趋势让你最为看重和期待？

郭力：就比如从业人员的职业化、专业化、市场化的进程。很多机构的分工和协作也越来越清晰和有序，人的能动性、流动性也在提升。

当然这趋势还需要继续推动，需要较早进入行业的人继续探路，为新人再多铺垫些环境，有尽量合理的待遇，有包容个人规划的空间，有赶超前辈的通道。大家可以欢呼着迎接后浪推前浪，不用一小群人在沙滩上堆城堡。

很期待更多有执行力有穿透力的、包括商业、学术、技术上的各路豪杰来"搅局"，行业会更有压力和动力，更有生产力和创造力。哪怕刺激到甚至淘汰掉我们现在一部分人，也没什么大不了的。最终人是各个行业发展的基础，有人才能有一切，缺人一切都会缺。

无论世界如何变，有些东西是不变的

马广志：你怎么看互联网技术对公益的影响？

郭力：技术用好了事半功倍，用不好南辕北辙。互联网和公益的互动越来越热，已经有了些泡沫，可能需要戒骄戒躁、慎独自立。

马广志：怎么理解"泡沫"和"慎独"？现在互联网公益发展得如火如荼，做公益的渠道日益多元，方式也日益多样。

郭力：互联网的贡献容易看到，不用我说。正因如此，有的问题更容易被发酵。而且，通常越是看上去欣欣向荣的景象，越要防微杜渐，小心崩溃。

比如一批互联网平台都投入巨大资源，相当于变相的大额捐赠，去帮助公益机构传播和筹款。但随着一些"价值网络"的固化，也催化了又一轮资源配置的两极分化，这个步调与行业发展阶段并不匹配，可能有些副作用。

同时无意间惯坏了一部分机构，习惯了向互联网平台要资源、要流量，然后粗犷变现的捷径，恨不得躺着数钱。也不深究用户转化情况怎么样，更顾不得沉下心把机构和业务运营得更好。很多功夫花在了包装和关系上，稍显急功近利了一点，怕是会出事的。

马广志：其实这也是我一直抨击的"唯筹款论"的一种表现，看来你也忧心忡忡，记得之前有次活动你还专门大篇幅阐述了互联网公益相关的很多隐患。

郭力：嗯，我做过公募，理解其中的心情，但这样下去容易丢了业务核心能力和实际动员能力。说点更敏感的吧，听说个别机构一旦筹款没达到预期，或者不如别家，第一反应就是抱怨一批网络平台不给力、不公正、不时髦、不土豪，跑去质问为什么不给自己更多资源、最多资源、更多最多的钱？倒不是说不该给平台提要求，机构和平台从来是一家人，不是阶级敌人，确认过眼神，然后需要步调大致一致的共同成熟，不然这路一起走不远。

马广志：这有赖于双方的理解和沟通。那未来技术对于公益行业会带来哪些影响和变化？

郭力：很多可能吧，眼下有些线索值得留意：比如互联网入口会更多元，可能在语音里，在视频里，在无人车里，在智能家居里，在 AR、VR 各种 R 里，等等。不管哪种先进入主流，用户和内容都不会被框在传统的网页或 APP 里。那时场景会更复杂，内容生产门槛会更高。谁准备好、适应好，就能抢占一些互联网入口，形成暂时的头部优势。

再比如，FinTech 和信用大数据，应该会为公益慈善开辟一些应用场景。咱们也研讨了好多年的各种金融工具，但目前没几家玩出了应有的效果收益，有点可惜。如果我们冲不破壁垒去渗透影响到其他领域，有的领域迟早会渗透颠覆进来。

当然技术越颠覆，公益慈善也许越被需要。经济社会的随之变化，会遗留下一些问题，又创造出一些问题，需要公益慈善更为敏感地去参与解决。比如，人工智能将代替掉多少工作岗位可能还不是最危险、最复杂的问题。在全新陌生的分配机制和文化背景下，社会形态和生存状态一定是健康和谐的吗？万一有时候不是，我们就有了新的任务和机会。

不过我自己平时琢磨最多的，反倒不是科技会怎么变化，社会文化会怎么变。很多变化不是我们这个行业、我们一般凡人能够把握的。也许更现实的一个追问是：在技术的推动颠覆下，无论世界如何变化，有没有哪些东西是不变的？哪些问题需求、哪些逻辑因果是至少往前一百年、往后十年都存在的？看准抓住这些不变，去应对千万般的改变，说不准也是一种方案。

别人去上班，我是去上学

马广志：你如何看待一个秘书长对于一个基金会的作用？

郭力：不同业务的机构、不同风格的人大概都不一样，笼统地说可能包括解决问题和承担责任吧。没完成的作业得及时补位，到处救火，所有问题都截止到我，哪怕也是无能为力。有事情没干好，负责挨骂认罚，压力也都截止到我，我化压力为教训，再去和团队研究改进，不好让做具体工作的同学畏手畏尾，但求无过。

马广志：除了作为秘书长，你也以产品经理的角色知名于公益圈了，本身有技术背景吗？

郭力：虽然之前做过些小产品，纯技术层面算是"小白"，因为暂时还写不了代码。本科有过编程的课，后悔学得渣，又扔下好多年，现在基本从头再来。别人去上班，我是去上学。眼下好在产品经理的分工是以设计和管理为主，不一定要直接编程。团队也有一批厉害的 RD 小哥哥，可以教我 JAVA 语言如何下笔优雅。成为技术大牛是个梦想，我会慢慢补课和积累。

马广志：不容易。你从加入百度基金会就开始做产品？工作任务和精力大致是怎么分配的？

郭力：也没有，我们首先是一家资助型基金会，看项目、找合作、捐资金、配资源，这些都是基本工作内容。第二年决定启动产品，好发挥自家优势，把资源盘活放大。于是我就增加了一项职责，在产品上投入很多精力，同时做两件事情。工作饱和度方面肯定经常透支，不过乐此不疲，因为能做产品对我来说是个超值大奖，可以在最好的技术环境里学门手艺。

马广志：那作为产品经理，你对自己的产品满意吗？

郭力：可能没有哪个产品经理会对自己的产品满意哈，不可能有最好，永远要更好。我们公益平台的基础平台上线一年，还在迭代优化中，这过程还需要几个月。另外，我们还和地图团队一起做了"小度农庄"，又一个新产品，鼓励绿色出行，通过积分可以兑换也可以捐赠阿拉善的节水灌溉"任小米"，挺好玩也挺实惠的，欢迎试试看。

需要说明一下的是，"百度公益"不是一个产品，而是一个产品套件，一个"三明治"样式的三层架构。基础平台在中间，是数据枢纽和支付通道层。上面一层是应用场景，拍卖义卖、运动赛事、社区活动三个应用子系统，对应公益机构的三种日常业务。下面一层打通搜索、地图、信息流等主流大产品，一面推内容，另一面拉流量，作为入口和出口。

我们想"一站式"地解决一系列需求，不光去筹款，技术上都能实现，但数据通道和运营机制的搭建需要花些时间。总之完整的功能暂时还没有呈现出来，去发挥集群效应，也没大规模地推广和运营。我们憋着劲，希望厚积薄发一下。一旦内容和流量都转起来，相信会很给力。

马广志：几家大的互联网公益平台的操盘手里，好像只有你是从公益界半路出家一步跨进产品圈的，这种经历有什么优势和短板吗？

郭力：短板肯定很多，像直接跳进大海里学游泳，没淹死已经是幸运了。从技术能力到管理效率，我一直在尽力摆脱新手水平。如果找点优势，可能相对容易去站在公益行业的视角去看待产品需求和设计，也愿意花成本去锁定比较复杂的痛点，而没那么多先入为主的、产品就该怎么做的思维定式，也不会先去计算一些运营指标。一般做商业产品很难这么洒脱。

马广志：这样做产品才会更符合行业需要，那目前产品开发中有什么困难吗？

郭力：最难大概是时间吧。整个过程留给我们的时间不多了。产品团队自己是有信心、有耐心打磨出一套建设性的好产品的，但不能奢望别人也有。人家不会管你是半年一年的新产品，属不属于同类，也必须跟五年十年的成熟产品去对标。所以，我们压力山大，在跟时间赛跑。

马广志：是否可以理解为你们做得还不够好？

郭力：一款新产品多少会有个孕育成熟的过程，像个孩子出生和长大，不会一口吃成个胖子。我怕的其实是还没等到我们把产品做完、做好，就自动地或被动地不得不去纠结，去折腾，打乱了规划，到最后也理不清是非曲直了，原本可以有的效果已无从谈起。一款产品想成功很难，败掉就是分分钟的事，一两个决定的事。所以，我们很珍惜，尽力排除干扰，坚定冷静。

马广志：据了解你们每年也有几千万的项目支出，但外人看来，资助方面却非常陌生。

郭力：我们没有公开征集项目，基本是主动挖掘策划，项目多半是三五年中长期的，等积累相当一些进展之后，会考虑是否做些传播。你知道当我们作为平台，为第三方的项目做传播时是很拼的，愿意调集百万千万级的流量去广而告之。但是轮到说自家项目时，我们有意地保守低调点，把事情扎实做好更重要。

做公益的人多少要有点创业精神

马广志：那从迈入公益行业至今，你个人有什么困惑和遗憾吗？

郭力：那肯定很多了，能看透并且做透的事是少数。大概我这年纪，困惑也是主旋律。比如，随着我的工作内容逐渐偏资助、偏技术、偏平台，和直接受众的接触变少了，这对我来说是个挺大问题，怕自己会不接地气、人气，不能够去体会那些情境和需求。所以，我去做些一线项目的志愿者，也参加了滇西北支教团在大山里把心沉一沉，稍微弥补下。

其他，也困惑周围一些终身学霸是怎么做到的，知识结构接近完整通透，很恐怖很让人羡慕。咱们的项目包罗万象，面对一些领域我很吃力，亟须补课。但时间管理方面我又有点弱，想学的东西总也学不完。连带着工作和生活也没平衡好，家人没时间陪，个人问题没解决，兴趣爱好也快丢光了，正在调整，防止自己变成一个很无聊很无趣的人，那就太失败了。

马广志：去年你为中国基金会论坛改编了一首主题歌，成了网红，还是挺文艺的啊。

郭力：勉强摆摆样子。没想到一些人认识我是因为唱了首歌，我是希望更多人能认识我做的产品和项目，那样更好。作为打工仔，通过做事才实现和体现价值，人红没有用哈。

马广志：不过你已经是个行业瞩目的实干派了，还是很有个人品牌和创业者的劲头的。

郭力：多谢，其实做公益的人多少都有点创业者的精神或命运吧，包括拼上身家去争取、去摸索，很多事等不到万事俱备，就前赴后继地冲上去，多半时候会败下来，被忘记，被误解，被嘲笑。不过创业者这个标签我是喜欢的，一直以来我基本也是要么内部创业，要么去开辟一块阵地，会感觉很有挑战、很带劲。

马广志：最后一个问题，你个人在未来10年有什么预期或规划？

郭力：但行好事，莫问前程，恐怕我看不到那么远哈。"Stay hungry, stay foolish"，终身学习，顺势而为吧，以及与生活工作里的各种喜怒哀乐真诚相处，也不去限制自己的想象力。要不拿一句片儿汤话结尾吧：十年太久，不可无远虑，但只争朝夕。

LU BO

陆波：从"一带一路"
到乡村振兴

　　陆波，西安市乡村发展公益慈善基金会理事兼秘书长。1992 年至
1996 年从事国际贸易；1997 年至 2008 年，先后任职于香港贸易发
展局、博鳌亚洲论坛、美中贸易全国委员会等多家国际机构。2008 年
至 2016 年，在新加坡参与创建世界未来基金会并担任秘书长。2016
年至 2018 年，参与创建深圳市中科创公益基金会并担任秘书长。

　　陆波通晓中文、英文和阿拉伯文，持有北京师范大学非营利组织
管理专业的博士学位，曾是美国印第安纳大学的访问学者和新加坡国立
大学的高级访问研究员。曾出版《善行天下：一个公益经理人的跨国札
记》《全球劝募》（英文），发表论文二百余篇，涉及公益发展、财富向
善、会展管理、教育国际化等领域。

访谈时间：2020 年 9 月 29 日

访谈地点：北京紫檀万豪行政公寓

"从公益国际化到公益乡村化"

马广志：看履历，你大学毕业后从事的是外贸工作，后来才接触到非营利组织这一领域。

陆波：我大学学的是阿拉伯语，辅修英语，当时职业理想是去做外交官。但 1992 年大学毕业时，进国营外贸公司工作是最时髦的。我也不能免俗，就挤去了，虽然我们家族没有经商的传统。

在 5 年的外贸工作中，有 3 年是在迪拜度过的。回国后，我先后在香港贸易发展局、博鳌亚洲论坛和美中贸易全国委员会工作，这三家组织都与经贸相关，都是非政府组织。在这个过程中，我了解到：人们的社会活动可以划分为政治活动领域、经济活动领域和社会活动领域；与此相适应，社会组织也可分为政府、营利和非营利三类组织。

国外的非营利机构比较成熟，比如我工作过的三家组织，它们在国际舞台上发挥着独特又强大的作用。我很好奇，也觉得很有意思。心底就埋下了一颗种子，感觉这将是未来一个与众不同的职业方向。

马广志：到冯仑找到你时，这颗种子就发芽了。

陆波：也是机缘巧合，2007 年，我认识了冯仑先生，当时他已经是国内著名企业家了，而且非常热衷于公益事业。我们就一起策划在新加坡成立了世界未来基金会，2008 年 8 月 26 日注册，2009 年 2 月 20 日获得了新加坡政府的批准。这也是首家由中国大陆企业家在海外出资成立的公益性基金会。我担任基金会秘书长。时间已经过去 13 年了，现在讲起来是故事了，但当时确实是中国企业家在国际公益领域舞台上探索过程的一个先行者。

马广志：为什么选择新加坡？

陆波：冯仑先生是一个具有全球视野的企业家，做事也很有格局。那时他想在国外搞一个大型公益论坛，就让我帮他策划。此前，我在博鳌论坛工作，在这方面比较有经验。他觉得我策划得不错，就问我有没有兴趣来执行。但我觉得好像没有特别大的吸引力，就问他是办一届还是长期办下去。他说要一直办下去。我就建议他不如成立一个基金会，如果这样，我倒是有兴趣。而且据我了解，当时还没有一个中国人"走出去"成立自己的基金会。如果这事做成了，无疑就是历史第一人了。冯仑觉得很有意思，就同意了。这样，就从做项目（公益论坛）变为了一家机构。

我们在考察了几个国家以后，认为新加坡是一个不错的选择。一是制度环境比较有利于基金会的成长，管理既不过松，也不过紧。二是新加坡的文化背景接近于中国，交往起来比较方便。三是新加坡在社会治理方面是中国学习的一个样板。1992 年，邓小平在南巡讲话中曾特意强调学习新加坡的经济发展经验和社会治理经验。

马广志：世界未来基金会的定位是捐赠型基金会，主要开展了哪些项目？

陆波：主要还是围绕着基金会使命来开展的，基金会确定的使命是"集聚全球热心公益事业的华人企业家的力量，发展科技，面向未来，在新加坡推动环境与可持续发展的研究"。

当时主要做了这样几个项目：一是在南洋理工大学与新加坡国立大学设立环境与可持续发展研究博士论文奖，奖励在这方面有突出贡献的博士。二是创办了"亚洲垂直城市国际设计竞赛"，每年举行一次，为期五年，旨在为面临人口大规模增长、生活质量下降问题的现代城市寻找新的居住模式。三是组织撰写了《新加坡国家治理体系和治理能力现代化丛书》，共 8 本。这也是中国民间机构对新加坡研究最深入，也最成体系的一套丛书。

我们还做了很多短期性的中新两国公益慈善交流活动，邀请过王振耀老师、徐永光老师等到新加坡考察。当时新加坡一度成为中国公益界学习的一个样板，包括现在国内对基金会的评估、慈善组织的分级分类等，都是受益于我们从新加坡引进的经验。

马广志：近几年，世界未来基金会的影响好像没那么大了？

陆波：现在还有人在做，但投入的资源没我在的时候大了。当然，环境也在变化。2016 年我就离开了，去了深圳中科创公益基金会。

马广志：我记得当时这家基金会要做一个全球科技领袖大奖？

陆波：是的。前期做了大量的筹备工作，后来因为企业自身的一些问题没做起来。但这至少说明两点：一是我国企业家在做公益的过程中，是有国际视野的，而不再仅仅是着眼于本土；二是我们的公益开始关注科技、关注未来了，此前很多慈善公益都是基于传统的扶贫、济困、救灾等领域。这也让我看到了中国公益事业的希望。

2018 年，我参与创办了西安市乡村发展公益慈善基金会，并担任秘书长。从原来的公益国际化到现在的公益乡村化，路数完全不同，但还是很有意思的。

"公益更有干头了，更值得做了"

马广志：回头来看，你在三家国际机构长达十余年的工作经历，对现在从事公益事业有什么帮助？

陆波：帮助非常大！我现在能在公益舞台上做一些事情，能够把公益职业经理人做得比较好，很大程度上得益于在国际非营利组织十余年的历练，比如职业意识的养成、做事的规范性及国际视野。但真正进入公益行业以后，也是边学边干，边干边学。

马广志：你进入公益行业的那一年，被称为是中国"公益元年"。

陆波：2008 年，那时与发达国家相比，我国公益事业还处于初级阶段，公民的慈善意识比较薄弱，很多公民还没有认识到慈善是全社会共同的事业，捐赠规模也有很大差距，最重要的公益人才队伍建设与公益事业的发展态势极不相称。

2008 年前后，中国经济向好，公益事业也呈现一种蒸蒸日上的势头，那几年掀起了一股全社会关心公益事业的热潮，包括我在内的一大批人转行到了公益行业，这也说明了社会发展的一个趋势。

十几年发展下来，中国公益行业已不完全是一个学习和赶超的角色了，比如，我们的互联网公益已经走在世界前列。再比如，公益与乡村振兴相结合，是国外没有的。这不能说我们先进，但至少说明我们很独特，极富中国特色。所以，现在公益更有干头了，更值得做了。

马广志：你的意思是说，把公益作为职业发展方向，还是很幸运的。

陆波：是这样的。从 2008 年到现在，我进入公益行业 13 年了。也是机缘巧合，国家的两大发展战略我都赶上了——国际上最重要的是"一带一路"，国内最重要的是乡村振兴。而且，所在的机构还开了历史先河：成立世界未来基金会推动中国公益事业"走出去"；乡村发展基金会则是用民间和公益的力量来助推乡村振兴。从这个意义上说，我是很幸运的。

在这个过程中，我的体会是：要想成为一名优秀的公益人，必须呼应时代背景，配合国家战略。从"一带一路"到乡村振兴，新时代为公益人提供了广阔的想象空间和驰骋舞台，也提出了新的更高的素质要求。所以，要想成为一名优秀的公益人，除了不知疲倦地奔跑，还必须永不间断地学习。

马广志：我注意到，最近十几年，你一直在帮企业家做公益。

陆波：嗯。改革开放四十年，中国涌现出一批非常优秀的企业家，抛开商业上的成就不谈，他们在公益方面觉悟比较早，既有人文关怀，又有国际视野，比如我熟悉的冯仑先生、王石先生等人。能与他们共事，也是我的幸运。所以，我一直强调要建设公益职业经理人团队，就是要帮助这些有雄心没精力、有眼光没时间的企业家，真正把公益做出成绩来。

十几年前，冯仑先生曾说过："中国所谓的富人、企业家在慈善方面做得相当好，我讲几个根据。比尔·盖茨从开公司到建立公益基金会是 25 年，巴菲特从赚钱到决定捐出大部分财产是 50 年，而中国现在私募基金有800 多家，中国法律上允许大家建私募基金会才 4 年。4 年前才允许建，腾讯、万通、万科等都建了，大部分（企业）都（成立）15年以内。从时间上说，我们赚钱没有人家多，办公益基金比他们积极。"我觉得很有道理。

这些企业家，他们都是探索者，是有使命感的人。他们有各种各样的兴趣爱好，精力也充沛，干点什么不好呢？能投入时间、投入资金做公益，确实非常值得敬佩。与他们接触了一段时间后，我认为我的职业目标就是磨炼自己，真正地帮助民营企业家来实现他们的公益理想。前一段艾问有个对我的专访，标题是"做最好的公益经理人，助力企业家行善"。我觉得说出了我的心里话：公益经理人只有跟企业家在一起，才能成就公益领域的大事情。

"三代公益人各有特点，也各有使命"

马广志：但我国的公益职业经理人还是太少了，你觉得原因在哪儿？怎么吸引更多的商业精英进入到公益领域呢？

陆波：的确，公益经理人与商业经理人在数量上极不相称，能力相差也很悬殊。大概在10年前，我与李劲（时任万通基金会秘书长，现任三一公益基金会秘书长）都看到了公益职业经理人从数量到质量上存在的短板。但在如何培养的问题上，我们却有着存量和增量之争。他认为，要培训现有的公益机构负责人，提高他们的素质和能力；而我认为，应该加速人才流动，想办法让圈外的人进来，引入活水。

我跟李劲都不是天生的公益职业经理人，也没人培训过我们。我们不过是机缘巧合才进入了公益领域。

俗话说，"螺蛳壳里做道场"，现在公益领域就这些人，自身能力局限，提升空间不大，如果真提升了，但行业没有发展，也就离开了。所以，一定要引入人才，这就需要整个行业要向前向上，要有吸引力。但这些年我们做得并不好，整个行业还没有形成理想的一个状态。

马广志：其实不止一个人提到，中国公益的出路就在于打造一个公益职业经理人阶层，但结果并不理想。

陆波：是的。政策方面的原因肯定是有，但重要的是我们并未培养出新一代的、特别有感召力的代表人物。有时你不得不承认行业领袖的魅力和影响力。行业人才梯队有"断代"的风险，原生代已经老去，但中生代和新生代却成长不足。

在我看来，三代公益人各有特点，也各有使命。

八九十年代开始做公益的原生代，很多人都是从政府出来的，有强大的社会动员能力，对政府事务比较熟悉，这是他们的优势和价值所在。他们的历史使命主要是公益启蒙，倡导公益理念和精神。这一代不乏代表性人物。

想要成为中生代的代表人物，必须要做到规范性，有很强的项目执行力，能让飘在天上的事实实在在落地。还要与国际接轨，这也是中生代的天然使命，因为这一代人大多都有海外留学经历，有能力通过引进、输出双向交流，让中国公益成为世界公益版图的一部分。

新生代的特质则要拥抱互联网革命，运用大数据、区块链等新技术来革新公益项目和公益形态，同时让公益与各个行业充分融合。公益不是一个割裂的行业，应该通过融合，激发其他行业的公益力量。这是新一代人要肩负的使命。

马广志：前不久徐永光还发文称："当今时代，经济社会政治和科技发展的条件均发生了很大变化，情况更加复杂，面临的挑战更多，中国公益要靠一批有'野心'的中生代、新生代来挑重担。"

陆波：在英文里面，野心和雄心是一个词"Ambitious"（笑）。一代人要有一代人的使命，一代人要做一代人该做的事情。但我认为每一代现在做得还不够。

"乡村人才振兴缺一种长期有效机制"

马广志：乡村发展基金会是2019年1月成立的，能否谈谈当时的背景？

陆波：最早是王石先生和冯仑先生要做这件事，想用企业家的力量推动乡村振兴。他们作为中国民营经济的推动者和受益者，切身感知到了城乡之间的巨大差异，乡村的落后，制约着中国的进一步发展。同时，他们又受到国家实施乡村振兴战略的感召，觉得有必要做些事情。

乡村振兴是一个大工程，从何做起呢？于是想到成立一个研究院，来培养致力于乡村振兴的人才。他们就找到了北京大学汇丰商学院海闻院长。海闻是北大原副校长，汇丰商学院是他一手创建的，很有经验，他还曾担任北大中国经济研究中心的副主任，林毅夫是主任。

秘书处这块儿，冯仑先生就推荐我，认为我比较合适。我跟王石先生、海闻院长交流后，就上岗了。但基金会成立时什么都没有，没人、没钱、没办公室……完全是从零起步。

马广志：从零起步？

陆波：我到任时，账上是没什么钱的，但是有一个蓝图，需要我去落地，找各企业家去募款。乡村发展基金会与其他基金会不太一样，是希望借助社会各行各业的精英人物的力量，共襄盛举，促进乡村振兴。募款是一方面，更需要通过大家发挥影响力，让乡村振兴成为公众都关注的话题，成为一个社会热点。

我们做的第一件事情就是找到100位联合创始人，现在已经80多位了，还没完全到齐。都是精挑细选，除了一批大家耳熟能详的顶级企业家，其他都是各行业的精英，比如奥运冠军、作家、经济学家、建筑学家、音乐家、主持人等。他们不是咨询顾问，也不仅仅是捐赠人，而是基金会的联合创始人，地位与作用是完全不一样的。我过去一年做的最重要的事情，就是把这些"大咖"请进来，让他们把自己的资源带进来，而且要让他们相互认识、接触、感兴趣，产生"化学反应"，从而激发更多的创意。

与此相应的就是募款，基金会设定的是50位企业家和50位社会知名人士。企业家是要带资金进来的。现在协议捐赠额已达到了8800多万，基本实现了1亿元的目标。

第二件事情就是去年9月15日在延安大学成立了乡村发展研究院。这是在公办大学体系下完全用民间资金兴办的一个二级实体教学科研机构，也是教育领域的一个创新。去年举办了第一届乡村发展延安论坛，现在正筹办第二届。

第三件事情，本来是想由 100 位联合创始人组成一个教育百人团，深入到全国农林院校去演讲，扩展大学生的视野，激发他们的动力。但是做了三期后，新冠肺炎疫情来了。我们马上转到线上，跟搜狐视频合作开设网络课程，到现在已经做了 42 场，基本上每周一场，并形成了"明日地平线大讲堂"的公益品牌，平均在线人数达到了每场 18 万人。这个我们准备一直做下去。将来还会做 3.0 版本，想把网络课程植入高校的教学体系里，还要开展国际合作，那就更有价值了。

马广志：乡村振兴，首先是人才的振兴。你们抓住了农林高校大学生，这个定位非常精准。

陆波：我们也在不断摸索，不断提升自己，就是要找到最有效的人群，明确我们到底要影响谁，到底要改变什么。现在看来，在现有学术体系下多培养几个硕士、博士，其实作用不大，并不能解决乡村发展中面临的实际问题。如果乡村自身没有吸引力的话，培养的人才越多，流失的也就越多。

企业家们想得会更长远一些，看问题更深入。乡村振兴需要那些愿意扎根乡村的实干家，既有一定的理论素养，也有在乡村的实践经验。中国其实不缺我们一家乡村发展研究院，也不缺这几十个硕士博士，缺的是一种长期有效机制，让人才觉得来乡村不完全是奉献，还能充分发挥他的作用。接下来，我们会有比较大的动作，要想办法让更多大学生心甘情愿地在乡村长期工作，至少不是短期。人是最重要的资源，也是最大的变量。

马广志：我觉得乡村振兴的根本之道还是在于教育。多年来，我们乡村教育的动力就是好好学习，逃离农村，进城谋生，所谓"跳出农门"。现在乡村振兴成为最重要的国家战略之一，这种教育理念需要做出改变了。

陆波：我同意你的观察，但不太同意你的解决之道，因为这是人性所致。可以倡导"回归乡村"这种理念，但没法去强求改变。对乡村而言，现在有三种人才：第一种是从乡村走出去的有知识的人；第二种是有知识但跟乡村没有关系的人。让这两种人才长期留在农村，都很难做到，不现实。

第三种是有知识、有情怀的人才，想在乡村创业。他们可以跟着项目进来，甚至带着资金进来，在乡村待上三五年，成为他人生的一个驿站。但需要有制度保障他实现职业上的一个跨越，而且这三五年是有责权利的，要有激励机制，收入落差没那么大。否则也做不了。

其实这可以跟刚改革开放那会儿的留学生做对比。当时去国外留学的都是人中龙凤，而且走了都不回来，劝也没有用。现在呢？中国经济发展了，生活越来越好了，尤其今年疫情来了，加上逆全球化和中美关系紧张，很多在国外的留学生就回国了。从乡村走出去的人才也是如此，要尊重人性——有好的环境和生态后，人才自然会流入进来。

马广志：资助型基金会的缺乏是中国公益事业发展面临的问题之一，乡村发展基金会未来是否会向这方面发展？

陆波：我们现在其实就是一家典型的资助型基金会。至少在现阶段，基金会主要资助的项目是乡村发展研究院。虽然资助的不是草根组织，但研究院的教学和招生等，我们原则上是不参与的。当然，在基金会的运作过程中，会成为一个混合型的基金会，比如"明日地平线大讲堂"项目就是我们自己在操作的，形势使然。

其实，纯粹的资助型基金会很容易变成一个官僚机构。草根组织来申请项目，我根据标准来决定是否资助。很多时候，无法做到与社会现实合拍，因为不在一线，会有"隔靴搔痒"之感。当然，我不是贬低资助型基金会。而且，基金会是否做资助也不能作为基金会优秀与否的评判标准。最重要的还是"不忘初心"，基金会成立时的使命是什么？这个没有改变，就可以了。

"社会企业是未来的发展趋势"

马广志：资中筠先生说过，公益对渐进改良有积极作用。你如何看待和评价公益在中国改革及至现代化进程中的作用？

陆波：这个话题太过宏大，我还是从我的自身谈起。

第一，我在北师大读博士时，社会发展与公共政策学院院长张秀兰曾对我们说：选择这个专业（非营利组织管理）是对的。为什么？中国前30年前是政治上的变革，后30年是经济上的变革，接下来的30年主要是社会治理方面的改革，非常有前途。

当时，这番话对我触动是很大的。因为不管做基金会，还是做民非，都是要在社会治理方面为国家和社会做贡献，这也是社会组织的使命所在。

第二，当企业家行有余力时，内心肯定会有一个自然的想法或情结，要推动社会的进步，为社会做贡献。在我看来，企业家推动社会进步最好的方式就是参与公益慈善，或独自成立基金会，或资助公益机构和项目，有使命，有愿景，有团队，一步一个脚印，坚持下来就是一个了不起的事业。当越来越多的企业参与到公益事业中来时，必然会对社会进步起到非常重要的作用，因为他们有能力也有资源。

马广志：新冠肺炎疫情极大地影响了社会的方方面面。你如何看这件事对中国慈善事业的影响？

陆波：影响太大了！我感知到的主要有两个方面：一是疫情导致很多企业在公益上的投入减少。受疫情影响，企业业绩下滑，面临生存和发展危机。而且，这个影响并不会随着疫情结束而很快结束，即使疫情有一天结束了，企业家在公益的资金及精力上的投入也很难短时期恢复。而且，我认为最严重的情况在后边，还没有到来。

二是公益本身的形态和模式也会发生改变。"明日地平线大讲堂"就是一个很典型的例子，必须要因时而变。后疫情时代，很多原来的玩法都不适应现实了，一定要做出调整。当然这也涉及公益机构的专业能力的问题。

马广志：专业能力问题本质还是人才的问题。

陆波：这又回到刚才我们讨论的是存量还是增量的话题。除了要解决制度环境外，关键是我们身在其中的人能做什么。首先是传播正能量，这不是喊高调，哪个行业都有好事也有负面，要对外展示健康的形象，才能吸引人。其次，要打破内部的藩篱。现在公益领域山头主义盛行，什么"黄埔军校"啦，什么圈子啦。公益领域本来就这些人，还分这派那派，没有意思。最后，行业大佬应该有意识和计划建立人才梯队，形成行业的"传帮带"，多给年轻人一些成长的机会和台阶。

马广志：社会企业现在是行业的一个热点话题了。你对社会企业的发展怎么看？

陆波：社会企业运用商业手段，实现社会目的，是商业和慈善（公益）的理想化组合。一方面，它不以利润最大化为目的，却又追求财务上的盈利；另一方面，它有明确的社会目标，却又通过商业的路径来实现。社会企业不是为了使富人更富有而是为了向穷人提供帮助，不是为了生产销售产品而雇用员工，而是为了雇用员工而生产销售产品。社会企业在整合社会资源、提高资源效率和追求服务质量方面，有先天的优势。

所以，我觉得社会企业是未来的发展趋势，因为它符合两个规律：一是人性的规律，单纯的奉献毕竟不是大多数人的选择；二是通过社会企业倡导企业向善。现在都在提商业向善、科技向善，但怎么实现？社会企业可能是一个比较好的途径，它的双重目标设定是比较符合人性的一个设计，代表了企业的未来发展方向。

但现在的问题，社会企业可能还是局限在小圈子的自娱自乐，没有更广大范围的企业进来，这是需要继续加以倡导的。让商业机构向善和让公益机构走向市场，比较而言，前者相对容易得多。

"政府与社会组织关系应该是'信得过，离不开'"

马广志：从2008年"中国公益元年"至今是一轮，你觉得在下一个12年，中国公益的哪些方面需要着力加强？

陆波：这个问题有点大。我能想到的有两点：一是怎么拥抱互联网革命，包括 5G、区块链、大数据等在内的新技术；二是怎么与各行业融合，把公益与其他领域之间的栅栏拆除掉，真正形成一个社会公益的大生态。

马广志：那您理想中的公益生态是怎样的？

陆波：我觉得以热带雨林来比喻公益生态是很恰当的，这好像是杨澜最早提出来的。她将整个公益行业比作一个热带雨林。热带雨林里有参天大树，有小草，有小树，有各种生物，万物自由生长，各得其所，彼此支撑，彼此成就。这么一个生态系统是非常和谐、平和的，充满生机。

这个图景描绘了十几年了，但还是没有真正形成。目前来看是失衡的一种状态，政府的力量比较强大，企业家的参与也比较多，公众的参与是比较弱的，能够让公众释放爱心的渠道还是非常有限的。这也是最需要改变的。

马广志：在这个生态中，政府的力量比较强大。那政府与社会组织的关系应该是怎样的？

陆波：我觉得新加坡的经验是很好的。其成功经验，在我看来是六个字："信得过，离不开。"即政府把社会组织视为合作伙伴，目标一致，各尽其责，认为信得过。社会组织则努力提升自己的专业能力，扎扎实实地解决社会问题，让政府觉得离不开。我专门写文章谈过这个问题。

马广志：刚才你提到，能够让公众释放爱心的渠道还是非常有限的，但近些年腾讯"99 公益日""99 公益周"等活动的影响还是很大的，影响了越来越多的公众参与到公益事业中来。

陆波：贡献肯定是很大的，甚至可以写进史册。但现在也走入技术偏差了，门槛越来越高，规则越来越复杂，而且"马太效应"明显，强者恒强，很多小机构如果不做一些特别的设置和安排，根本拿不到钱。本来腾讯"99 公益日"的作用，应该是让没捐过钱或不常捐钱的人进来，但现在到底起没起到这个作用，是值得思考的。

"做最好的公益经理人，助力企业家行善"

马广志：秘书长对基金会的发展至关重要，你认为一个合格的基金会秘书长应该是怎样的？

陆波：第一，要有极强的同理心，要学会换位思考。比如，不能简单地说企业家对公益不重视，投入资金和时间太少，而要站在他的角度思考为什么会这样做，我能帮他做什么。"人同此心，心同此理"。秘书长是一个很错综复杂、很多面的角色，要应对社会不同阶层不同方面的人。如果没有极强的同理心的话，就无法和其中某一阶层或某一领域的人对话。

第二，秘书长需要是全才，而且要有特别强的"补台"能力。基金会是"麻雀虽小，五脏俱全"，但是因为人力资源缺乏，需要秘书长一专多能，能随时"救火"，哪里出了问题就出现在哪里。有人称秘书长是"八爪鱼"，我称之为"补台"。

第三，一个顶级的公益经理人或秘书长应该有雄心大志，与企业家或捐赠人彼此成就。是要真的能帮助到企业家或捐赠人实现公益理想，并不是喊喊口号而已。这也是我多年来对自己的要求。我认为，一个顶级的企业家或慈善家与一个顶级的秘书长或公益经理人之间的关系，不应该是老板和员工的关系，而应该是公益合伙人的关系，甚至是终生合伙人的关系。双方应该相互支持、彼此成就。卢德之先生说过："纯粹慈善是伟大企业家的必然归宿。"成功的企业家会把慈善家这个标签作为人生的追求，所以需要公益经理人长期经营、打造。

马广志：要能够提一些建设性的意见，而非只是简单地执行。

陆波：对，其实是蛮难的。我给自己的定位是学者型的公益职业经理人。企业家都很有智慧，但他们有时会因为企业的业务忙得焦头烂额，需要公益经理人提醒他应该怎么做，让他觉得你有你的独特价值。所以，一个好的公益经理人必须要有相当的知识储备，对公益的理解应该能与共事的企业家达到同样的水准，甚至领先一步。

马广志：做秘书长是一个很辛苦的工作，这对你的家庭有什么影响吗？你曾在《善行天下》这本书的扉页上写着"献给我的父母、妻子、女儿"。

陆波：不是经常有人这样写吗？我觉得就是一个正常的情感表达，没有什么特殊的原因。我读博士收尾和这本书酝酿时，我女儿出生了，可能想她会多一些。

做公益对家庭的影响，以前还真没想过这个问题。父母妻子没觉得我的工作有多高尚，就是很普通的一个工作。如果说有影响的话，就是做公益的收入不太高当然我还算是相对高的（笑）。家人对我没有那种物质上的要求，我没压力。平时工作非常忙，还要经常"救火"，所以，照顾家里就少一些。家人对我也是比较包容的。可能没什么惊天地泣鬼神的故事，但确实都是春风化雨般的默默无声的支持。

马广志：未来在公益事业上的规划是怎样的？

陆波：我有好多规划呢，但因为时间精力有限，只能一样一样来。我对自己的现状也不太满意。

我最大的职业规划还是那句话：做最好的公益经理人，助力企业家行善。我觉得中国的企业家阶层需要公益经理人阶层，公益经理人跟企业家的融合还不够，还没有达到我说的那种终生合伙人的境界，至少我现在还找不出一对来。这是需要我用大半生的职业生涯来实现的。

我愿意做一名学者型的公益经理人，愿意在工作期间写一些东西。这两年在这方面做得太少了，也是一个遗憾。公益经理人写文章不是为了评职称，而是以这种方式推动公益进步。现在能够用学术方式来表达自己观点的公益经理人还是很有限的，恰恰又是行业发展所急需的。

马广志：通过发声来推动行业进步。

陆波：是的。你可能注意到，老一代的公益人都是文字表达的顶级高手，比如何道峰先生、徐永光老师等，但中生代能写好文章的人屈指可数。而新生代，写的文章很多都是碎片化的网络语言。其实，这应该是一个公益职业经理人或秘书长必备的能力，要打造影响力，要带动更多人，光靠长得帅怎么行？（笑）一定要多思考，勤练笔，提升自己的文化底蕴。

马广志：因为你是博士。

陆波：中国的基金会秘书长当中有一个特殊的群体，人数很少，但值得关注，就是博士。我知道的不超过10位。这里面又分为两类：一是原本是其他专业的博士，然后转行做了公益，你要关注他们入行的吸引力和驱动力是什么？他们与硕士、本科毕业的秘书长做工作有什么不同？二是公益从业者在职攻读相关专业的博士，我属于这类。你要关注他们的研究兴趣和研究课题是什么？研究成果给实务界带来了哪些变化？你有机会做个专题吧，一定很有意思。